# 革命前後（上巻）

火野葦平著

## 目　次（上巻）



＊表紙カバーの写真は、報道班員として従軍した著者

**編集部注**

本書は、中央公論社版（一九六〇年一月三〇日初版）を底本とした。

本文中、現在では「差別的」などの理由により、適切でないとの認識から用いられなくなった表記が多々見られるが、表現に対する時代の認識の限界、それに規定された作者の表現として捉え、作品として尊重する立場から原文のまま記述した。

また、本文中、明らかに校正・校閲上の誤りと認められる記述は修正したが、それ以外の表現で様々な誤りであるものと思われるものは「ママ」とした。

将軍よ、
君の崩れた堡塁に、
古ぼけた大砲が残っているならば、
乾いた土の塊をこめ、
俺達を砲撃してはくれまいか。
すばらしい商店の飾窓を狙うんだ。
サロンにぶち込むんだ。
街にどろっ埃を食わせてやれ。
蛇口なんざあ皆んな錆びつかせてやれ。
閨房には、どいつも焼けつく様な
紅玉の煙硝をつめ込んじまえ。
——アルチュウル・ランボオ（小林秀雄訳）

# 第一章

冷たいリノリウム張りの廊下を、ペチャ、ペチャ、ペチャと、舌なめずりでもしているような蓮ッ葉なスリッパの音が近づいて来る。三人いる女中が三人とも、スリッパの音で聞きわけられる。ユッタリと鈍重にひきずるように歩く女と、ヒッソリと音を殺して歩く女と、そして、このにぎやかで、おしゃべりの女。やがて、部屋の前でとまると、「ヒラメ」という綽名で通っている安田絹子が、不遠慮に、ドアをノックして開いた。

「辻さん、もう、みなさん、晩御飯に食堂にお集まりですばい。あんたの来なさるとば待ってござる」

「今日は欲しくないんだ」

「まあ、そげんいわんとおあがんなさい、と、いいたかばってん、例によって、玄米に大豆《だいず》をまぜた御飯じゃけん、あんまりすすめられもせんですな。ばってん、なんぼか食べとかんと、朝まで腹が持ちますめえもん」

「その玄米と大豆の飯で、腹をこわしたんだ。今夜ひと晩、食べずにいてみる」

「辻さんも？　ほかにも下痢していなさる方がなんぼもありますばい。そんなら、まあ、そげんしなっせ。あとで、なんか腹薬《はらぐすり》ば、持って来てあげまっしょ」

「ありがとう」

嘘であった。どちらかというと大食漢に属する辻昌介が、朝までなにも食べずに居られるわけがない。彼は、妻美絵《みえ》が、久しぶりにヤミで手に入れた白米の握り飯を持って来るのを、今か今かと待っているのである。電話連絡があったのは、午後二時ごろ、それからすぐ汽車に乗ったとすれば、若松から福岡まで約二時間だから、日暮れ前には到着する計算になる。しかし、このごろではそんな計算などはアテにならない。沖縄失陥以後、空襲は連日連夜だから、汽車のダイヤもしょっちゅう狂っている。今日も昼間、二回も空襲警報が出た。まさかやられてはいないであろうが、すこしは遅れているかも知れない。外はたそがれはじめていた。

女中が去ると、まもなく、カランカランと夕食を知らせる鐘が鳴った。それを聞いて、急に、腹の虫がグウグウいいだしたが、昌介は、自分を元気づけるように、

「もう来る時分だ」

と呟いて、暗くなりはじめた窓外を見た。

二階から下を見おろしても、風情のあるものはなに一つない。まだホテルの外観が整ったばかりのところを軍に接収されたために、庭の手入れどころか、水道や電燈の設備も完璧ではないのである。屋根も本式には葺いてないらしくすこしはげしい雨が降ると、天井が漏り、壁が濡れ、廊下も沼になる箇所が出来る。幸い、辻昌介の部屋は壁にシミが出来ている程度だが、閉口するのは頭上の三階の部屋を誰かが歩くと、天井からゴミが落ちて来ることだ。そこには、数人のカメラマンが居り、写真の暗室がある。ただ、この「川島ホテル」の取柄《とりえ》は、とにかく新しいということ、その意味では、大勢の下宿人たちも満足していた。しかし、庭を見ると、このホテルの支配人の親戚とかいう馬車曳き一家が一隅に住んでいて、老いさらばえた、足の短い馬車馬がやたらに糞尿をたれながしているし、

防空壕をまた一つふやしたために、土くれがかき散らされているし、炊事場のゴミ捨て場にもなっていて、感心した景観とはいえない。樹の緑も、どんな種類の花も、もちろん、築山も、池も、鯉も、メダカもいないのである。緑といえば、竹藪と一本の柳の木とがあるきりだ。

外はすっかり暗くなったのに、美絵は来る様子がない。気にはかかるが調べようもない。所在がないので、ベッドに寝ころがると、いやにむし暑い空気の中に、かすかな爆音がひびく。蚊だった。蚊の声を飛行機とまちがえることにも慣れたが、そんな不景気な錯覚を強いられるのも、戦局不利のためなので、蚊に対しても腹が立つのである。空襲恐怖症の谷木茂《たにきしげる》や松坂幸夫《まつざかゆきお》などは、いく度、蚊の声におどろいて、防空壕に飛び込んだかわからない。

扇で蚊を追っぱらっていると、また、ドアをノックして、安田絹子が顔を出した。まったく「ヒラメ」である。しかし、その細い眼には奇妙な色っぽさがあって、女好きの多いこの宿舎内に危険な雰囲気をばらまいていた。四十歳、三人いる女中の頭《かしら》だが、じだらくで、いつも年下の堤菊代からたしなめられていた。

「辻さん、今度は高井先生のお使いで参りました」

「どんな?」

「コーヒーば入れたけん、辻君が居ったら呼んで来るごととおっしゃって……」

「高井さんは、晩御飯は?」

「あの先生、一ぺんでも、ここの御飯食べなさったことありまっせんばい。なんにも食べなさらんで生きてござる。まるで仙人たい」

「お絹さん、薬は？」

「なんの？」

「さっき、下痢の薬を持って来てくれるといったじゃないか」

「あ、忘れた。あとで、高井先生の部屋へ持って行ってあげます」

女中が笑いながら、ペチャ、ペチャと走り去ると、昌介は部屋を出た。


あまり豪華とはいえない三階建ての「川島ホテル」は、玄関は電車の通っている渡辺通《わたなべどおり》に面し、下はフロントと、ロビーと、食堂。二階は廊下をへだてて向い合わせに四畳半ほどの洋室がずらりとならび、曲り角からコの字形に奥に行くにしたがって、ややひろくて上等の部屋になる。ホテル全部が西部軍報道部宿舎に割りあてられたわけだが、三十人あまりの部員のうち、高井多門《たかいたもん》は最長老なので、一番奥の大きな部屋にいた。


昌介が入って行くと、高井はニコニコ顔で、電気コンロの上から、サモワールをおろしながら、

「一人で飲むのもさびしいから、君を呼びにやったんだ。迷惑じゃなかった？」

「いいえ」

昌介は、しかし、コーヒーを沸かしている高井の姿を見て、異様なショックを受けた。「ヒラメ」が仙人みたいだといったが、まったく高井多門の姿は人間離れしていて、西洋のお伽噺に出て来る妖婆《ウィッチ》か、幽鬼のように見えた。暗いところで出会ったら、女などは亡霊と思って腰を抜かすかも知れない。さんばらにふり乱した長髪の下の細長くて青白いヒョータン顔、眼は大きくてギョロギョロし

ているが、歯がまるでなく、落ちくぼんだ頬の片方には、なにかの傷を手術した痕が大きくえぐられた穴になっている。そして、顎に大きな黒子《ほくろ》が一つ。ワイシャツ一枚、腕まくりして骨ばかりのような両手を出している。元来があまり健康でもなかったのに、東京からやって来て以後、過労のために、数回喀血した。普通の人間であれば、入院していなければならない身体なのである。しかし、高井は報道部長の井手大佐はじめ、周囲の者がいくら入院をすすめても、頑として聞き入れないのだった。

「どうせ、お国のために死にに来たんだから、仕事しながら死ぬよ。こんな土壇場のときに、ノメノメ病院なんかに入っとられるもんか」

部員の中には、仮病を使ってまで強引に入院した者があったのに、いわば瀕死の高井は肯じないのであった。

高井多門は才人であり、奇人として知られている。浅草のオペラ花やかな時代から、常に流行の尖端を行き、風変りな自由人として、各方面に活躍していた。最近はもっぱら演劇の方に打ちこみ、特に新国劇とは関係が深い。六、七年前、辻昌介が書いた「土と兵隊」「麦と兵隊」などが、新国劇によって上演されたが、それは高井多門の脚色と演出とによって、成功をおさめていた。したがって、前から、昌介は高井とは面識があったのであるが、今度ははからずも、同じ軍の機関の中で、いっしょに仕事をすることになって、よろこんでいたのである。同時に、不思議にも思っていた。高井は不精者で、グウタラで、アマノジャクで、面倒くさいことがなにより嫌いという定評だったし、権力にも屈しない反骨漢だとも聞いていたからである。

「よく多門ちゃんが来る気になったなあ」

高井とは古いつきあいの伏見竹二などは、これ以上、天下に奇妙奇手烈なことはないみたいに首をひねっていた。

その伏見に対しては、高井はニヤニヤ笑いながら、

「人のことをいうが、竹さん、あんたがねえ」

と、意味ありげに応酬していた。

伏見竹二も、浅草三文オペラ時代から、高井多門などとともに活躍した尖端ボーイである。大正時代に、ゴリキイの「どん底」を上演したり、アナキストを「トスキナア」と逆にした芝居を書き、楽屋口に「イヌ入るべからず」という貼札を出して、官憲と闘った歴史を持っている。その後、映画界に転じると、しきりに左翼映画を作り、ソビエート・ロシヤに招待されて行って、モスクワの大きな映画雑誌の表紙に、デカデカと肖像を出されたこともある。帰国後は、大河内伝次郎や、市川右太衛門などを使って、「邪痕魔道」や「旗本退屈男」というようなマゲ物映画を作ったりしていたが、戦争がはじまると、郷里の八幡に帰り、弟の工場で、一労働者として働いた。こういう面でも卓抜で、すぐに長年の工員でも出来ないような仕事に熟練したのみならず、旋盤の能率を数倍にするような部分品を発明して、増産の実をあげた。そして、北九州文化連盟の映画部門の担当者としても大いに手腕を示していたとき、西部軍報道部結成に当って、白紙徴用されて入部したのであった。高井多門と伏見竹二とは久々の再会をよろこびあったが、伏見はともかく、一見、不精者のように見える高井が、誰よりも仕事に積極的であることが、辻昌介のみならず、周辺の人々をおどろかしていたのである。

しかし、高井の健康が日に日に損われて行くことには、昌介も胸が疼いた。大形《おおぎょう》にいうと、昨日よ

りも今日、朝よりも夕方という風に悪化の一途をたどっている。今も昌介がショックを受けたのは、今朝、朝礼の会で会ったときとは別人のように衰えて見えたからである。光線の具合であったかも知れない。

「さあ、かけたまえ。僕が東京から持って来た秘蔵のコーヒーだ。今どき、どこにもここにもあるものとはちがうよ。すこししかないから大切にして飲むんだ。誰にも飲ませるこッちゃない」

「これは久しぶりの御馳走ですな」

「いや、恩に着せてるわけじゃないよ」と、高井は歯のない大きな口で、声も立てずに笑ってから、「あんまり、いっしょにコーヒーでも飲みたい奴が少なすぎるんでね」

湯気の立つ熱いおいしいコーヒーを飲みながら、昌介は、どこか部屋の空気が変っているのに気づいた。壁に、これまで見たことのない掛軸がかかっているのと、窓際に置いてある松の木の盆栽のせいらしかった。そう変哲もない植木の松の緑が際だって美しく、殺風景な部屋全体をよみがえらせているようだった。軸には、「休道他郷辛苦多」の石摺文字、これが広瀬淡窓の有名な書であることは、昌介も知っていた。

昌介がそれを眺めているのに気づいた高井多門は、口をモグモグさせながら、

「あれ、二つとも、虎谷義久《とらやよしひさ》君がくれたんだよ。どういう考えか知らんが、……」

そういって、コーヒー茶碗を置いた。

「ほう」

と、昌介もすこし意外な心地だった。高井同様、虎谷がどういう考えなのか、すぐにはわからなかった。

「僕、あんまり、虎谷君とは面識がないんだよ。彼が東宝の映画監督で、『上海陸戦隊』や『指導物語』などを作ったことくらいは知っている。その男とこんな九州くんだりでいっしょになったのは奇縁だが、どうも、あの男、僕にはファッショのように思えるもんだから、ちょいと警戒してるんだ。なんだかよくわからんが、神の使徒として人類の最高理念を実現するとか、大国主命《おおくにぬしのみこと》のように、被圧迫民族にあらゆるものをあたえるとか、世界維新の完遂とか、……ウッフッフ、どうも、僕にはその種のことは苦手でねえ」

「僕も深いつきあいはないです。スメラ塾に関係しとるとかで、僕も右翼の愛国主義団体はあまり好きでありませんから……」

「むずかしいことや、えらそうなことはどうでもいいんだ。僕はただ日本が勝てばいいんだ。いや負けてもいいんだ。お国のためにすこしでもお役に立てばいいんだ。辻君、君だって、そうでしょう?」

「ええ」

「ところが、ここには、もっとどえらいことを考えてる奴が一杯いるんだ。むろん、そいつらの方が賢いさ。頭もいいだろうよ。だが、僕はそういう奴はきらいだ。辻君、この報道部はまるで化物屋敷だぜ」

「そうですね」

「どうも、僕にはわからんなあ。井手さんという人は、太平洋戦争がおこった直後には、ジャワの報道部長をしてた人だろう。作家や、詩人や、評論家や、絵かきや、カメラマンや、名のある連中を部下にして……」

「そのころ、僕はフィリピンの報道部にいました」

「そのときは成功したんだね。きっと成功したんだ。それで、今度の報道部結成にも自信があるんだよ。――戦争もギリギリに来て、九州が最後の決戦場になった、ぜひ、あなたの協力を得たい、と井手大佐がいうから、僕は感激して来たさ。それは後悔してないんだ。ところが、来てみたら、どうだね、この顔ぶれは。東京から来てる連中のインチキさかげん、井手さんがつれて来たんだろうが……」

「僕もちょっとおどろいているんです」

「辻君、九州方《がた》だって、中にはずいぶん、いかがわしいのがいるぜ」

「知っています」

「そうすると、そのうちじゃあ、虎谷義久なんて高邁《こうまい》の方かも知れんぞ。愛国者だし、ちゃんと理念と理想とを持って、革命をおこそうと考えてるようだから……」

「なんの革命です?」

「君には、まだ話さないのかね」

「なにも聞きません」

「そんなら、そのうちにきっとお鉢が廻って行くよ。すばらしい大革命の構想を持ってるんだ。むろん、ボルシェビイキじゃない。それまでのお慰みに、僕からは話さないで置こう。受け売りより、虎谷君から直接聞いた方が、まちがいがなくていい。それより、辻君、もうグズグズしておられんぞ。最後のヘビーをかけて戦意の昂揚に努めなければ、由々しい大事におちいる。アメリカ軍が日本本土へ上陸するとしたら、九州か房総半島だ。僕は九州の方だと睨んでる。九州はすでに第一線だ。いまのようなことじゃあ、なんのために、報道部を結成したのかわからん。井手報道部長は理論家だが、いや、理論好きなんだ。理論に酔う癖がある。したがって、理論にもとづく組織作りも好きだが、実践力に欠けている。だから、僕らが部長の尻をひっぱたいて、グングン実践を押し進める必要がある。辻君、この博多《はかた》はその昔、元軍《げんぐん》を二度にわたって撃滅した記念の土地だ。それで僕は考えたんだ。八月一日の元寇《げんこう》記念日を元寇祭にして、あらゆる催しをやる。まず、筥崎《はこざき》神宮前で、伏敵大祈願祭をやる。それから鼓笛隊を入れ、少国民を動員して、元寇の歌を合唱しながら、市中行進をやる。ラジオで、頼山陽の『蒙古来』の詩を放送してもいいな。さらに、大がかりに、『元寇』のラジオ・ドラマをやる。僕が書いてもいいし、君が書くなら、僕が演出してもいい。小説、詩、紙芝居、幻燈、新聞、雑誌、ポスター、伝単、立看板、懸垂幕《けんすいまく》、仏教連合会を総動員して伏敵托鉢、その他、むろん、福岡だけではなく、各地呼応して、全九州に伏敵大会を催して……」

すごいほど眼をきらめかして、雄弁にしゃべっていた高井多門が、急に、ウッというように、息をつめて、眼を白黒させた。咳きあげて来ると、あわてて自分からベッドの上へよろめきたおれた。ハンカチで口をおさえていたが、はげしい咳とともに、あたりへまっ赤な血がほとばしった。

昌介がかけよろうとすると、ベットリと血に塗れた細い左手をひろげ、近づくなというように、無言でそれを左右に振って制した。それから、右手で口をおさえたまま、斜に顔をねじむけ、横眼で昌介を見てニッと笑った。昌介はゾッとした。

夜になってからやって来たアッパッパ姿の妻美絵と、自室で数時間をすごした。生まれて間もない一番下の男の子伸吉をつれていた。

「ギンメシよ」

そういってさしだす白米のお握りを、あさましいほどどむさぼり食べた。咽喉にひっかけて眼を白黒させた。妻の前では恥も外聞もなかった。いや、いくらか誇張してそうすることによって、妻への感謝の気持を倍加して表現出来たし、情況の変化にしたがってどうにでも変貌する人間の悲しさをも、自嘲と肯定とでうなずきあうようすがにもなった。顔見あわせて、ウフフと含み笑いをしあって、それですむのだった。昌介は、南方の戦場で、一片のパンを奪いあって、これまで生死をともにして来た戦友同士が射ちあいをしたり、飢餓の土壇場に来て、戦友の肉を食べたりした例をいやというほど知っていた。報道部という崇高な精神と使命とを持った軍の機関が、今や胃袋の変形となりつつある現象も、いやでも肯かなければならない段階に来ていることも感じとっている。夢は豊饒と欠乏との両方から生まれるけれども、今、報道部が実現せんとしている夢は虹となるよりも穴倉となる方向にむかっているように見えるのである。昌介はそれを情ないと思うけれども、自分がたまにありついたギンメシに、こんなにガツガツしていては、翼を天空にひるがえすことも心細くなって来るのである。しかも、仲間にはなるべく知られまいとしているし、ごまかし通せたら、秘密にしておきたいとも考えている。それはケチなのではなく、分配するほどはないからでもあるが、なによりも自分だけが特権を持っていることが後《うしろ》めたいのである。それでも、高井多門のためにと考え、一つだけ握り飯を別にした。

「あたし、やっぱり疎開した方がええと決心して、今日はお別れに来たの」

と、美絵は思いつめた表情でいった。

「前からそういっとるじゃないか。敵の空襲ははげしくなるばかりだし、北九州に順番が廻って来るのは、もうすぐだよ」

「博多はひどくやられたのね。びっくりしたわ。人力車に乗って来たんやけど、呉服町から、東中州の方にかけて、まるきり廃墟ね。あれ見たら、一層恐ろしゅうなった。帰ったら、すぐ出発するわ」

「それがええ」

「あたし一人ならがんばるけんど、こんな小さい子供が居ったんじゃあ、いざ空襲のときはみんないっしょに焼け死んでしまうもの。三人ともつれて、広島に行きます」

「送って行きたいけど、こんな風だから……」

「ええの、大丈夫です。お母さんとこの田舎なら、あんな山奥だから絶対安全と思うわ。でも、お母さん、どうしても若松に残るっていうのよ。――自分のようなオイボレ、いつ死んだってええけ、若松の家を一人で守る、というて……」

昌介は、暗い顔になって、

「やっぱり、親父のことが気にかかるんだよ」

美絵もうつむいて、ふいに涙ぐみ、

「お母さん、可哀そうやわ。お父さんもお父さんやけど、お峯さんだってあんまりよ」

「メカケにでもなるような女の心は、おれたちでは判断出来んよ。よいとか悪いとか、すむとかすまんとか、そんな考えなんか通用しないんだ。自分の方が正妻のつもりでいるんだ。親父の心が母を離れて、自分へ来ているから自分の方が愛の勝利者だと思っている。誰かにそうハッキリいったそうだよ。だから、本家《ほんけ》が強制疎開になったとき、それをしおに、親父が自分の方へ来たのは、当然のなりゆきと考えとるんだ」

「というて、放っといたら、あのままでしょう」

「というて、どうしたら、ええか？……」

　決戦体制下であろうとも、祖国の運命がどうなろうとも、自分の愛慾生活に没頭する父に対して、昌介はまったく無力であり、策がなかった。母へすまないと思う。といって、世間の常識をもって、簡単に父を非難する気持にもならないのである。父の気持もわかり、母の気持もわかるということは、親孝行なのか、親不孝なのか。メカケの気持もわかるような気がする。大塚峯代の方にも子供が三人出来ているのである。男と女の問題はややこしい。妻美絵にしたところで、結婚してから十五年になるけれども、その間、琴瑟相和《きんしつあいわ》していたとは義理にもいえない。いく度か、危機があった。昌介も品行方正ではない。恋愛もしたし、妻以外の女も知った。妻の方にもあったかも知れない。しかし、とにかく今日までつづいている。ひょっとしたら、それは戦争のためかも知れないと思う。ところが、父の方は戦争のために、母のもとを去ることになってしまった。母松江は五十年もつれ添った夫安太郎から逃げられ、頼りになる三人の息子は一人も膝元にはいない。長男昌介は福岡の報道部に、次男英二郎はやはり報道班員として、中支軍の南京《ナンキン》報道部に行っている。三男広士《ひろし》は、琉球軍報道部勤務を命ぜられ、三月十三日、鹿児島から八隻の船団を組んで出帆したきり、行方が知れない。多分、戦死しているであろう。広士は出征直前、長く恋愛していた女とやっと結婚することが出来、女の子が産まれたばかりであった。わずかに、昌介の妻美絵やその子供たちと暮らしていたのに、その嫁も孫も疎開地へ去ってしまうのである。一人ポツンと、カランとしたひろい家に残る老母の孤独とさびしさとが、痛いほど昌介の胸に染《し》みる。といって、どうしたらよいのか。

ふっと、美絵が顔をあげた。色白の丸顔だったが、いくらか痩せているようで、艶も失せていた。ほつれ毛もかきあげようとはせず、

「父《とお》ちゃん、ここへよく鶴野の信《のぶ》ちゃんが遊びに来よるって、ほんとう?」

眼がけわしく、なにかの疑いを秘めていた。

「よくも来ないが、ちょいちょい顔を出す。仲間に助平がいて、チヤホヤするからいけないんだ。この間も、ノコノコあがって来たから――ここは神聖な兵営だぞ。みだりに女人が出入りするところじゃない、って、追い返してやったよ」

「あの人に相手にならないでね。すこしおかしいのよ。それに、文学少女で、有名好きやから、父ちゃんになんかの野心を持っとるのかもわからんわ。父ちゃんが好きなのかもわからんわ。ああ、あたし、心配になって来た。絶対に、信ちゃんを近づけないで……」

昌介は笑いだして、妻を引きよせた。接吻をしてから、ベッドの上に横たわった。もう逢えないかも知れないという感傷をこめて、シミジミと夫婦の営みをした。いく度となく戦場に出た昌介は、これと同じような別れをしばしばしたけれども、今夜のように深い愛情を交しあったことはないような気がした。泊ることは許されないのである。

「あ、空襲やわ」

「蚊だよ。庭に竹藪があるもんだから、とても多いんだ」

赤ん坊は、よっぽど疲れたとみえて、その蚊にもめげず、スヤスヤと眠りこけていた。

## 第二章

ギラギラと灼けつくような暑い日が毎日つづく。天候がよければ空襲も頻繁なので、むしろ雨か嵐の方を望むようになっていたが、願望は届かず、雨らしい雨は七月十一日、十二日に降ったきりだった。マリアナや沖縄から来るB29の「定期便」は、東京、大阪、神戸などの全国諸都市はいうまでもなく、九州の街々も次から次に灰燼にして行った。日本軍の飛行機はほとんどこれを反撃せず、敵機はあたかも無人の空を行くごとくだった。山口県の小月《おづき》飛行隊に、B29撃墜王といわれた飛行将校がいたが、その志村大尉も、或る日、射ち落されて戦死してしまった。いくら国民が歯ぎしりして口惜しがっても、「定期便」の襲来は増すばかりである。福岡市外の航空機製作所で、B29撃墜専門のすばらしい新鋭機が出来つつあるとか、すでに完成したとかウワサは立っても、誰も真相を知らなかった。

同時に、毎朝の新聞やラジオ・ニュースは、大本営発表をもととして、各方面における日本軍の奮戦と成功とを大々的に報じていた。特に、沖縄のアメリカ軍基地に対する果敢なる特攻攻撃の偉力をたたえ、連日、戦艦、巡洋艦、駆逐艦、輸送船等の轟沈、撃破の大戦果を報じた。敵機動部隊は、北海道や、関東地区に対して、艦砲射撃を加えたりしたが、この反撃の戦果も巨大に報道された。

或る朝、「川島ホテル」へ、報道部長からの伝令がやって来た。

「特に、部長殿から緊急のお話がありますから、全員洩れなく、十時に集合して下さい。……高井さんはよろしいそうであります」

宿舎から西日本新聞社まで約三百メートル、電車道を行けば右側だった。報道部事務室は新聞社の四階講堂に設けられてあった。その途中にある経理学校は、宣伝中隊の宿舎兼事務室になっていた。高井多門、伏見竹二、辻昌介など、報道部の嘱託は、民間の文化人が白紙徴用されたのであるが、宣伝中隊員は、召集されて兵隊として、西部軍のどこかの部隊に配属されていた文化人が、あらためて、命令によって、報道部勤務を命ぜられたものである。当時、九州の陸上部隊は第十六方面軍であって、西部軍管区司令部と表裏一体の関係にあり、その両者の司令官を立山《たてやま》中将が兼ねていた。後に、広島に第二総軍司令部が置かれると、その指揮下に入れられたが、九州を守る総兵力は百万と称せられた。

ひろい講堂には、たくさん机がならべてある。総務班、対内班、対敵班、対軍班、資料班、などの班別に、机がかためられ、すこし離れて、陣中新聞「鎮西《ちんぜい》」や「義勇新聞」の編集部があった。報道部長室は別室になっている。

「やあ、お早よう」

「元気な?」

集まって来る「川島ホテル」の連中と、経理学校の宣伝中隊員たちとが、朝の挨拶をとりかわす。どちらも自分たちがよくわからない不似合いな任務に就いている戸まどいがあって、どの顔もくすぐったそうな表情をたたえていた。

宣伝中隊長木股《きまた》中尉は、毎日新聞の幹部だった男で、堂々とした体軀の上に、濶達な気質だった。

部下には、二科の画家である神田武雄上等兵、松竹の俳優である安部透兵長、詩人の矢口新市一等兵、シナリオ・ライタアの須川上等兵、雑誌「改造」の編集者南島七郎伍長、九大の考古学者神山弘上等兵、新聞記者土之江八郎上等兵、その他、風変りな兵隊がたくさんいた。高井多門は、報道部を化物屋敷といい、烏合の衆といっているが、宣伝中隊も御多分に洩れなかった。

宣伝中隊員を含めて百人ほどの部員の他に、筆生が、五、六人いた。みんな二十歳前後の若い女学校卒業生ばかりで、厳選されて来ているので、成績も品行も優秀といわれていた。また、容貌の方も厳選されたと思われるほど、揃って美人で、殺風景な報道部内ではうるおいとなっていた。任務は主として筆耕や書類整理であるが、彼女等がお茶を汲んで来たりすると、各班の机から時ならぬ歓声や嬌声がおこる。

「諸君はまったく沙漠の花だよ」

「君たちの顔を見るために、僕は出勤して来るんだよ」

などと、半分冗談、半分本気のからかい言葉が投げられ、快活な娘たちが赤らみながらも、

「まちがわないで頂戴ね。あたしたちも軍の一員よ」

などというと、どっと笑声がおこる。たしかに、彼女等はなごやかさを作っていた。

その一人の小島洋子は、長髪で、色白で眼が大きく、人形のようにあどけない。いくらか舌足らずと思われるほど甘たるい声を出すので、特に人気があった。彼女は秘書として、部長室にいた。すると、部員のうちの口さがない連中は、もう、あいつは部長が手をつけとるよ、とか、いつも司令部の航空参謀瀬戸《せど》大佐や、情報参謀角田《かどた》中佐などがひっぱりまわしとるから処女じゃないよ、とか、ねた

み半分のデマを飛ばすのだった。あとの筆生がおとなしく、静かにしているので、花やかな小島洋子は目立った。彼女等も白紙徴用で来ているのだった。女子梃身隊として、油によごれながら工場で働くよりも、有名無名の文化人たちの間で仕事をすることが、彼女たちも楽しくてならぬ様子だった。

　副官の立川中尉が、ゾロゾロ、ガヤガヤと騒いでいる部員たちを整列させた。訓練されて、テキパキと動く兵隊を扱いなれている副官には、子供のように世話の焼ける文化人たちがはがゆくてたまらぬ様子だった。どこかにけんのある、青白い青年将校である。

　立川中尉に指示されて、小島洋子が報道部長を呼びに行った。おもむろに、威厳を帯びて、井手大佐が別室からあらわれた。

「気を付けエッ」

　勇ましい副官の号令が、講堂内にワアンと鳴りひびいた。

「部長殿に敬礼、頭《かしら》ア、中《なか》。……なおれ。……部長殿、揃いました」

「よろしい」

「休め」

　井手大佐は、ちょっと考えるようにしながら、つぐんだ口を心持とがらせて、眼をパチパチさせた。癖である。多少、意識的でもあった。文化軍人らしく、もの腰もやわらかく、長身で、いつもニコニコしている面長の浅黒い顔には、名門の出らしい気品と、教養の高さとがあらわれているが、どこかに弱々しさ、なにかの足りなさも感じられた。入歯がガクガクして、雄弁をとぎらせるとき、大佐の肩章とチグハグなものがふっとのぞくのである。しかし、態度は堂々とし、語調はつねに自信にあふれていた。

「本日、諸君に緊急にお集まり願ったのは他でもありません。平凡な言葉でありますが、いよいよ非常時体制の確立を必要とする現状にかんがみ、部員諸君の奮起をうながしたいためです」

そういって、ポケットから一枚の紙片をとりだすと、それをひろげながら、副官に眼配せした。

「気を付けエッ」

立川中尉の号令で、部員たちは、ふたたび、不動の姿勢になった。

部長は、紙片に書いてある文章を、やや気取った口調で朗読しはじめた。

「ひとつ、皇国隆替《りゅうたい》の機に際し、われら、九州戦場に起《た》つ。本懐、これに過ぐるなし。九州はもとこれ、肇国《ちょうこく》文化発祥の地なり。その伝統を継ぎてあやまらざるは、われらが責務にして、いよいよ、志を研《と》ぎてこんにちにいたる。いま眼前に醜敵をむかえて、勇気さらに百倍す。皇道、燦としてわれらが上にあり。部員一同、雄渾の構想と凛冽《りんれつ》の気魄《きはく》とをもって、宿敵を粉砕し、宸襟《しんきん》を安んじたてまつるの一途に、全才能と全精魂とを傾倒せん。……ふたつ、九州戦場に思想の戦い、激烈なり。部員は思想戦の戦士たり。観念の遊戯を排し、理論の錯倒をしりぞけ、独善におちいらず、強力簡素なる実践をもって、勝利の道へ……」

このすこし前から、部員たちの間にブツブツとざわめきがおこっていたが、もう我慢がならなくなったように、

「井手さん、井手さん」

と、どなった者があった。

井手大佐は、陶然たる流れをふいにせきとめられて、ふきげんに、

「また、安岡君だね。あれだけ、部長と呼んでもらいたいといっているのに……」

「井手君といったらいけんというから、井手さんと呼んだんだ。まあ、これでこらえてくれたまえ。それはそうと、それはなんですか。報道部五訓とちがいますか」

「そうです」

「それなら、もう、みんな印刷物をもらってるから、よくわかっていますよ」

「それが君たちがまちがってるんだ。この報道部五訓は、七月七日の結成式直後、諸君に配布したはずだから、もしよくわかっているのなら、現在のようなだらしない状態とは変っていなければならんはずです。きっと、まだ一度も眼を通したことがない者もあるにちがいない。それで、あらためて読むわけです。眼と耳とはまたちがった感銘もあるからです。これは軍人でいえば、五ヵ条の勅諭で、暗記しておかねばならぬほど重大なものです。この五訓の四項目には、ハッキリ——報道部は軍隊なり、部員は軍の一員なり、と書いてあります。もうすこし、軍紀を振粛してもらいたいものです。……つづいて、読みます」

長たらしく鹿爪らしい「報道部五訓」が読み終えられるまで、不平ダラダラながら、部員たちはしかたなしに黙っていた。しかし、聞いている者はほとんどなく、居眠りをする者もあった。

「……いつつ、戦局苛烈なり。情勢、日に逼迫《ひっぱく》すべし。艱難《かんなん》、四囲《しい》に踵《きびす》を接していたらん。戦況有利の際に、必勝の信念を持つは、何人もなすところ、危急不利のときにおいて、不動なるもの、これ、真に必勝の信念なり。部員はつねに確固不屈の信念を堅持し、胸を張り、眉をあげて、嵐のなかに立ち、勝利

への光明となり、九州一千万の東道者《とうどうしゃ》たるべし。……終り」

うんざりした気配につつまれている群衆の中で、奇妙なことに、昌介はこの景気のよい言葉の美しさに衝たれていた。嘘が一つもなく、反対すべき箇所もほとんどない。これだけ正しいことがならべられ、これだけ教訓を垂れられれば、邪悪の心などはふっとびそうである。もしこのとおり実行したならば、たしかに報道部は一大戦力となるとともに、人間の革命もおこるにちがいない。それなのに部員たちは退屈しているばかりか、怒ってさえいる。そんなら、これを拳々服膺《けんけんふくよう》しないことを心外に考えている井手大佐一人がりっぱで、部員たちは全部グウタラなのか。昌介は苦笑した。あまりにも美しすぎ、完璧でありすぎるために、全体が空疎となり、虚偽になっているのにちがいない。それよりももっと根柢的なことは、この文章を書き、この文章を読む人間自体が、この文章と無関係であることを、大衆が直感的に看破しているためではあるまいか。奇妙なところで、辻昌介は文章の恐ろしさを思い知らされて、不思議な動悸が打って来た。文章が書いた人間に叛く不気味さ――それがなんの罪に当るかわからないけれども、すでに罰はたしかに課せられている。書いた文章が消えずにある間は、審判にさらされていると同じではあるまいか。それを書いた者自身がそのことを知らなければならない。そうすればその地獄の恐ろしさにおそれおののき、人前で自分の文章など読めなくなるであろう。ひとごとではないと、昌介はアクビばかり連発している部員たちの間で、身体がふるえた。

井手大佐は、五訓の紙片をポケットに入れると、また、前のエビス顔に返って、

「これ以上は、選ばれたる文化人の諸君に向かって、くどくはくりかえしませんから、よく反省下さって、これまでの遅れを取り戻すよう努力されることをお願いいたします。序《ついで》に、ひとつだけ、つまら

ないことの御注意。それは、わたしを独占しないでいただきたいこと。つまり、わたしに面会を求め、部長室に入って、ながながと時間をつぶすことが困るわけです。次に、それと関連しますが、わたしにさまざまの直訴《じきそ》をしていただきたくないこと。総務班もあるし、立川副官も居ります。最近は、特に、一体、身分待遇、給与をどうしてくれるのか、早く決めて欲しいというのと、食糧がまずいという苦情がもっとも多いですが、これらはいわれるまでもなく、わたしとしても早急に解決したく考えている問題です。報道部は予算を切りつめられてはいますが、わたしとしては全力を傾注して、諸君に悪いようにはしないつもりです。安心して待っていただきたい。……ところで、さて、いよいよ、沖縄を拠点にした米軍の九州本土上陸が目睫《もくしょう》にせまりました。西部軍司令部参謀部と、大本営との一致した見解は、米軍が九州上陸に際しては、一部を薩摩半島の吹上浜《ふきあげはま》に揚陸せしめ、これを陽動作戦として、主力は鹿児島の志布志湾《しぶしわん》、つづいて宮崎平地に大挙上陸する。揚陸兵力は第一波において約三個師団、二波、三波以後において三十万以上。そして、その時期は、大体、十一月という見当になっております。そこで、九州全軍はこれを邀《むか》え撃って、最後の勝利をおさめる大作戦を立てているわけですが、このかがやかしい勝利を裏づけするものは、なんといっても精神力です。民心です。一般国民の敵撃滅の気魄です。そこで、わが報道部は来る八月一日の元寇記念日をもって、元寇祭をおこない、この企画に全力を注ぐことにいたしました。具体的なプランは、各班において、諸君に研究してもらいますが、根本は二度も元軍を覆滅した博多湾から、米英撃滅の神風を吹きおこすこと。大体の案としては、まず、筥崎神宮前で、伏敵大祈願祭をやる。さらに仏教連合会を総動員して伏敵托鉢をやったり、鼓笛隊入りで、元寇の歌を合唱しながら、少国民の市中行進をやったりする。『元寇』のラジオ・ドラマ、頼山陽の『蒙古来』の詩の放送、小説、詩、紙芝居、幻燈、新聞、雑誌、ポスター、伝単、立看板、懸垂幕《けんすいまく》、その他ですが、もちろん、これは福岡だけにとどまらず、各地が呼応して全九州に伏敵大会を催して……」

## 第三章

毎夜、宿舎では、常会が開かれた。班別におこなわれることもあれば、全体会議として招集されることもあったが、いつの間にか、常会といえば、第二班だけの集まりのようになってしまった。報道部長が、便宜上という名目で、簡単に、「九州組」を第一班、「東京組」を第二班と分けたことが、よかったかどうかわからない。それでなくてさえ、「川島ホテル」へ入って以後、地元の連中と、東京から西下した連中との間に、奇妙な軋轢や、ねたみあい、猜疑心などのミゾが出来ていたので、こうきれいに二つのけじめをつけたのは上策とはいえなかったであろう。しかし、時日が経つにつれて、「東京組」には実体がないことがだんだんわかって来たのである。

「九州組」といわれる連中の根幹は、大体、雑誌「九州文学」同人を中心としているので、わりあいに結束が固い。本職は小倉の大きなパン屋だが、「翁」「人間競争」などの作品を書いた笠健吉《りゅうけんきち》、「風塵」「闘銭記」などの作家で、元来は詩人である松坂幸夫、八幡製鉄所にもう数十年勤めている技術屋で、「無法松の一生」の作家今下仙介《いましたせんすけ》などは、古い文学仲間だった。これらの諸作品はいずれも芥川賞、直木賞の候補になり、当選はしなかったけれども、相ついで単行本も出版された。「無法松の一生」は、映画や芝居やラジオにいく度なったか知れない。辻昌介も、「糞尿譚」で芥川賞をもらったが、「あさくさの子供」で、やはり芥川賞になった細谷俊《ほそやしゅん》も来ていた。細谷の郷里は、北原白秋の出身地柳川で、彼は、東京の空襲がはげしくなると、妻と二人で、郷里へ疎開していた。柳川から応徴したのである。

「戦争がはげしゅうなったって、ウナギは居るけん、ときどき、柳川からとりよせてやる」

などといって、友達をよろこばせていた。

山中精三郎はロシア文学者として有名である。辻昌介と早大の同級生であるばかりでなく、昌介が戦地にいる間の一切の世話を焼き、今度も友情を求めて、九州に来た。高井多門とも親密だった。「硝子の自治領」「霞の海綿《かいめん》」などの詩集を持つシュール・レアリズムの詩人西仁《にしじん》、「交番日記」「オヤケ・アカハチ」などを書いた琉球生まれの詩人志波春哲《しばしゅんてつ》、彼は唐手と、沖縄の歌と踊りがうまい。その他、本職は洗濯屋で、画をかいている月原準一郎《つきはらじゅんいちろう》、同じく小学教員で絵かきの谷木順《たにくじゅん》、若松で、「未来協会」や「街頭者」などの劇団を組織して演劇運動をやっていた山原松実《やまはらまつみ》、これも芝居をやっていた江川清一《えがわせいいち》、それに、伏見竹二、その他の連中が、「九州組」と呼ばれるメンバーだ。といって、緊密に団結しているかというと、そうではなく、高井多門が、「九州方にも、ずいぶんいかがわしい人物がいる」というとおり、内部でのきしみあいはかなりはげしかった。

特に、江川清一や、同じ演劇畑で、江川の腰巾着のような石森始《いしもりはじめ》などが、仲間うちからも毛ぎらいされていた。江川はドサ廻りの一座などで演出をやったりしていたが、一種の性格破産者でデカダンな生活を送り、金銭のことで方々へ迷惑をかけていた。狡いところがあり、風貌も陰気くさく、細いボソボソした声にも、不明朗なひびきがあった。彼は生活にあぶれていたので、報道部結成は渡りに舟と、若松の辻昌介のところへわざわざ入部を売りこみに行ったのである。

「僕も、祖国の危急のときにじっとして居られないんだ。まずしい才能をささげて、犬馬の労をとりたい」

そういう江川を、気の弱い昌介は拒絶しきれず、推薦したのであった。

ところが、部員となって、「川島ホテル」に来て以来、彼の、「酒とバクチと女」の本領が発揮されたため、宿舎内の秩序が乱れがちになった。日本酒はなくなっていたが、朝鮮人部落から、マッカリという白い濁酒《どぶろく》を仕入れて来て、仲間を募って、自室で酒盛をひらく。夜ごとに、マージャンをやる。空襲警報が出ても窓に黒いシェードをおろしておいて、勝負をつづける。電燈を消さないので、外部に明りが洩れる。このために、近所の人たちから、つねに燈火管制をやかましくいっている報道部が、一番、管制が悪いじゃないかといって突っこまれるのである。

或る夜、見かねた山中精三郎が、

「君一人のため、報道部全体の信用がなくなる。いいかげんでやめたまえ」

と、注意をしに行った。

江川は、ハツカネズミのような顔に、皮肉の嘲笑を浮かべて、

「命をすてに来とるんだから、マージャンくらいやったっていいじゃないですか」

「バクチは法度になってるはずだ」

「ロハでやっても勝負事は妙味がないですよ。賭けといったって、ほんのチョッピリです。山中先生、お見のがし下され」

「命令だ。やめろ」

と、山中はたまりかねてどなった。大きな声も出したことのない柔和な男だったのに、江川清一の人を食った態度のいやらしさに、我慢がならなかったのである。興奮したため持病の喘息《ぜんそく》が出て、山中はひどく咳きこんだ。

江川は、ケロリとした顔で、

「命令？　誰の？」

「班長だ」

「昌《しょう》ちゃんですか」

「辻君は君たちの古い友達かも知れんけど、今は君たちの上官だ。報道部は軍隊だから、命令は守らなくちゃならんよ。第一班長の辻君がやめるようにと命令をくだしたんだ」

「あなたは、伝令？」

「グズグズいわんで、やめたまえ」

「エヘヘヘヘ……」

山中精三郎は歯の立たぬ相手にまっ青になって、ブルブルふるえた。暴力は好まなかったし、喧嘩をしても勝つ自信はなかった。大きな眼が涙でうるんでいた。

この江川清一のほかにも、「九州組」の中で顰蹙《ひんしゅく》されている者が数名あった。それでも、「九州組」といえば、なんとなしに一丸となっている印象をあたえていたが、「東京組」の方はまったくバラバラだった。

最長老の高井多門ははじめから一人超然としているし、虎谷義久も、なにをやっているのかわからないが、グループからはいつも離れていた。彼の最大の任務が九州独立運動にあったことは後になってわかったけれども、その秘密を知らない連中は、

「あの虎谷という男は、一体、なんの特権があって、あんなになにもしないでブラブラしてるんだ」

と憤慨していた。革命政府を作る地下工作は、着々と進んでいたらしいが、部員たちの誰も気づいている者はなかった。

一応、「東京組」の第二班長は、いつも佐官待遇の赤い帯革を吊り、バリッとした将校服に乗馬ズボンをはいている、むくんだように ボッテリ肥えた沼井明《ぬまいあきら》になっているけれども、誰もこの男の正体を知らないし、むろん尊敬などしている者はなかった。

「あんな便乗派の寄生虫を、なんで井手君は重用するんだ」

と、安岡金蔵《かねぞう》は、毎日のように怒っている。

この高名な憲法学者は昔から部長とは親しくしていたので、ウッカリ、「井手君」と口に出てしまい、井手大佐のきげんを損じていた。理論家のくせに、ひどくセンチメンタルなところがあり、すこぶる酒好きなので、よく、辻昌介の部屋にやって来た。

「君のところへ来ると、いつも日本酒があっていいよ」

率直にそういうし、いつも近眼鏡の下の細い眼に柔和な微笑をたたえていて、すこしも気取ったところがないので、初対面の昌介も気持よくつきあって、すぐに親しくなった。

「筥崎に、『千代の松』という造り酒屋がありましてね、そこの主人が、宣伝中隊にいる二科の神田画

伯と親しいもんだから、はじめは神田上等兵を通じて、酒をもらっていたんです。このごろは、直接、僕にも、無理をいいさえすれば聞いてくれるようになったもんだから……」

「やっぱり、マッカリよりは日本酒が百倍もいい。ところで、ここの梁山泊《りょうざんぱく》にはへこたれるな。辻君、僕を君の方の第一班に入れてくれんかね」

「裏切りですか」

「むろん、第二班にも、まじめな人たちがいるよ。だが、どうも、あの班長の沼井明と、もう一人、赤根一郎とはやりきれん。彼等には精神というものがまるでないよ。威張りくさっているが、報道部を食いつなぎの腰かけにしてるだけだ。それどころか、軍を笠に着て、なにか悪事を働いている形跡がある。あんな奴らにかぎって、上に取り入る術はうまいからね、井手君はたぶらかされてるんだ。昔、マーカス・オーレリアス皇帝が、朝、ベッドを離れるときに、かならず呟いたというよ――ああ、今日もまた、ウソつき、オベンチャラ、オセッカイ、腹黒、欲深、エゴイストたちと会わねばならぬか、って。辻君、井手君も、マーカス・オーレリアスくらいの眼力を持たなくちゃいかんよ。井手君はただ酔ってるんだ。あの赤根の奴はどうやら、ここの女中に眼をつけてるらしいが、カメラマンの畑野君の話を聞くと、三階の暗室を借りて、コッソリ、自分が撮したエロ写真を、自分で現像焼付してるということだよ。きっと、商売にしてるんだ」

その赤根一郎が、部員の誰かに、

「辻昌介って、なんであんなに威張ってやがるんだ。いくら軍のオボエがめでたいといったって……」

と嘲ったということを聞いて、昌介はドキリとした経験がある。大形にいうと、頭上からいきなり雪崩が落ちて来た思いだった。いつでも謙虚にしていたいと心がけ、なにごとも控え目にしているつもりでも、ふっと、なにかの拍子に、不遜な態度があらわれるのか。軍のオボエがめでたいと思ったこともないし、軍を笠に着ようと考えたこともないが、自分のこれまでの長い軍との密接な関係が、どこかに言動を規定しているものがあるのかも知れない。自分や味方はそれに気づかないが、敵はとぎすまされた憎悪の眼によって、鋭く真実を看破するのである。味方の言葉よりも敵の言葉に耳を傾けなければならない。赤根一郎が単に嫉みによって吐いた言葉であったとしても、片鱗をかぎつけての発言であったとしたら、昌介にとってはやはり霹靂《へきれき》に値した。

いずれにしろ、報道部は奇妙な集団であり、「化物屋敷」とか、「烏合の衆」とか、「梁山泊」とかいう、あまり芳しからぬ名で呼ばれていて、一体こんな組織を作ってなんの役に立つのか、これからどうなるのか、いつ爆発するのかと不安を抱かせられる。

「井手大佐のオナニズムだな」

と、一口にいい捨てる者もある。

にもかかわらず、この矛盾と滑稽に満ちたグループの中に、なにか焔のようなものが立ちのぼり、信ずべきものが僣んでいることを、昌介は疑うことが出来なかった。

元寇祭行事についての全体会議は、昼間、報道部事務室でもおこなわれたが、夜になって、宿舎の常会でも、さまざまのプランが提出されて、検討された。しかし、例によって、全体常会は第二班常会のようになってしまい、第一班から加わったのは高井多門、安岡金蔵、若いカメラマンの畑野夏雄、漫画家大野木逸太《おおのぎいつた》などにすぎなかった。二階の角にある粗末なロビーが会場である。

辻昌介が座長になり、番茶をのみながら、話を進めた。昌介はもとはひどく肥満していたのに、最近は食糧のかげんか、中肉中背というところに落ちついていた。頭は丸刈りにし、国民服を着るのが非常時型の相場になっていたが、昌介は長髪で、背広を着ていた。笠健吉、今下仙介、山中精三郎、月原準一郎、山原松美など、いずれも四十歳からすこし出たばかりで、昌介はいくらか若く見られた。

席に、院外団として、佐野良《さのりょう》と二人の兵隊が来ていた。佐野も「九州文学」の同人で、「肉体の秋」「暗夜」などの作品が芥川賞候補になったことがある。年配は昌介と同年だったが、頭は禿げあがり、顔にも皺が深くて、誰からも六十以上の老人に見られるほど老《ふ》けていた。鼻が太く、声が大きく、長身で、いつも和服を着ながしていた。浄瑠璃の方では、嘗て、竹本津太夫のあとを継ぎ、津の子の芸名で、大阪文楽《ぶんらく》にしばらくいたことがあるから、本物である。文学をやるために、文楽を飛びだしたので、やむなく津太夫はさらに新しい後継者を迎え入れた。二十六歳で元老になり、九州の素人義太夫大会の審査員を勤めている。生計は浄瑠璃の師匠で立てながら、小説を書いているわけだが、彼が報道部に入らなかったのは、日本文学報国会九州支部の責任者となったからであった。しかし決戦下の文化運動という意味ではつながりがあるので、佐野良は部外嘱託として報道部にも出入りし、よく「川島ホテル」も訪れて、常会にもたまに出席するのだった。仕事よりも、友人たちに会いたい気持の方が強かったのかも知れない。

「今夜は、南島君や神田君といっしょに来たよ。ちょっと、文報の用事で、宣伝中隊の方に会いに行ったら、こっちに遊びに行こうというもんじゃけ」

南島七郎は「改造」の編集者だが、郷里が佐賀なので、伍長として召集されて、久留米の第十二師団司令部付になっていた。最近、西部軍へ転属したのである。軍服を着ると、文化人とは見えぬ精悍さがあった。

二科の画家である神田武雄上等兵も、肩幅のひろい巨漢で、眼が据わり、酒焼けした鼻が赤く光っている。筥崎の造り酒屋「千代の松」と昵懇《じっこん》なので、戦友たちから重宝がられていた。

「元寇祭で、絵の要ることがあったら手伝いますばい」

そういったが、彼はアメリカで育ち、サンフランシスコの大学を出ているので、英語はペラペラ、アメリカ人の友人も多く、アメリカと戦うことに戦友たちとはちがった複雑な感慨を抱いているようだった。

「辻君は、小月飛行隊へ出張する命令が出たんだって?」

妖婆のような高井多門が、やや心外そうにいった。格別、養生もしないのに、このごろ、すこし元気になったように見受けられた。

「そうなんです。B29撃墜王志村大尉のことを調べて来いというんです。八月一日から三日間です」

「無茶だなあ。八月一日には元寇祭をやることがわかってるのに。そうすると出発前に、ラジオ・ドラマを書いて行くことはちょっと無理だね」

「ええ、ちょっと」

「僕は、こんな調子で、まず不可能だし、弱ったなあ」

「僕が書きましょう」

と、江川清一がいった。

高井は、不安な面持をしたが、

「君、ほんとうに書ける?」

「書けますよ、ラジオ・ドラマくらい……」

「ラジオ・ドラマくらいなんて、そんないいかたをしてはいかんね。日ごろとはちがうんだ。日本が勝つか負けるかを決定するような迫力のある……」

「わかってますよ」

「そうですか。そんなら頼みましょう。僕は軍司令官の放送原稿を書かなくちゃならんことになってる。これがまた大仕事だ。江川君、原稿が出来たら、プリントにする前に、一度見せて下さい」

「プリントにしてからでよくはないですか」

「いや、台本にする前に」

「そうですか。なら、そうしましょう」

江川は釈然としない顔つきで答え、いまいましげに、吸いさしの煙草を口にくわえた。

細谷俊が「河童の竹蔵」という紙芝居台本を書き、それに谷木順が絵をつける。竹蔵は海に潜り、元軍の軍船の底に穴を開けて沈没させた漁師である。笠健吉、今下仙介、松坂幸夫などは、元寇をテーマに短い小説や詩を作って、新聞雑誌に出し、放送もし、辻小説として、岩田屋百貨店、その他の商店のショウウィンドウに飾る。月原準一郎、神田武雄、大野木逸太などの絵かき、漫画家はこれに挿絵をかく。その他、さまざまの話しあいが割合い順調に進んだ。

「それなら、僕は、これで……」

と、高井多門が立ちあがった。

「お寝みなさい」

と、誰かがいった。

「いや、寝むどころか、これから遠征だ」

「どこへ？」

高井は答えず、歯のぬけた大きな口で、ウッフッフと声のない含み笑いをしてから、ブライヤアのパイプをくわえて、出て行った。

「幽霊、遠征へ行く、だね」

江川清一がそういって笑ったけれども、ついて笑うものはなかった。

女中の安田絹子は、高井は仙人で、なにも食べないで生きているといったけれども、ただ、ここの玄米と大豆のまぜ飯を敬遠していただけだ。病身なので、元来が小食でもあったのだろうが、わずかのパンやスープ、たまにはオムレツくらいでよかったらしい。ここでは、自分だけ別の料理を頼みたくないので、博多駅前の「博多ホテル」まで、日に一度、通っているのだった。かなりな距離だから、重病人にとってはたしかに遠征であろう。電車で行くのである。いつか、妻の持って来たギンメシのお握り一個を昌介が進呈したとき、高井はひどくよろこんだが、それをあらためてお粥に炊きなおして、数回に食べたようであった。

高井の落ちついた足音が消えてから、キザミ煙草を煙管《きせる》でふかしていた安岡金蔵が、

「九州方はいいなあ。東京組が居ったら、こうスムースには行かんよ。沼井明でも、赤根一郎でも、一言居士だから、自分ではなんの意見も持たない癖に、かならず横槍を入れてひっかきまわすんだ。度しがたいよ。……それに、あいつら、今夜もいないんだよ。犬猿もただならぬ仲だから、いっしょではないにきまっているが、毎晩、どこかに出かけやがる。そして、きまって二人とも酔っぱらって帰って来るよ。どうせロクなところに行ってやせんにきまってるが、僕は部屋が二人にはさまれてるから、やりきれんよ。こっちの方に空部屋があったら、引っ越して来たいくらいだ。ああ、いやだ、いやだ」

よほど腹が立つとみえ、まるでそこにいる沼井と赤根とを睨みつけるような口調で呟いた。

「虎谷義久も、夜、居ったのを見たことがないね。彼の方は、昼もどこにいるかサッパリわからんが……」

と、山中精三郎が、逆三角形の青白い顔に、はげしい不満をあらわしていった。

「あいつ、えたいの知れん奴ちゃ。ファッショのスパイじゃないか」

今下仙介がそういうと、それに追いかぶせるように、

「いやいや、虎谷君は、沼井や赤根のようなヤカラとはちがうよ」

と、安岡がいった。

「安岡さんは、そんなら、虎谷義久をよく知っとるちゅうんですな?」

「よくも知らんが、とにかく、ファッショのスパイなどという悪質漢じゃない。ファッショでも、右翼でもないよ。彼は彼で任務を持ってるんだ」

「その任務というのを聞かせて下さい」

「僕は知らん。報道部長が知ってるだろう」

そういった安岡金蔵は、シドロモドロで、眼を白黒させた。井手大佐の秘密の委嘱によって、安岡は、最近、しきりに、九大の法文学部の教授たちと会っていた。会合も数回開き、もし九州へ軍政を布いた場合にはどうなるかという法律関係を研究していた。もちろん、九州だけ独立して革命政府を作ることなど伏せておいて、専門の立場から検討し研究したのである。安岡は憲法学者として、九州独立政府の新憲法もひそかに練っていた。

安岡の狼狽した態度に、なにかを嗅ぎつけた今下仙介が、

「安岡さん、あんた、なにか隠しとるごとあるなあ。気持が悪い。同志の僕らに、そんな水くさい……」

と追及しかけたとき、遠くで、サイレンが鳴りだした。方々のサイレンの数がたちまち殖《ふ》え、報道部の真上の、西日本新聞社屋上の大サイレンがひびきはじめた。

「警戒警報発令」

と、ホテルの屋上の対空監視哨が、メガホンでどなった。

「みんな、部屋へ帰ろう」

安岡金蔵がまっさきに立ち、部員たちはドヤドヤとそれぞれの部屋へ引きあげた。部屋の明りが一つずつ暗くなった。黒幕をかぶせたのである。

やがて、まもなく、空襲警報に変った。

「待避」

と、対空監視哨が叫びながら、屋上から駆け降って来た。

部屋の電燈を消した部員たちは、大急ぎで階下に集まり、二つの防空壕に分れて入った。

「早よ逃げれェ。……危いど。……危いど」

防空頭巾をかぶり、リュックを背負った画家の谷木順が、ギャアギャアと、アヒルのような声で叫びながら、廊下を右往左往している。ひどい空襲恐怖症で、錯乱してしまうのだった。

「また、あいつ。……谷木をつかまえて、猿グツワをかましとけ」

と、笠健吉がはがゆそうにどなった。

手とり足とり、新しく掘った方の防空壕の一番奥に入れると、やっと落ちついた。肩で大きく息を切らし、汗をダラダラ流している。壕の中はむし暑く、蚊が多かった。

福岡全市、一つの明りもなく暗黒となった。音もとだえた。その上に、西日本新聞社屋上の大きなマイクから、おどろおどろしく、雷鳴に似たアナウンスがとどろきはじめる。

「西日本新聞特報、西日本新聞特報、マリアナ基地を発したるB29約三十機は、足摺岬を経て北上しつつあり。北九州地方を指向し居るもののごとく思われるにつき、特に厳重に警戒を要します……」

森閑とした中に、ゆっくりゆっくりしたこの言葉だけが、異様な余韻を引きながら、不気味に、悪魔の声のようにひろがる。心なしか、大編隊の爆音が近づいて来るようであった。

「来たぞ、来たぞ、来たぞ……」

と、谷木順が、また騒ぎだした。

「馬鹿たれ、蚊じゃわい」

そういって、月原準一郎が谷木の頭をポンとたたいた。

「アイタッ、直撃弾じゃ」

みんな、どっと笑った。

突然、玄関口が騒がしくなった。近所の人たちが、四、五人やって来て、地団太ふみながら、なにかけたたましく喚いている。

こちらからも、四、五人、飛びだして行った。

「報道部はスパイじゃなッか。明りば、つけて敵を誘導しよるんじゃろう」

五十がらみの男の声は、怒りにふるえていた。

「なにを無礼なことを申すか。明りは全部消してあるぞ」

と、南島伍長が叫んだ。

「あげんアカアカとつけとって、消してあるた、なんかい」

「一箇所もついとるところはない。帰れ。ここをなんと心得とるか。報道部宿舎は陣地だぞ。地方人が陣地にみだりに侵入すると、許さんぞ」

「敵に信号するスパイの陣地か」

「なにぬかすか」

南島伍長は怒りにまかせて、先登の男を蹴とばした。

おたがいに喚きあい、乱闘になった。

そこへ、裏の馬車曳きが飛びだして来て、

「高井先生の部屋に明りがついとるばい。早よ消さんば」

と、血相変えてどなったので、それから急に大騒ぎになった。「川島ホテル」のどの部屋もまっ暗だったが、高井多門の部屋から、煌々とした電燈の光が無遠慮に周囲にかがやき出ているのだった。「博多ホテル」に行くとき、つけたままだったのである。裏の一番奥だったので、ちょっとわからなかったのである。しかし、鍵がかかっていて、表ドアから入ることが出来ない。裏に廻り、大あわてで梯子をかけたが、窓ガラスもしまっている。ガランとした主のない部屋に白いシーツのベッドが横たわり、緑の美しい松の植木鉢と、「休道他郷辛苦多」の石摺文字の掛軸と、コーヒー茶碗とサモワールとが静まりかえっている。やむなく、ガラスをたたき割り、内側に手をさしこんでやっと障子のカギを抜いた。部屋にとびこむと、大急ぎで室内燈のスイッチを切った。

そのとき、空襲警報解除のサイレンが鳴りだした。B29はどこか中国地方へ方向を転換したらしかった。

## 第四章

夏空の下にひろがっている瀬戸内海の青さが、眼球に染みわたるようである。風がかなり強く、青空を早いスピードでちぎれ雲が走る。そうかと思うと、南の空につき立っているいくつかの入道雲は、ビクともしないで、ギラギラと真夏の太陽をはねかえしている。潮の香がこころよい。海に浮かぶ船。飛ぶカモメ。

辻昌介は、大きく深呼吸をして、貪欲に海からの風を吸いこんだ。空気がおいしかった。これまで、福岡の街のせせこましい「川島ホテル」の宿舎と、新聞社講堂の報道部事務室とでばかり暮らして来たので、久しぶりの自然が馬鹿馬鹿しいほどなつかしかった。海岸には、まるで南方のように檳榔樹《びろうじゅ》が立ちならび、大きな青々としたウチワの葉がゆらいでいた。その下のカンナや、夾竹桃や、サルスベリの赤い花々も、珍しいものを見るように新鮮だった。「化物屋敷」の窒息するような重苦しい空気から解放されて、昌介はノビノビした。

「おうイ」

と、声は立てないが、海へ向かって口の中で叫んでみた。どうして、こんな少年のような心の弾みが訪れたのか。

いまごろは、報道部や、福岡市では、元寇祭の諸行事がにぎにぎしく催されているはずだが、昌介にはそれが自分とはまるで無関係な、遠い国の出来事のように思われるのだった。胸を張れるだけ張り、フナのように、口をパクパクさせて、存分に空気を食べた。量に制限はなく、大気は無尽蔵に遍満していた。こんな贅沢をしたのは久しぶりだった。

「辻さん、なにをやっとるとです?」

その声で、我に返った。

「あんまり、空気がおいしいもんだから……」

「へえエ、空気が？　空気に味がありますかいな?」

「ありますとも」

「どけな?」

「そう聞かれると、ちょっと返答に困るけど、とにかく、福岡の空気とは段ちがいだ。色も美しいですよ」

「自分ら、毎日、ここで暮らしとると、なんとも思いませんばい。それよか、志村さんのお宅で、奥さんがお待ちかねですけえ、そちらへ参りましょう。車が用意してあります」

「すみません」

空気はおいしかったけれども、ここも自由の楽園ではなかった。それどころか、連日連夜、敵機の襲来を邀撃《ようげき》する戦場なのである。特に、この小月飛行隊はマリアナ基地から、関門海峡へ機雷投下に来るB29に対しては、一手引きうけみたいな位置に当っていた。そして、B29撃墜王といわれた志村大尉をはじめとして、かなりの戦果を挙げたけれども、こちらも相当の損害を出していた。

あまりひろくない飛行場のあちこちに、戦闘機が遮蔽されて隠されてある。ピットのところに、飛行服の兵隊たちが屯している。たまに昼来ることもあるが、機雷投下のB29はほとんど夜なので、わりあいにのんびりしていた。ピットから立ちのぼる煙草の煙が白い花のようだった。

昌介は、剽軽《ひょうきん》そうな若い航空兵から案内してもらいながら、この四月の中ごろ、視察に行った鹿児島の知覧飛行場を思いだしていた。知覧は沖縄攻撃の特攻基地であるから、ここ とはすっかり雰囲気がちがっていた。毎日、何機かの特攻機が出撃して行くが、それは絶対に一機も還って来ないのである。この小月ではやって来た敵機を邀《むか》え撃ちはするけれども、生還の可能性は充分にある。つまり、知覧は必死隊であり、小月は決死隊だ。そこで、小月では、戦死した一人の志村大尉を手厚く葬り、その一人を惜しんで、いろいろと供養する余裕があるのだが、知覧では大勢が一斉に死の旅に出て、それきりだ。出撃した兵隊たちを悼んでいる間などはなく、つづけさまに次の兵隊たちが死の旅に就く。しかし、やはり、兵隊の死という犠牲によって、戦局の一端に参加していることに変りはない。さすれば、軍隊というわが報道部はどういうことになるだろうか。任務の種類がちがうのでやむを得ないとしても、知覧や小月の兵隊たちの前に、ノメノメと顔をさらす資格があるであろうか。報道部は決死隊か。必死隊か。死とどこでつながりがあるのか。それよりも、死を考えている者があるであろうか――ある。高井多門だ。髪さんばらにふりみだした、歯の抜けた幽鬼のようなヒョータン顔が浮かんだ。彼は必死隊ともいえるし、決死隊ともいえる。その他には？　すぐに、笠健吉や、山中精三郎や、今下仙介や、細谷俊や、安岡金蔵や、次から次に仲間の顔が浮かんで来た。彼等の心境を昌介はいちいち知っているわけではない。それぞれ複雑微妙であろう。しかし、程度や形の差はあっても、いずれもなにかの決意を持って来ていることはうなずけた。それが死と無関係でないこともうなずけた。トンチンカンの中に、悲壮なものがあるのである。そういえば、報道部長井手大佐も信じなければならない。安岡金蔵のいうように、マーカス・オーレリアス皇帝の聡明さがあったならば、さらに申し分はないであろうが、ひょっとしたら、そういう眼力や意地わるさや、権謀術数、配下の操縦法、マキアベリズムなどのないところが、井手大佐の取柄なのかも知れない。「チョコレートの兵隊」と誰かのいった純情さにおいては、比類がないのである。そして、その死生観も純粋であるにちがいない。そんなら、自分は？――このとき、昌介は、自分も、と胸を張る。覚悟は出来ているつもりだった。そして、それによって、わずかに、この戦場に身を置いていることを、ひそかにうなずくことが出来る気がした。しかし、これは一人よがりかも知れない。うぬぼれかも知れない。土壇場になってみないとわからないのである。正直いって、命は惜しいし、死にたくはない。ただ、自分も兵隊としていく度となく戦場を馳駆《ちく》した過去の体験が、一つの歴史としての自負を植える。しかし、昨日の歴史は今日を証明するとはかぎらないし、価値も変化する。人間が妄動することによって、なにかを証明して来た苦い経験は、骨身に染みている。最期を待ってみるほかはない。その最期の瞬間が近づきつつあるようである。昌介は、明日は戦死しているかも知れない兵隊の後につづきながら、そんなとりとめもない想念にとらわれていた。

「さあ、どうぞ、この常用車《じょうようしゃ》に乗って下さい」

案内の若い兵隊は、そこまでで任務が終ったらしく、車には、別の兵隊が乗っていた。

飛行場からせせこましい小月の町に入りこみ、志村大尉の家に行った。

志村の親友だったという坂口少尉は、少年のような顔をほころばせて、

「辻さん、この町の多くの人は、志村は死んでいないなんてウワサしているんですよ」

「ほう」

「志村が、いつも愛用していた自転車に乗って、たそがれの町を走っているのをたしかに見たというんです。或る者は、四国の病院に、眼だけ出た繃帯姿で入院しとるなんていっています。瀬戸内海の島に這いあがって助かっとるという者もあれば、海に落ちた飛行機の操縦席に、血だらけで笑っているのを見たという漁師、ひどいのは、なにかしくじりをして、重営倉に入れられとるなんていう者もあります。とにかく、志村大尉のような人間を死なせたくないのですな。西郷隆盛は城山で死んではいないとか、源義経は奥羽から北海道に逃れたとか、蒙古にわたってジンギスカンになったとかいう、

あの伝でしょう。人気があったわけですね」

車がとまったので降りると、そこが志村家だった。

家は狭かった。ありふれた借家らしく、調度らしいものや、装飾類も乏しいせいか、妙にガランとして、全体にヒッソリしたしめっぽさがあった。カッと明るい表から急に入ったので、そんな気がしたのかも知れない。

連絡がしてあったので、未亡人が待っていた。

「よくおいで下さいました」

そういわれて、昌介は祭壇の前に行き、線香をあげて合掌した。

ゆらめいている二つのローソクがあたりを照らしだしている。正面の位牌には「凌雲院日月定光居士」の戒名が読めた。そのうしろに、志村大尉の写真、三枚の感状、床柱には、武功章を胸につけた少尉の肩章のある軍服がぶら下げてある。戦死したときは少尉だったのに、抜群の勲功によって二階級特進させられたもののようだった。愛機の写真があった。ダンダラ迷彩のほどこしてある双発の戦闘機だが、その機首の左側に、B29がずらりとならべて、白抜きで描かれてあった。数えてみると八機あった。一機ずつ、上部から矢印がつき刺さっているから、撃墜した機数にちがいない。

志村豊子は黒い喪服をまとい、膝に、三歳の男の子を抱いていた。もう一人、六歳になる男の子と、夫人の父という痩軀の老人がいた。

上の男の子は、案内して来た坂口少尉に、しきりに挑みかかって戯れたが、ひどく真剣なので、少尉は持てあましていた。すると、どうしたのか、膝の上にいた下の男の子が、急にむずかって母親を

たたきはじめた。どんなになだめてもききいれない。夫人はそのあどけない拳をよけながら、

「二人とも強情なところが、主人にソックリでして……」

と、微笑をふくんで、弁解するようにいった。

昌介は、豊子未亡人のあまりの美しさに、息をのむ思いがしていた。入ったときから、その静かな態度や、もの腰の折目正しさにすぐに気をとめられていたが、正面に向きあい、話をはじめると、あらためて見なおさずには居られなかった。色白の瓜実顔のあでやかさと身のこなしには、素人には感じられない、アクの抜けたところがあって、奇妙なことに、昌介は胸騒ぎがしたほどである。憂いに満ちている様子にも、妖しいばかりの魅力があった。

すこしずつ打ちとけて来たとき、豊子は、ほとんどひとりごとのように、

「あたくし、主人と生まれが同年同月同日でしたの」

と、ポツンといった。

「ほう、それははじめて聞いたな。辻さん、奥さんは志村とロマンスがありましてな。自分は熊谷の航空学校時代、志村と同級でしたが、志村の奴が、いつも――芸者に追っかけまわされて困ると、ニヤニヤうれしそうにいって居ったもんですよ。どっちが追っかけまわしたか、ハッハッハッ…」

坂口少尉のその言葉が聞きづらいように、夫人は深くうつむいた。形のよい耳が、ほつれ毛のかかっている青いほどの襟足の上に、象牙細工のように光って見えた。

昌介は息苦しくなった。こういう美しい女が二人の子供を抱えて、これから一人で生きて行かなければならないのである。軍人の妻は夫の死にあっても、毅然としていなければならないことになって

いる。もう泣きつくしたあととみえ、夫人があまりメソメソしていないので、いくらか気が楽であるが、今日いちじつのことよりも、これから先の人生を考えると、気が滅入る。それはこの一人の女に対する単なる同情ではなく、戦争の無慈悲さに対するいいようもない憤りであった。軍人の未亡人は再婚も許されない。恐ろしいなにかの軛《くびき》が、女としての幸福から一生しめだしているのである。昌介は、広島の母の故郷に疎開している妻を思いだした。美絵は三人の子供とともに、狐や狸の出る草深い田舎で、さびしい暮らしをしているが、その忍耐も祖国の勝利の日の期待のためにつづけられているのであろう。いや、祖国よりも、昌介といつか逢える日だけを楽しみにしているにちがいない。昌介が死んだら、どうなるであろうか。死ぬ可能性は強い。すると、この志村未亡人と同じ運命におちいるのである。昌介は、胸騒ぎがして来ると同時に、もうこれ以上、不幸な志村夫人と相対しているに耐えられなくなって来た。報道部から派遣されて来た任務は、B29撃墜王志村大尉の行蔵《こうぞう》を調査して、その功績をたたえ、「志村大尉のあとに続け」と国民に呼びかけて、戦意昂揚の資とすることにあったのだが、そんなことがひどい罪悪のような気がして来た。未亡人を冒瀆《ぼうとく》するもののような気がして来た。戦意昂揚のアジ・プロとは、次から次に、無数の未亡人と父なし子とを作りだす残忍な作業なのだ。しかし、戦意を昂揚しなければ、戦争に負ける。そんなら、どうしたらよいのか。昌介は悪魔に魅入られたように身動きがならなくなり、狼狽と差恥とで顔が赤らんで来た。

その耳に、

「辻先生は、尺八はお吹きになられませんでしょうか」

という豊子未亡人のやさしい声がひびいた。

「ほんのすこしなら……」

「そうですか。そんなら、今日おいで下さった記念に、主人が愛用していました尺八をお持ち帰り下さいませんでしょうか。大した品ではございませんが……」

「いただきましょう」

そんなものを貰うと、なにかの重荷になるような気がしたが、断るのも面倒くさく、とにかく早く出たかったので、未亡人からそれを受けとるや否や、

「そんなら、これで……」

と、逃げ腰で、席を立った。


鹿児島本線を走る下り列車は混雑していた。しかし、どうにか席はあったので、三等車の窓側に腰をおろして、窓外を見ていた。小倉、八幡、折尾とすぎ、遠賀川《おんががわ》を渡る。葦の洲がいたるところにあって、そのあたりをヨシキリが飛んでいた。ひろびろとした川は青空と白雲とを映して、ユッタリと流れている。見わたすかぎりの水田も美しく稲の穂がのび、風にしたがって青い波を立てていた。方々におどけた案山子《かかし》が立っている。どこにも戦争などは感じられない平和そのものの風景だった。

しかし、車中の客はいずれもものものしい戦時服装で、話し声も気が立っていた。ヤミの買い出しもいるらしく、露骨に取引の話をしている者もあった。

「ポツダム官言た、あら、なんのコッちゃい?」

と、どなっている者もある。

「日本に全面的降伏をせえちゅんじゃ」

「阿呆らしい。日本が降参するもんか。日本は戦争に負けたことは、一ぺんもなかとぞ」

「そげんいうたって、このごろのごと景気が悪いと、もう勝ち目はなかばい」

「馬鹿たれ、戦争はこれからだよ。勝利は最後の五分間にあるんだ。そんなことをいうのは非国民だぞ」

ガヤガヤと乗客はやかましかった。

海老津《えびつ》のトンネルを抜けてから間もなく、突然、列車が急停車した。立っていた者も、腰かけていた者も、衝撃でよろめいた。

「空襲らしいぞ」

誰かの叫びに合するように、どこからか、サイレンがひびいて来た。

列車の天井の拡声器から、あわただしいアナウンスの声が流れ出はじめた。

「乗客のみなさんに申しあげます。敵機が十二、三機、前方にあらわれました。グラマン機のようですから、列車を狙っている公算が大です。危険ですから、すぐ車外へ待避して下さい」

アナウンスの終らぬうちから、大混乱におちいった。われ先に出ようと入口に殺到した。女や子供の悲鳴が聞えた。窓から飛びだす者も多かった。命よりもヤミ物資が大切というように、まずリュックサックを窓からぶら下げて下ろす者もあった。鉄道の両沿線へ、数千人の乗客があわてふためきながら散って行った。それぞれに、土堤や、窪地や、大木などを見つけてそれに隠れたが、逃げおくれて列車の下にもぐりこむ者も少くなかった。

昌介は、小川にかかっている木橋の下に飛びこんだ。水は少く、やっと靴を浸した程度だった。朽ちて腐っている橋から異様な臭気が鼻をついた。次から次に、五、六人入って来た。闖入者におどろいて、カエルや爪の赤いカニがあわてて逃げて行った。

爆音が近づいて来た。すさまじい炸裂音と共に、地ひびきがした。小型爆弾が投下されたらしい。パリパリパリッと、機銃掃射の音がおこった。すぐ頭上に来たようである。木橋の上に弾丸がはげしく突き刺され、饐《す》えた土くれが頭上に落ちて来た。

「やられたばい」

その声で、かたわらを見ると、昌介のすぐ隣りにいた、リュックを負った中年の女が水中にたおれていた。首筋を射ち抜かれて、声を発する間もなかったらしい。流れ出た血が川の水に散って行く。また、すさまじい弾丸が木橋の上をたたきつけて過ぎた。

「畜生」

今度は、五十くらいの中年紳士が靴の上から足を射たれて、泣いていた。小川の水はみるみる真赤になった。

負傷者の靴は、昌介の靴と五寸とは離れていなかった。昌介はゾッとした。動悸が打って来た。敵機は執拗に列車の周辺を狙って旋回している。昌介は歯ぎしりした。彼は戦場を思いだした。これはまるで第一線ではないか。すぐ隣りの戦友が眼前で戦死するのをいく度見て来たか知れないが、今、この日本本土もそれとすこしも異らない。しかも、非戦闘員ばかりで、応戦する手段がないだけみじめだった。この調子なら、自分も危い。こんなところで、死に直面しようとは思わなかった。昌介ははげしい恐怖感に襲われたけれども、ここから動くことも出来なかった。

爆音が遠ざかると、そっと木橋の下から顔を出して見た。

「熊ン蜂」と呼ばれているズングリしたグラマン艦載機が十四、五機、まるで演習でもしているように、列車とその沿線とを、縦横に、銃撃している。爆弾はあまり積んでいなかったとみえる。幸い列車にも線路にも命中している様子はなかった。敵機は充分に目標を定めておいてから、ブウンと不気味な音響の尾を引いて、急降下して来る。操縦士の顔も見えるほど低く近づいて、悠々と機関銃で掃射する。「へのへのもへさん」の顔でつっ立っている案山子が人間に見えるのか、何機かはさかんにそれを狙っていた。コーンと金属的な音がし、徳利の頭が割れてはね散った。

「アアハッハッハッ」

と、それを見て、さっき足を射たれて泣いていた中年紳士が、全身をゆするようにして笑った。もう痛みは感じないのか、まだ血のふき出ている靴の足は水中につけたまま、土堤の草に腹ばいになり、ケロリとした顔つきで、外界を眺めまわしている。五十がらみの年配で、銀縁の眼鏡を糸で耳にかけ、貧相たらしいチョビ髭を生やしている。カサカサに乾いた皮膚は、稲の青さに負けぬほど青く、額の数本の皺は黒い条を引いたように深かった。麻の自服はヨレヨレ、ワイシャツは洗濯がきいて清潔だが、ネクタイはモミクシャだった。古ぼけた黒いカバンを持っていて、どうやら停年間近いサラリーマンらしく見えるが、たしかに、三人か五人かの父親にちがいないと思われた。大きな男の子があれば、兵隊にとられていることであろう。その男が発狂しているのである。案山子の徳利頭が割れたとき、彼の頭も狂ったのか、なんでもないことにすぐゲラゲラ笑いだし、狂気の眸をうつろに光らせた。ゼンマイ仕掛のように、全身が痙攣《けいれん》していた。そうかと思うと、嗄《しわ》がれ声で、

「あんた、その尺八をわしに貸さんかえ。千鳥《ちどり》の曲を吹いてみせてやるがのう」

といって、昌介が持っている尺八をもぎとろうとした。志村未亡人から貰った形見の尺八は緞子《どんす》の袋に入れて、朱の紐で結んである。昌介の荷物はこれ一つで、身軽ではあった。空襲の最中に、狂人が尺八を吹きだしたのでは、自分も狂人かと疑われる。もちろん、昌介は貸しはしなかった。

停っている機関車がまっ黒い煙をはきつづけている。敵機は機関や蒸気釜を狙っているようだったが、命中しないらしかった。巨大な黒い猛牛が煙草でもふかしているみたいに、機関車は頼もしげに見えた。昌介は、小川の土堤に沿って、線路の方角へ走りだした。木橋のところにいるのが苦痛になったし、列車の下の方が安全だと思ったからだ。それを見て、狂人がまたゲラゲラ笑った。敵機が遠ざかった隙をうかがったつもりだったのに、どの機から射ったのか、ピュン、ピュンと、耳をかすめる近さで、弾丸が飛びすぎた。そのたびに、思わず首をすくめながら、必死で走った。線路まで十キロもあるほど遠い気がした。

「辻さあん……」

と、呼ぶ者があった。

また弾丸が飛んで来たので、たしかめる余裕がなく、夢中で走った。十数匹の「熊ン蜂」がいっせいに自分に襲いかかって来るように見え、人心地もなかった。横たわっている屍骸に一度つまずいてたおれてから、やっと、線路にたどりついた。しかし、列車の下は満員だった。遠望したときには空《す》いているように見えたのである。

「入《はい》らせて下さい」

といったけれども、邪慳に突きのけられた。実際に、すし詰になっていて、割りこむ余地はなかった。また、そこも安全ではないらしく、負傷している者が多かった。こと切れている者も見られた。真下に奥深く入ってしまえば危険はないが、中心も人間で一杯で、外へあふれこぼれているのである。爆音と弾丸とがまた近づいて来たので、やむなく、昌介は列車のデッキの方へ走った。

「馬鹿野郎、いま動くな」

と、誰かがどなった。

たしかに走る昌介を狙ったらしい弾丸が、つづけさまに飛んで来た。動かずにいた方がよかったのだ。歴戦の兵隊が、なんというだらしなさかと、昌介は情なかった。しかし、もはや列車の中へ逃げこむしかしかたがなかった。大あわてでデッキに飛びあがり、洗面所に飛びこんだ。弾丸がカーン、カーンと列車の屋根に当り、ガラスの割れる音がした。爆音が遠ざかったので、しゃがんでいた昌介は立ちあがった。ギョッとした。誰かがすぐ前にいる。それがふっとアメリカ兵のように見えたのだった。自分だった。鏡があるのである。昌介はヒビの入った鏡の中の、敗残兵のような自分の顔に向かって、ペッと唾を吐きかけた。狼狽して走ったとき、その動く大きな目標を狙った弾丸は、自分には当らなかったけれども、きっと近くにいた者を傷つけたにちがいない。死者も出たのではあるまいか。昌介は自責と自嘲とで、身体がすくむ思いがした。握っているB29撃墜王の尺八で、自分の身体をしたたかになぐりつけてやりたい衝動に駆られた。同時に、やりきれないほどみじめな敗北感に、ヒシヒシとつつまれた。その絶望感の中から、必勝の信念をひっぱりだすことは容易の業ではなかった。ただ、彼がその錯乱にわずかに耐えていることが出来たのは、眼前の現象や、一時的、一局部の状況や、自分の環境を過大視したり拡大したりして、全体を律してはならないという自省のためであった。自省というより体験にもとずいた啓示かも知れなかった。いく度となく、戦場ではそんな経験があった。敵陣地を攻撃して苦戦におちいり、まわりで戦友がバタバタとたおれ、自分の命も風前の灯となったとき、全滅を覚悟するとともに、敗北をも是認した。ところが、そんな窮地にあったのは自分の部隊だけで、全軍はかがやかしい勝利を得、目的地を占領して日章旗を立て、万歳を叫んでいたのであった。昌介は強いてその体験によって、やっと心の平静を得ると、窓の外を見た。そこには、敵機も、待避している乗客も見えず、死者や負傷者の姿もなく、青く美しい波をただよわせている稲のひろがりと、静かな農村のワラ屋根と、青空とがあった。その風景から、ふいに、広島の田舎に疎開している妻子が思いだされ、こんなところで死んではならぬと、歯を食いしばった。

ふたたび、汽車が動きだしたのは、それから一時間半ほど後である。運転が可能であったことは、不幸中の幸というべきであった。グッタリとなった乗客たちの間に、むざんな恰好の死者や負傷者たちが横たえられ、まったく特別仕立地獄行列車の観があった。沿線は黄色い月見草の花盛りだった。

## 第五章

報道部が全力を傾注した元寇祭は、まず、プランどおりにおこなわれた。若干の成果も上がったようであった。しかし、大がかりであっただけに、いろいろの手ちがいも出来、多少のトラブルもおこっていた。

西部軍司令官の名によって放送される「元寇記念に際して、全九州の軍官民に奮起をうながす」という訓示の原稿は、報道部長に委嘱されて、高井多門が書いた。出来あがった原稿を受けとった井手大佐は、それを虎谷義久に見せた。黙読していた虎谷はいった。

「これは文章としては立派ですけれども、九州が独立するということについての深い暗示がありませんね。もちろん、ハッキリ宣言することはまだ絶対に出来ませんが、革命政府樹立の際の心がまえのようなものが入っていた方が、刻下の状勢としては妥当、いや、必要のように思いますけどね」

「それでは、あなたの意見を、その中に挿入して下さい」

「いや、天下の高井さんの名文に、私ごときが手を入れるのは失礼です。これは部長の御意見として、高井さんに諒解してもらって、御本人に訂正してもらうことがいいと思います」

「それでは、私の使いとして、高井君に、あなたから諒解を求めて下さい」

虎谷は、高井多門の部屋を訪れた。この二人の卓越した人物は、なにからなにまで対蹠的だった。虎谷義久は頭を五分刈にし、丸顔で、色艶がよかった。夢想家らしい眼と、意志的な固く結んだ唇と、ガッチリした肩幅のひろい体格、ドッシリと落ちついたもの腰や、歩きぶり、そして無口ではあったが、信念を吐露するときには、語調は重々しく熱がこもっていた。

高井は、ベッドに横たわっていた。連日の過労のため、ひところ元気を回復していたのに、またもとの亡霊姿に還元した。高井は持ち前の人なつこい微笑をたたえて、起きられないので失礼すると、許しを乞うた。

「どうぞ、そのままで」

虎谷義久は、岩石のような姿勢で、枕元に立った。

「用件は？」

「部長の使者として参りました」

「承りましょう」

「実は軍司令官閣下の放送原稿の件につきまして……」

そういいながら、虎谷はポケットから、高井が書いた原稿をとりだした。

高井の大きな眼がピカッと光って、

「僕の書いた原稿に悪いところがあるというんですか」

「いや、悪いとかいいとかいうことではなくて……」

「いやだよ、僕は」

「え？」

「僕は、その原稿は一所懸命書いたつもりだ。いく度もいく度も推敲したあげく、井手さんに渡したんだ。一字一句も訂正するところはない。気に入らなければ、君でも書いたらいいだろ。僕にはそれ以上出来ないよ」

興奮してはげしい語調になり、高井は咳きこんで、軽い喀血をした。起きあがって、ヨロヨロと洗面所に行き、ウガイをした。

それを見た虎谷は、

「お大事に」

といって、部屋を出た。

原稿は訂正されないまま、軍司令官の手許に廻され、立山中将はそれを元寇祭の八月一日、午前七時に読んだのである。

「川島ホテル」階下にあるロビーで、部員たちは揃ってその放送を聞いた。高井多門も無理をして二階の自室から降りて来ていた。軍司令官の放送が三分の二ほど進んだとき、耳を傾けて熱心に聞いていた高井が、我慢しきれなくなった様子で、

「まずいな。なっちゃいないよ。ね、君、間《ま》がまるで合わない。アクセントも無茶だ」

と、誰にいうともなく、吐きすてる語調で呟いた。

「多門ちゃんがついていて、演出しなくてはいけなかったんだ」

と、伏見竹二が、笑いながらいった。

「これは、なかなか珍重すべき教訓じゃわい」と、今下仙介がいった。「軍人の読む原稿を、文学者が書いたことが、どだい、まちごうとったんじゃ。軍人と文化人との根本的な差がハッキリあらわれちょる。いらんところを力《りき》みかえったり、大事なところで声を落したり、こりゃあセンスの問題じゃけ、なんぼ高井さんが演出したってダメじゃよ」

「今下説に賛成」と、安岡金蔵が、「『軍人の読む文章は軍人が書くにかぎる。この間の、井手君の『報道部五訓』朗読がいい例だ。書いた者と読む者との、あのピッタリしたリズムの一致のすばらしさ」

「そのかわり、今度は文化人の方には、一向ピンと来なくなったね」

笠健吉がそういったので、みんな、どっと笑った。

「井手君は、ドン・キホーテなんだな」

と、安岡金蔵が、キザミをつめた煙管をひねくりまわしながら、妙にシンミリした語調でいった。嘲笑とはちがった、逆説的な共感のひびきがあった。

「すると、さしずめ、おれたちはサンチョ・パンサというところか。ありがたくないね」

第二班長の沼井明が、大きなウチワをバタつかせながらいった。いやに皮膚の色が白く、ブヨブヨと腫《は》れているようにポッテリしている沼井の声は、キンキンと女みたいだった。上半身は半袖の白いカッターだったが、下はいつもはいている将校用の乗馬ズボンで、佐官待遇を示す赤い帯革をしめていた。しかし、まだ部員の身分、待遇、給与などは決定していないのである。

「部長がドン・キホーテ、われわれがサンチョ・パンサなら、秘書の小島洋子はダルシネア姫ということになるじゃないか」

琉球詩人の志波春哲がそういったので、部員たちの間に、意味ありげな、陰微な苦笑が流れた。

十五分間ほどの軍司令官の放送がすむと、ラジオのスイッチが切られ、それを聞いていたホテルの支配人結城五助、その甥の馬車曳き岡崎新造、安田絹子をはじめとする三人の女中などは、ロビーから出て行った。

「朝食の前に、ここで、朝の常会をやろうじゃないか。いいでしょう、笠《りゅう》君?」

と、沼井明がいったので、部員たちはみんな残った。

「ええですとも」

辻昌介の出張中、笠健吉が第一班長代理をやっていた。片方は〇・五、片方はゼロというひどい近視の笠は、強度の近眼鏡をかけていたが、ドッシリと落ちついている上に、常識が発達し、人柄も円満で、説得力や統率力にも富んでいた。

「そんなら、僕に一つの意見があるので、みなさんに聞いていていただきたい」

と、赤根一郎が立ちあがった。

円陣の中で、フンと鼻で笑う者があった。安岡金蔵らしかった。「東京組」の中でも、沼井と赤根とは嫌われ者になっていたが、二人を忌諱《きい》する張本人は、これも「東京組」の一員、安岡であった。赤根も沼井とまったく同じ、佐官待遇の将校服を着ていたが、沼井との仲はよくないのである。赤根は六尺近い長身で、どす黒い皮膚をしている。しかし、眉が濃く、コールマン髭を生やし、苦味ばしったところのある好男子だった。どうかすると眼が異様な鋭さを示し、豹のような精悍さをあらわす。沼井は対内班に所属し、赤根は対敵班だった。この二つの班長は井手大佐が兼ねていた。

赤根一郎は吸いさしの煙草を灰皿にのせ、両手を後にまわして、おもむろに、口を切った。

「ただいまの軍司令官の訓示を聞いて居りまして、実は、私は戦慄を禁じ得なかったことを告白いたします」

多くの者が謹聴しようという気持がなく、日ごろから嫌悪しているこのインチキ漢がなにをいいだすかと、からかいと好奇心半分の態度でいたのだが、この冒頭の一語で、おっというように、顔をふりむけた。

その効果をはじめから計算していたかのように、赤根は、さらに、沈着な語調で、

「一言にして申しますと、今の軍司令官の訓示の内容はただ空疎で、なんら、こんにちの苛烈な戦局

を打開する意味も力もないということです。たしかに名文でありまして、作文としては優等でありましょう。しかし、いたずらに観念的で、空想的で、現状というものから、まったく反《そ》れて居ります。なぜかというと――軍官民一体となって、というような抽象的な文句は、今やまったく意味をなさなくなっているからです。私はよく地方を廻るので、このことがハッキリわかるのですが、もしすこしでも現地の事情を知っていたならば、とても、軍官民一体となって、などという空々しい言葉は義理にも吐かれるものではありません。このことをいうのはつらいのですが、敢えて申します。今、軍と官と民とは一体どころか、バラバラです。それどころか、反目しあってさえいる。問題が大きくなりますから、軍と民とに焦点をしぼってみましょう。諸君は、軍と民とが一体となっていると揚言する自信がありますか。すべて具体的に立証することが肝要ですが、近い例がこの『川島ホテル』です。軍が必要としたのですから、接収することはかまいませんが、その補償はちゃんとしてやらなければなりません。然るに、まだ家賃も決めてないのみか、それを催促に行くとがみつけられる始末なので持主や支配人は不平ダラダラです。このホテルに集められたわれわれも民間人です。白紙徴用だから、兵隊の赤紙召集と同じ神聖なものだから、われわれは馳せ参じました。けれども、七月七日、報道部結成以来、一ヵ月近くが過ぎているのに、いまだに、身分、待遇、給与も決められていない。もちろん、われわれは、……少くとも、私は、祖国の急に一身を梃して働く決意で来たのですから、待遇とか、給料とかはどうでもいい。しかし、この中の大部分の諸君が、それに不満を抱いて居られることを、私はよく知って居ります」

「赤根君、軍司令官訓示とわれわれの給料とは関係がないよ」

と、安岡金蔵がいった。

「あります。つまり、軍全体のやりかたとありかたとを総括して、私は批判しているのです。でも、ほんとうの問題はこんなところにはない。内輪のことより、報道部が民間と対立していることが重大だ。空襲下の燈火管制のときには、かならず近所からつっこまれる。いつぞやは、一部屋が電燈つけっぱなしになっていたために、地方人が、報道部はスパイかといって、ここへどなりこんで来たということだが、これは考えなくてはならぬ問題です。しかし、もうそれも問いません。もっともっと恐ろしい問題があるからです」

赤根一郎は、そこで、煙草を一服吸った。

聴衆の表情はまちまちだったが、立ちあがったり、妨害したりする者はなかった。

高井多門が片手でさんばら髪の頭を抱え、片手で長い顎をさすりながら、奇妙な微笑をたたえて聞いている。

「諸君、南九州へ行ってごらんなさい。地獄ですよ」と、赤根一郎はつづけた。

「アメリカ軍が鹿児島県、宮崎県を指向して上陸して来る公算はすこぶる大なので、いや必至なので、南九州は緊張しています。そして、海岸や附近の山地一帯には、すごい窖《あなぐら》陣地が掘られています。二キロ、四キロという長いトンネルもあり、洞窟都市が出来ています。わが西部軍司令部も、すでに、二日市《ふつかいち》の山江《やまえ》に疎開して、そこに、洞窟司令部が形成されていますが、その規模においては南九州の比ではありません。それもよろしいのです。問題は、南九州に駐留している軍隊と、現地の民間人との離反と衝突です。そして、その罪の大半が軍の方にあるのです。それは、戦争のためには、そして、勝利のためには、民間人は一切を犠牲にして軍に協力しなくてはならないことはいうまでもないでしょう。しかし、それは理屈でありまして、生きている人間、感情や理性を持った人間のいるところには、無茶は通りません。軍の強請、土地の接収、立退命令等に反対する者はありませんが、やはり、あたたかい気持でその補償をしてやることは大切です。それに、軍民を離間させたもっとも大きな理由は、兵隊の態度です。ハッキリ申しましょう。威張る。ぶんなぐる。金を借りたおす。泥棒をする。掠奪をする。無銭飲食をする。婦女子に暴行する。強姦事件なんか、いくらおこっているかわからない。今や、民間人は兵隊を憎んでいる。軍を恨んでいる。諸君、こんなことで、どうして戦争が出来ますか。私は情ないのです。いや、悲しいです。だから、さっきの軍司令官訓示があまりにも観念的で甘いというのです。目下の急務は、そんな景気のよい呼びかけではない。問題はもっと近い、地味なところにある。この軍隊と民間人との溝をとりのぞくことです。私は考えると身ぶるいがして来る。戦慄で鳥肌だって来る。諸君、私は率直な意見を申しのべました。私は考えます。そして主張します。報道部は全機能をあげて、軍と民との結合をはかる仕事に邁進《まいしん》する必要がある、と。いま、辻昌介君は小月飛行隊に出張を命ぜられて行っていますが、あんな英雄を顕彰する必要はないんだ。B29撃墜王を調べるよりも、南九州に出かけて、名もない兵隊たちの言動を調査した方がいい。そうだ。辻君のような、昔、歴戦の勇士であって、兵隊の間に人気のある作家を、南九州に派遣するがいい。恐ろしい問題は焦眉の急になっています」

やたらに問題という言葉を連発しながら、赤根一郎の語調は熱を帯び、声涙ともにくだるの感があった。流れ出る汗をしきりにハンカチでふいた。

「立派な意見だ」

と、高井多門がいった。

「赤根君の話には誇張があるよ」と、沼井明が心外そうに、「そんなに、兵隊が腐敗堕落なんかしているもんか。尊敬に値する部隊長と兵卒とが、鉄壁の護りについているよ」

「それはそうだ。僕はなにも全部がそうだといったのではない。全部がそうなら問題にならんじゃないか。全部が腐らないうちに、虫食いを除去しなくてはならんといっているのだ」

「赤根君の意見に賛成」と、高井が、「辻君が帰って来たら、御苦労だが、南九州の方へ行ってもらおう。諸君が同意されるなら、僕から、そのことを報道部長に進言する」

「賛成」

という声とともに、拍手がおこった。

辻昌介をまた南方へ出張させる話合いがきまると、雑談になったが、今下仙介がニヤニヤ笑いながらいった。

「赤根さん、あんたは、三階の暗室で、さかんに胸のドキドキするエロ写真を現像焼付しとるちゅう話じゃが、それをわしたちにも公開してくれませんか」

「いや、どうも、エッヘッヘッヘッ……」

赤根一郎は下卑た笑いかたをして、頭をかいた。さっきの高慢な演説家は消え、ただの猥漢がそこにいた。

「苦しくなった。失礼する」

また、喀血の危険を感じたのか、高井多門はハンカチで口をおさえて、あわててロビーを出て行った。二階へあがるスリッパと咳の音とが遠ざかった。

「赤根君」と、沼井明が豆腐のようにブヨブヨした白い顔に鹿爪らしい表情を浮かべて、「君が、さっきいった、空襲のときに電燈をつけ放しにしていたというのは、あの高井多門だよ。あの男のために、報道部員全体がスパイの汚名を着たんだ。査問委員会を開く価値があると思うが、どうだね？」

「君一人で開くがいいさ」

そういい捨てると、赤根一郎はサッササとロビーを出て行った。

どっと、笑い声がおこった。


「あなた、今ごろ、なにをしているんですか。もう、みなさん、小茂田《こもだ》の浜へ出かけましたよ」

「シッ、大きな声を出すな。行く奴は行かせておけばええじゃないか。俺はまだ命が惜しい。相手は蒙古《もうこ》だ。元軍《げんぐん》だ。それに、途方もない大軍だ。おまけに、石火箭《いしびや》という恐ろしい新兵器を持っている。到底、この戦《いくさ》には勝ち目がない。今夜のうちに舟を出して、博多まで逃げるんだ」

「いやです。あなたはなんという情ない人ですか。今は一人でも多く戦う人が要《い》るのです。日ごろ、あなたはお殿様のためなら、いつでもお役に立ちますといっていたではないですか。それに、それなのに、この大事な時になって逃げるなんて……」

「馬鹿、それは生活のかけひきというもの、そんなことより、お前も、早く支度を……」

「いいえ、わたしは逃げません。女でもお役に立つはこのときと、今もわたしたち女連中で申しあわせして参りました。それに、先刻、健坊たち子供連中まで、戦争だ、蒙古をやっつけるんだといって、小茂田の浜にかけつけるのを見て、わたしは思わず泣かされました。子供さえも、今度の戦争がどんなものであるか、よく知っています。お願いです。逃げるなんて、そんな卑怯なことはいわずに、剣をとって……」

「ちょっと、待って」

さっきから、妖婆じみた顔に当惑の渋面をつくって、かるい舌打ちをしつづけていた高井多門は、とうとう我慢しきれなくなったように、痩せた右手をあげた。

プリントの台本を手に、弾《はず》みきって台詞《せりふ》をしゃべっていた筆生の小島洋子は、またかというふくれ面で黙った。あどけない牡丹のような顔一面に、汗の玉が浮いている。

「どうもいけないな。なん度やったって、漁師のおかみさんじゃないよ。女学校出のお嬢さんが、ダダをこねてるみたいだ。江川君、役者を変えてくれたまえ」

「そんなことといったって、もう今夜の放送に迫っとりますよ。配役を変えたりなんかしとったら、間に合わなくなりますよ」

「そんなら、はじめから、もっと適役を選ぶべきじゃないか。東京から来た僕は地元の事情はサッパリ知らないから、配役は一任したんだ。漁師のおかみさんには、小島君はまったくのミス・キャストだ」

「でも、井手大佐が小島嬢を使ってくれといったんですよ」

「部長が？」

「どうせ、素人の役者ばかりなら、小島洋子君だってやれないことはあるまいからって」

「命令かね」

「命令というわけじゃないですが……」

「いやだよ、僕は。今度のラジオ・ドラマは遊びごとじゃないんだよ。元寇祭のプランの中でも大物で、戦意昂揚のための真剣な芝居なんだ。そりゃあ、九州でちゃんとした役者を揃えて、本式にやることはむずかしいさ。それくらいは僕だってよくわかってるよ。でも、最悪の条件の中で、最良のスタッフを揃えることが、現段階での最大の良心だ。部長のお気に入りの秘書かなにか知らないが、ノロケ半分で配役を決めるなんて怪《け》しからんよ。すぐ代役を探してくれたまえ」

「高井さん、我慢してくれませんか。なにぶん、もう時間の余裕が……」

「それは君が悪いんだ。元寇祭の企画を立てて、君がこの芝居の台本を書くことに決まったのは、半月も前じゃないか。それなのに、マージャンしたり、酒飲んだり、女をからかったり、昼寝ばかりしたりしてて、一向に書こうとしなかったくせに、大家ぶって、なんだね。原稿をギリギリ、放送の前日にやっと書きあげるなんて……」

「その点はすみません。おわびします。大家ぶってなんて、とんでもない。苦心しとったんですよ。二度も三度も書きなおしたんで、遅くなったんです。でも、高井さん、もう土壇場に来ていますから、なんとか、このままで……」

「いやだといったら、いやだ。僕は命がけで演出してるんだ。どうしても、小島君を使いたいなら、君が演出したらいいだろ」

そういいすてると、高井多門は持っていた台本をたたきつけるように、テーブルの上に投げだし、ロビーを出て行った。特色のあるゆっくりしたスリッパの足音が、咳の音とともに、階段から二階の廊下へ遠ざかった。

「あたしもやめるわ」

これも台本をテーブルに投げだした小島洋子はそう金切声で叫ぶと両手で顔を掩い、ロビーから、ホテルの表へ飛びだした。長い黒髪を風になぶらせながら、電車通りを、報道部事務室のある西日本新聞社の方角へ、駆け去って行った。

ロビーに集まっていた三十人ほどの部員や、放送局員、地方劇団の役者たちは、しばらく呆気《あっけ》にとられて、顔を見あわせたままだった。

危ぶまれていた江川清一のラジオ・ドラマ「敵国降伏」は、高井多門をおどろかせた。もっと軽いものを考えていた高井は、江川の作品が意外に構成がシッカリし、重量感にあふれているのに感心して、健康が思わしくなく、喀血をつづけていたにもかかわらず、すすんで演出を担当した。役者が足りないので、北条義政の役まで引き受けた。地方にある劇団や、放送局の専属劇団も、大部分が召集されたり、白紙徴用されたりしていたため、群衆を入れて五十人もの登場人物のあるスケールの大きなドラマ「敵国降伏」を、完全にやるスタッフは到底揃わなかった。やむなく、急遽、ドサ廻り一座のチャンバラ役者や、漫才師、浪花節語りまで動員した上、その欠を報道部員で補ったのである。作者の江川清一が北条時宗、浄瑠璃師匠で声に張りのある佐野良が大友頼泰、若松で「街頭座」を主宰していた山原松実が宗助国、そして、高井多門が北条義政をやるといった具合だった。そこで、井手報道部長も秘書の小島洋子を推薦したわけであるが、それが高井多門の気に入らなかったのである。

「高井さんを怒らせたのはまずい。江川君、ここのところは君が詫びをいって、もう一ぺん、演出をやってもらうように頼むほかはないよ」

思慮に富んだ笠健吉がいった。

「それがええ。代役はなんぼでも居るたい」

と、佐野良も、同調した。

江川清一は容易に納得しかねる憤懣の面持だったが、すでに、小島洋子も逃亡してしまっているし、我を折らねばしかたがなかった。自分が演出をやるとは、さすがにいえなかった。陰気くさい狷介《けんかい》の顔に、しかたなさそうな苦笑を浮かべて、

「ワン・マンにはかなわんな」

と、わずかに抵抗する呟きを洩らした。台本をギリギリまで書かなかった怠惰や猾さはタナにあげていた。出来栄さえよかったら、文句はないではないかという自負もあったのである。同時に、大家ぶってるのは高井の方ではないかという反撥もあった。いやな奴だと思った。

結局、歌謡曲歌手が代役することになり、笠健吉が江川清一を伴って、高井の部屋に謝罪に行った。

高井多門は、もう歯のない口を開けて、声のない笑い顔になり、

「金儲けなら、誰がなんといって来たって断るんだが、お国のためだから、やるよ」

そういって、ふたたび演出を続行してくれることになった。

八月一日夜、福岡放送局のスタジオから、一時間にわたって、このラジオ・ドラマは放送されたが、高井多門は苦笑しながら、

「えらい骨折り損のくたぶれ儲けをした。こんな下手な役者ばかりでやったんでは、まるきり戦意昂揚にはならんよ。逆効果だ」

と、シミジミと、笠健吉に述懐した。

## 第六章

颱風のぎざしがあらわれて、豪雨が降った。こういう天候のときには空襲はないけれども、隙間だらけの「川島ホテル」は、天井からザアザアと雨が洩り、廊下には洪水が出る。便所から逆流して来ると、ホテル中に糞尿のにおいが染みわたる。庭の馬車馬の厩舎からも、似たような臭気がただよって来ることはいうまでもない。常会では、第二班長の沼井明が、毎回、玄米と大豆の飯とともに、宿舎の設備改善を提案するけれども、その効果はさらになかった。この戦局苛烈のときに、宿舎の修理どころではないというのが実状だった。「欲シガリマセン、勝ツマデハ」というのが、非常時下における全国民のスローガンとなっていたのである。それでも、食糧の方は、部員が二十円ずつ醵金しあって、ヤミの牛肉や、鶏肉、卵などを買い入れることによって、多少の改善が出来た。その前から、食事のときには、毎度、数が足りなくなり、外部から来て食べた者があるとか、二人前ごまかした者があるとか、きたない喧嘩がおこっていた。こんなとき、絵かきの谷木順だけは悠然としてニヤニヤ笑っていた。彼は、入部の際、シコタマ、ヤミ物資をリュックサックに詰めて持って来ていて、厳重に部屋の押入に隠し、カギをかけていた。松坂幸夫とともにひどい空襲恐怖症の谷木は、警戒警報が出ると、防空頭巾をかぶり、このリュックを背負って、ギャアギャアと、アヒルのような声で、廊下を右往左往するのである。しかし、一人でコッソリ食べているわけではなく、彼が先輩として兄事している笠健吉や、今下仙介、辻昌介などには裾分けをする。彼の隠匿物資は有名であるから、ねだりに来る者もあるが、容易に分配しようとはしなかった。ただし、煙草とか、酒とかを持って来れば物々交換し、ときには、現金を受けとって商売もしていたようである。そこで、食糧については、一人超然としていたわけであるが、豪雨の夜、突然、大声を発しながら、宿舎の廊下を右往左往しはじめた。持ち前のギャアギャアという騒々しい声である。

笠健吉が、ドアを開いて、顔を出した。強度の近眼鏡の奥から、はがゆそうに、友人を睨みつけて、

「また、騒ぎだして。警報は出とりゃせんぞ。心配するな。こんなに雨が降っとるから、今夜は空襲はありはせん」

「誰か、おれのカンヅメを盗みやがって、……畜生、おれのカンヅメを返せ。……泥棒、出て来やがれ」

ほとんど泣き声で、谷木は廊下を走りまわる。犯人の見当でもついているのか、主として第二班の方に行って、沼井明と赤根一郎の部屋の前で、一段と声を張りあげる。降りやまぬ雨の音にまじって、そのけたたましい叫び声は、陰惨にひびきわたった。笠以外、誰も部屋から顔を出す者はなかった。はじめてではないからである。

「カンヅメを返せ。……泥棒、出て来おい。カンヅメ泥棒……」

その悲痛な声が遠ざかる。

「情ないね」

　コーヒー茶碗を置いた高井多門は、皮肉の苦笑を浮かべ、さんばらの頭髪を両手でかきあげながら、肩をすぼめた。いよいよ痩せ細って、痛ましいばかりの衰弱のしようだった。ただ、その肉体のむざんさとは反対に、奥深い二つの眼は、ランランと、焔でも蔵しているかのような不気味な燃えかたをしていた。

「すみません」

　と、辻昌介はひとりでに頭が下がった。顔の赤らむ思いだった。報道部員はすべて白紙徴用ではあるけれども、最初は、井手大佐と会って人選をし、「九州組」の大半は昌介が推薦したのである。一人でやったわけではなく、笠、今下、松坂などと相談したのであるが、谷本順をメムバーに加えて、井手大佐に報告したのは昌介だった。したがって、「九州組」の責任は昌介にあるといってよく、その言動については、高井から指摘されるまでもなく、常に心を痛ませられていたのである。コーヒーを口に持って行ったが、おいしいはずの特製コーヒーもただ苦いばかりだった。

「いや、辻君に詫びをいわれては痛み入るよ。なにもそんなつもりでいったわけじゃない。でも、むずかしいもんだね。人間て奴は面白い。まったく滑稽だ。あの谷木君だって、慾張りで、臆病者で、あんなことをやってるところは愚劣そのものだが、絵はなかなかうまい。元寇祭のとき、細谷君原作の紙芝居『河童の竹蔵』に描いた絵には感心したよ。つまり、有能なんだ。役に立つんだ。なくてはならないタレントなんだ。品性劣等な奴が立派な意見を吐き、悪漢が優秀な技術を持っている。人格高潔で純粋といわれる奴は、頭が悪くて、なんの意見も持たず、善漢は無能と来てる――辻君、こりゃあ、どういうことかね。ウッフッフ」

昌介は、返事が出来なかった。

また、谷木順のアヒルのような声が近づいて来た。怒っているのに、それは悲鳴か泣き声のように聞えた。声がすこし衰えている。

高井多門は、ヒョータン顔をなおも引きのばすかのように、落ちくぼんだ両頬をしきりにさすりながら、

「だが、辻君、いま、勝利のために必要なものは、善意や人格じゃないんだ。精神力でもないんだ。力だよ。戦力となる適切な意見と技術だ。とかく力ある者は智が足らず、智ある者は力が足りない。フランス革命の失敗を回顧した歴史家の言葉が、僕の頭にこびりついている——青年には智を、老人には力を、というんだ。だから、この切迫した現段階を乗りきって行くものとして、僕は智と力の二つを求める。そうすると、僕はどうしても能力と技術とを尊重しないでは居られん。だから、赤根一郎のようないやらしい奴の意見にも賛成し、江川清一のような劣等漢のラジオ・ドラマも尊重し、あの谷木順のようなトンチンカンの絵も高く買うんだ。技術の前に、僕は眼をつぶる。しかし、辻君、残念ながら、この報道部はまだ最高の技術を結集しているとはいいがたい。特に、戦意昂揚にもっとも大きな力を発揮する演劇の面で、まったく落第だ。君は小月に行って留守だったが、いやはや、ラジオ・ドラマのときにはへこたれたよ。下手にもほどがある。あんな役者でやったんじゃあ、敵国降伏どころか、こっちの方が降伏だ。そこで、君の意見も聞きたいんだが、僕はひとつ考えてることがあるんだ」

「どんなことでしょう?」

「戦意昂揚劇団を作るために、第一級の役者を揃えるんだ」

「それが出来たら申し分ないですけど……」

「出来る。僕には自信がある。新国劇の辰巳柳太郎や島田正吾を九州へ呼ぶんだ。一座を全部つれて来てもいい。いま、東京では、連日連夜の空襲で、芝居もやれなくなってるんだ。歌舞伎座の羽左衛門の十八番でも、二、三十人しか客が来なかったので、金を返してとりやめにしたそうだよ。また、座員も多くが兵隊にとられたりしていて、今は興行の目安も立たない。こんな時代でも、いや、こんな時代だからこそ、民衆は娯楽が欲しいにちがいないが、もはや、現実の問題として興行は成りたたなくなってるんだよ。やっぱり、いざとなると、娯楽よりも命さ。芝居の蓋を開けたって、観客席より舞台の役者の数が多いというんじゃね、フッフッフ。それで、僕が誘ったら、辰巳も島田もよろこんで西下して来るにちがいないよ。彼等も愛国の士だから。戦意昂揚劇は第一級の役者が第一級の技術でやらなくては効果はない。それなら、僕だって演出のやり甲斐があるし、君にも原作を書いてくれと頼める。辻君、どうだろう？」

「もちろん、大賛成です」

しかたなしに、そう答えはしたものの、実は、さっきから、戦意昂揚という言葉が耳と心とにひっかかって聞きづらかった。前からあまり好きな言葉ではなかったが、小月飛行隊で、志村大尉未亡人に会ってからは、さらに別のひびきを持つようになっていた。地獄を拡大して行くばかりの残忍な作業に、あらんかぎりの精力と情熱とを注ぎこまねばならぬ息苦しさ。そのことを、この卓抜な知識人は一度も考えたことはないのだろうかと、ほとんど昂奮している高井多門を見なおした。

「ただ」と、ふっと、高井は、皮肉の光を眼に散らして、「そのためには、僕が上京しなくてはならんが、それが許可してもらえるかどうか？………」

「それは大丈夫ですよ。重大な任務のためじゃありませんか。僕も口添えします」

「その重大な任務を阻む者があるかも知れないんだ」

「それは、誰です？」

「君側《くんそく》の奸《かん》だ」

昌介には、その意味がわからなかった。ブヨブヨした豆腐のような白い沼井明の顔と、コールマン髭をはやした、眼の鋭い、浅黒い赤根一郎との顔が浮かんだが、それが高井のいう君側の奸かどうかはわからなかった。

「虎谷義久だ」と、すぐに答を出した高井は、部屋の中の、緑の美しい松の植木鉢と、「休道他郷辛苦多」の掛け軸とを眼で示してから、「偉大なる理論と、はげしい情熱とを持つ革命家は、眼かくしされた馬車馬みたいになる。辻君、君はまだ、虎谷君の連判状に血判はしていないのか」

「いいえ」

「君の留守中に、君に南九州へ行ってもらう申しあわせをしたんだ。軍と民との溝をうずめるため、ひと骨折りしてもらいたいと思ってね」

「そのことは聞きました」

「ところが、僕がその申し入れを、じかに、熱心に、井手大佐にしたのに、部長が承知しないんだ。つまり、出張命令を出すことを肯じないんだ。常会で、全員一致、決議した意見をはねつけるんだから、僕もおどろいたね。ところが、このごろ、その理由がわかったんだよ。虎谷義久のさしがねなんだ。虎谷君が反対してやめさせたんだ」

「いいですよ。僕だって、そんな大役が勤まるわけはないですから……」

「僕はそうは思わん。君に行ってもらうことはムダでないと信じてた。ところが、虎谷君にとって、そして、井手大佐にとっても、革命の方が大切なんだ。いや、大切なのは昔からだったのだが、今や、焦眉爛額《しょうびらんがく》の急に迫って来たんだ。革命を目前に控えて、辻昌介を南九州なんかにやってる余裕はないというわけさ。だから、僕も、その革命のために、上京なんかさせないといいだされる危険があるわけだよ」

「この間から、革命、革命って、一体、なんの革命ですか」

「ウッフフッフッ」

と、また、高井はごまかしてしまった。


軍と民との離間についての赤根一郎の意見は、たしかに核心を衝いていて、傾聴するに足りた。それは南九州だけではなく、北九州の各地でもおこっている憂うべき現象だった。しかも、今にはじまったことではないのである。報道部へ入る前、辻昌介はすでに若松の高塔山《たかとうやま》で、高射砲隊へ申し入れをしたことがある。若松市街の背後にそびえる高塔山は、海抜一三四メートルにすぎない丘陵で、展望がすばらしく、散歩には持って来いであるけれども、現在は自由に登ることが許されない。高射砲陣地になっているからである。全国各都市を焼きはらったB29が、北九州を襲うことは時間の問題といってよかった。八幡製鉄所を中心に、無数の軍需工場があり、石炭を輸送する若松港が、攻撃の目標にならないわけはなかった。若松、八幡、戸畑、小倉、門司、下関と六つの市が隣接している地帯は西日本重工業の心臓部だ。このため、防空設備も万全を期していたのだが、その中でも、高塔山の高射砲陣地は頼りとされる護りの一つだった。山口県の方には、小月飛行隊があってこれに呼応していた。都市爆撃はまだないけれども、B29が玄海灘《げんかいなだ》、響灘《ひびきなだ》、関門海峡などに、機雷投下に来るのは毎夜といってよかった。これに対して、高塔山の高射砲が鳴りひびき、小月から邀撃機《ようげきき》が飛び立つ。そして、志村大尉のようなB29撃墜王もあらわれたわけであるが、高塔山陣地の高射砲が射ち落したB29も少くなかった。

頂上に松林があり、一隅に、河童封じの石地蔵を安置した一基の堂宇がある。その周辺に、偽装していくつかの高射砲陣地があり、兵舎があった。一般の市民は立ち入ることが出来なかった。

昌介の母松江は、高塔山の裏手にあるすこしばかりの土地を畑にして、諸《いも》をこしらえていた。ふだんなら家から登るのに、一直線に行けるのだが、高射砲陣地が出来てからは、はるかの麓から大まわりをしなくてはならなかった。それでも、百姓出の母はその骨折りをいとわず、毎日、鍬をかついで、諸畑の手入れに行った。

ところが、やっと食べられるころになると、兵隊が盗んでしまうのである。現場にいあわせないので、どこの兵舎の兵隊なのかわからない。聞きに行っても、みんな知らないとうそぶく。或るとき、早朝から出かけて張り番していると、十字鍬《じゅうじしゅう》を持った二人の兵隊が諸掘りにやって来た。松江は出て行って、

「兵隊さん、頼むけ、この年寄りがヤットコサでこしらえた諸をとらんで下さい」

と、とがめるのではなく、懇願するようにいった。

「おれたちに諸はやらんというのか」

　大入道のヒゲ男が、威丈高にどなった。

「あげんというわけじゃないけんど、わずかしか作っとらんもんを、端から掘ってしまわれたんじゃあ、なんのために骨折っとるかわからんようになります。わたしゃ、この年をして、すこしでも食糧増産をして、子供たちや孫たちに食べさせてやろうと考えとるのに……」

「子供や孫には食わせても、兵隊には食わさんちゅうんじゃな。兵隊は飢えて死んでもええちゅうんじゃな」

「そんな、あなた……」

「お前たちのために、おれたちはこんな山の中で苦労しとるとぞ。おれたちがお前たちを護ってやっとるとぞ。諸のすこしくらい、なんかい」

　松江は怒りと悲しみとでふるえた。こんな日本の高塔山の中で、苦労よばわりが聞いてあきれると思った。彼女の息子は三人とも戦場に出て、中国や、南方や、沖縄で、言語に絶する苦労をした。そして、長男の昌介だけはいく度となく戦死を伝えられながら、現在は故国に帰っているが、次男英二郎は今なお中国の戦場にある。三男広士は、沖縄で戦死したらしい。しかし、そんな松江の悲しみよりも、もっとはげしい不幸に突き落された親は多い。無数といってよい。近所には四人の男の子をみんな戦死させた親もあれば、父親が戦死したためにとり残された妻や子もある。それでも、歯を食いしばり、祖国の勝利を祈りながら、兵隊に感謝する気持は失っていないのである。また、南方のジャングルで、どんなに多くの部隊が地獄の苦しみをしているかも、松江はよく知っていた。それだけに、彼女には、高塔山の兵隊が腹が立ってならなかったのである。

もう六十を超えていても、頑固で、気丈な気質の松江は、涙をためてどなった。

「いくら兵隊さんだからというて、泥棒をしてええというわけはない。今は、戦うとるのは兵隊さんだけじゃないです。くれといえばあげんこともないのに、片端から、無断で掘りかえすなんて……」

「そうか」と、大入道はせせら笑って、「くれといえば、くれるというのか」

「あげますよ」

「そんなら、この畑の藷、みんなくれ」

「そんな無茶いうて。みんなとられたら、わたし等、飢えて死んでしまうわ」

「婆アは死んでも、兵隊さえ残っとりゃええんじゃ。そこ退《ど》け、掘るのに邪魔になる」

「おいおい、たいがいにしとけ」

と、もう一人の小柄な兵隊が、さすがに戦友の暴言におどろいて、これを制した。

この大入道の兵隊のようなのはすこしひどすぎるとしても、なにかにつけて、兵隊と衝突していたのは、もちろん、辻松江だけではなかった。赤根一郎のいった「威張る。ぶんなぐる。金を借りたおす。泥棒をする。掠奪をする。無銭飲食をする。婦女子に暴行をする。強姦事件なんか、いくらおこっているかわからない」という言葉にも誇張はあるが、たしかに、それらの現象の一端は若松にも見られた。もちろん、よい部隊長や、おとなしくて、謙虚で、親切で、住民から親しまれている兵隊たちもたくさんいたけれども、軍と民とが一体になっているとはいい難かった。

辻昌介は、一日、高塔山の高射砲陣地を訪れて、部隊の責任者に、

「敵国の占領地にいてさえも、住民とは仲よくしなくてはいけないのですから」

と、意見を述べたことがある。

まじめそうな中尉は、昌介の作品もよく読んでいたので、すっかり恐縮し、

「かならず、粛正するように努めます。お母さんにはよろしくお詫びをいって下さい」

と、兵隊と住民との間にイザコザをおこさせないようにすることを約束し、誓った。

しかし、その後にも、藷、ネギ、カボチャ、マメなどの作物をやたらに盗んだり、無断で竹藪を伐採したり、婦女子に暴行したりする事件はやまなかった。だから、昌介は、小月飛行隊視察旅行中に、軍と民との溝を取りのぞく工作のため、彼を南九州へ派遣する議がきまったと聞いたとき、身ぶるいしてこれを辞退しようと考えたのである。辞退するまでもなく、虎谷の進言によって、出張命令はずじまいになったけれども、それにしても無力な一粒の泡にすぎない自分に、どうしてそんな巨大な、恐らく、神の力をもってしても不可能と思われるような、大使命が課せられようとしたのであろうか。高塔山一地区の兵隊の行動さえ押えることの出来ない自分に、どうして百万と称せられる九州軍を動かす力などがあろうか。これは過大評価というものではなくて、なにかの錯覚であり、妄想であると同時に、一種の感傷ではあるまいか。あるいは、なにかの陥穽であったかも知れない。赤根一郎も、高井多門も、昌介の不成功をはじめから知っていながら、別々の立場から、なにかを糊塗しようとし、賛成の拍手をした群衆にいたっては、ただ附和雷同して責任のがれをしただけの話だ。もし、大それた任務を抱いて、南九州に出かけて行ったとすれば、ピエロと化しただけの話であろう。その可能性は充分にあったのだ。虎谷義久がいなかったならば、井手大佐が常会の決議にもとづいて、出張命令

を出したであろうことは疑いを容れない。命令となれば違反することは許されない。さすれば、君側の奸である虎谷が、辻昌介を救ってくれたということになる。しかし、そのきわどい分岐点が、九州革命の妄想から出発していたとすれば、虎谷に感謝してよいかどうか。歴史の間道の中で、火花を散らす妄想と妄想、錯覚と錯覚、しかし、そのとりとめのない、魂をゆすぶる虚妄の底にある誠実、それこそが人間を動かしている情熱というものではあるまいか。それを証明するものは結果だけしかないとすれば、人間の行手に光はないのである。

しかし、誠実もなく、情熱もなく、光をも信じない悪徳漢の赤根一郎は、常に、的確に事態の核心を把握して、さらに、予言者のように、

「日本を滅すものは、軍人と役人だ」

などと、いいだす。

誠実もなく、情熱もなく、光も信じない点では似ているが、赤根よりはずっと現実的で、眼前の事象しかわからない沼井明の方は、高井多門が煙たくてたまらず、いつかの晩、空襲警報下に、部屋の明りをつけ放しにしていた一事を、まだ、鬼の首でもとったように取りあげ、

「高井を査問委員会にかける要がある。もし爆弾が投下されていたら、高井の責任だった。空襲がなかったことによって、彼の罪は消えてはいない」

と、仲間たちにも呼びかけ、井手大佐にもしきりに直訴していた。

しかし、高井多門が、或る夜の常会で、

「沼井君、さあ、いつでも、銃殺にでも絞殺刑にでもしてくれたまえ。僕も死期が近づいているよう

だから、それを早めてくれる分には文句はいわない。いや、感謝の印として、君に秘蔵のコーヒーを全部進呈してもいい」

といったときには、真剣な顔つきになって、

「とんでもない。誰がそんなことをいうんですか。僕はあなたを誹謗した覚えはない。もし僕がそんなことをほんとうにいったとしたら、僕の方が銃殺にされても、絞首刑にされてもかまいませんよ」

と、否定した。

「ごまかせるところまで、ごまかし通そうと思ってやがる」

安岡金蔵は、ゲロでも吐くようないいかたで、沼井の卑屈さを罵った。九州革命が成就し、独立政府が樹立されたときの新憲法を練っている安岡は、戒厳令でも布いた途端に、沼井を逮捕投獄し、有無をいわさず、銃殺か絞首刑かにしてしまいたいのかも知れなかった。その憎しみと怒りとが、小心そうな細い眼にも、キザミをつめた鉈豆煙管《なたまめきせる》のひねくりまわしかたにも、煙草のふかしかたにもあらわれているようだった。

## 第七章

大きな月が中天にあった。道は明るかった。車を捨てて、西公園から大濠《おおぼり》の方へ曲ると、柳並木の間から、池の水面がキラキラと光っているのが見えた。はるかに、油山《あぶらやま》の稜線が望まれる。あの山のどこかで、B29の搭乗員を処刑したという噂を聞いたことがあるが、そんな陰惨な気配はいささかも

感じられず、真夏の夜は青く美しかった。ただ風がなく、むし暑い。たまにホタルが飛び、水面にきらめく月光のかけらが、ホタルに化したのかと錯覚された。どこかで、クウ、クウと土鳩《どばと》が鳴いている。

昌介は、井手大佐の官舎には、二、三度行ったことがある。夫人と数人の子供たちは、早くから英彦山《ひこさん》の近くに疎開していた。戦争未亡人という、四十がらみの大女の家政婦が一人いた。ひどく無口で、いつも怒ったような赤ら顔の醜婦だったが、井手大佐の話では、一万人に一人しかいないほどの正直無類で、鈍重ではあるが、家事万端に手落のあったためしがないとのことだった。夫人の郷里の者で、夫人が推薦したのだという。

「あの女中なら大丈夫だといって、疎開先の奥さんも安心しとるそうだよ」

と、口さがない連中がひやかしの種にしていた。もちろん女癖のことである。

昌介は、いくらか緊張していた。こんな時刻に、一人で来て欲しいと、わざわざ軍の常用車をさしまわされたのだし、参謀や、虎谷義久も来ていると聞かされたので、或る予感がひらめいていた。高井多門から、いく度となくにおいをかがされていた革命について、今夜こそは真相を知らされるにちがいない。それは期待というよりも不安であり、足が軽いよりもむしろ重かったけれども、いかなるものにしろ、先日来からのえたいの知れぬ、モヤモヤとした謎が氷解すると思うと、やはり今夜を待っていたような気持になった。

六月十九日夜の、福岡大空襲の跡はなおいたるところにあった。爆弾の穴のため、自動車が通らず、電車道あたりから降りて歩いたのだが、水辺はさすがに涼しかった。公園の暗い場所に、点々とうごめく人影があった。それが男と女とであり、なにをしているかもすぐわかった。自然で自由な男と女との愛情の結合は、戦争によって無理矢理に引き裂かれている。一度引き裂かれたならば、ふたたび相逢うことが出来るかどうかわからない。さすれば必要以上に結合を大切にするのは当然といえよう。いくらか放縦になったところで、とがめることは出来ない。昌介も半月ほど前、妻美絵と「川島ホテル」の一室で、その結合をおこなったが、いまその妻の肉体は三百キロも離れた広島県の山奥にあって、神通力でもないかぎり、接触する方法はない。そして、ふたたび逢えるという証明もないのである。人間の悲しさよ、である。昌介は便意をもよおして来たので、池の端に出て小便をした。こころよい放出のなかに軽い性慾を感じた。月光に照らされて、小便は銀の鎖となって水面に落ち、きらめく銀の波紋が百万の大軍のように、池心へ向かってひろがって行った。

「もしもし」

ズボンのボタンをとめ終ったころを見はからうようにして、小声で背後から呼ぶ者があった。

ふりかえると、みすぼらしい菜ッ葉服の若い男が立っていた。顔の真正面に月光が当っていたが、昌介には誰なのかわからなかった。

「辻先生ですね」

男はひどくオドオドし、間断なくあたりをうかがいながら、たしかめるようにいった。

「はあ、辻ですが……」

「もう、お忘れでしょうか。先生と、知覧《ちらん》の三角兵舎で、隣りあわせで寝たことがありますが……」

「ああ、あのときの……」

昌介は、息を呑んで、男の顔を凝視した。いくら見つめても、顔の記憶は明瞭にはよみがえって来なかったけれども、あのときの特攻隊、岩代《いわしろ》伍長であることにまちがいはなかった。そうとすれば、岩代は逃亡兵としてお尋ね者のはずである。昌介の脳裡を目まぐるしく、知覧や小月の記憶が急廻転した。小月に行ったとき、知覧のことを思いだし、決死隊と必死隊の差について考えさせられた。知覧特攻基地では、毎日、沖縄海域へ出撃する特攻機は一機も還っては来ない。必死隊なのである。ところが、その必死隊にいた岩代伍長が、いま眼前に姿をあらわしている。彼は逃げた。逃げた日の朝、まだ、昌介は知覧にいた。三日間岩代と枕をならべて、三角兵舎で暮らした昌介は、岩代伍長をたよりない兵隊とも、卑怯者とも思わなかった。それどころか、立派に覚悟の定まった、雄々しい兵隊だと感じ、その若さと美しさとが痛々しかった。出撃命令の出た前夜も、すこしもジメジメしたところがなく、快活によくしゃべり、よく笑い、お国のために役立つことをよろこんでいた。それになんのハッタリもなく、出撃当日も勇気に溢れて、凛然としていた。そして、七機ほどの特攻機にまじり、沖縄へ向かって進発したのであるが、どうしたのか、岩代機だけが飛びたって間もなく不時着した。整備兵の検査によって、エンジンに故障のあることが確認された。そのため、岩代伍長は翌日の出撃隊へ廻された。いっしょに飛びたった他の六機は一機も還って来なかった。その夜、岩代はまるで人間が変ってしまっていた。快活でおしゃべりでよく笑う岩代伍長はいなくなり、むっつりと仏頂面で、怒ってでもいるような別人の男が、もう昌介の顔を見るのもいやそうにして、背を向けて寝ころがっていた。昌介もその変化の理由がわかるような気がして、声もかけず、なるべく顔も見ないようにしていた。ところが、その翌朝、岩代伍長は脱走していたのである。

憲兵が、辻昌介を訊問した後にいった。

「岩代はあなたを頼って行くかも知れない。犯罪者にはそんな心理がある。そのとき、あなたがかくまったり、金品や飲食の給与をしたりして逃がすと、あなたも同罪になる。戦場離脱が死刑であることは、兵隊だったあなたはよく御承知のはず、よろしいですな」

威嚇するような語調だった。

しかし、それから四ヵ月ほどが経って居り、あわただしさにかまけて、岩代伍長のことは念頭から消えていた。ただ三日間、枕をならべて寝ただけの知りあいであり、憲兵のいうように、頼って来るとは思わなかった。一、二ヵ月は気にかかっていたが、なんの音沙汰もないので、捕まったかも知れないとも考えていた。その岩代伍長が、いま眼前にあらわれたのである。飛行服の胸に、真新しい日の丸をつけ、白いマフラーを首に巻いていた、出陣する桃太郎のような颯爽とした岩代伍長の姿と、いま、夜目にもわかるボロボロの菜ッ葉服に、ヨレヨレのハンティング、破れ靴、そして、老人のように腰をかがめて、オドオドとあたりをはばかっている、卑屈げな岩代竹次の姿と、どうしても重なりあわない。しかし、同一人であることにまちがいはないのである。

岩代は、昌介が確認したことを知ると、もみ手をしながら、早口にいった。

「辻先生、なにもいいません。百円貸して下さい」

昌介も、なにもいいたくなかった。無言で、ポケットから財布を引きだし、ありたけの金額を抜いた。百三十円あった。十円だけ別にし、百二十円を岩代の手のひらに乗せた。骨張ってガサガサした、細くて冷たい手だった。

「すみません。助かりました。実は、先生をここでお待ちしていましたのです。報道部宿舎のホテルにお電話しましたら、大濠の部長官舎に出かけられたということでしたので、この辺にいたらお目にかかれるだろうと思って……」

それだけの言葉の間、首をふりやまない小鳥のように、岩代はキョトキョトとあたりを見まわし、警戒を怠らなかった。眼だけが異様に鋭かった。そして、誰かが近づいて来る気配におどろいて、

「いずれ、またどこかで」

といいすてたまま、深い柳並木を隠れ簑にして、夜の中に消え去った。

やって来たのは中年の男女で、チラと昌介を一瞥《いちべつ》したが、なにかをはばかるように、これも足早に、公園の暗い芝生の方へ去って行った。水面を渡る風がなまめいた女のにおいを運んで来た。脂粉の香をかぐ機会など、このごろではまるでなくなっていた。下等な羨望と奇妙な嫉妬の感情にゆすぶられていることに気づいて、昌介は情なかった。どうしてもっと毅然としていることが出来ないのか。二人の姿を消すように、ホタルがはかない光をきらめかせて飛んだ。

客は、十人ほどだった。

航空参謀瀬戸大佐は、井手大佐と士官学校の同期とかで、個人的にも親しくしていたが、報道部の顧問にもなっていたので、三日に一度くらいは報道部に顔を出す。そして、部員に対して、「航空決戦の様相について」話すので、辻昌介も顔見知りだった。背が高く、両肩を張り、ひどい出歯の口をゆがめて尊大なもののいいかたをするのでなじめないところがあった。八字ヒゲを生やし、濃く突き立った太い眉をいつもピクピクさせている。しかし、神経質な青白い顔には、数ヵ所に高射砲弾の破

片で出来た傷痕が残っていて、嘗ては彼が勇猛な戦闘機隊長であった歴史を誇示しているようだった。もうだいぶん酔っていたが、昌介を見ると、右手を高くあげて、自分の傍へ来いというように招きながら、

「待ちかねたぞ、軍曹参謀殿」

と、いった。

昌介はいやな気持がしたが、しかたなしに、瀬戸大佐の隣りに坐った。

「一杯行こう」

ビールを飲んだのは何ヵ月ぶりであろうか。もう巷にはすっかり姿を消していた。しかし、テーブルの上にはそのビールが十数本、林立している。酒徳利も豪勢にならんでいる。それのみではない。昌介は卓上の御馳走の豪華さに眼を瞠った。七輪が二つ置かれ、鍋の中で、グツグツと水たきが煮えたぎっている。ひろい皿に、骨つきのニワトリの肉が盛られてあった。豆腐、白菜、ネギがそれに添えられ、一人一人の前にはサシミがあった。ウナギのカバヤキもある。国民生活は極度に逼迫していた。一般よりははるかにましである報道部でさえ、玄米と大豆のまぜ飯に、カボチャや藷の副食物、たまには魚をあてがわれるが腐臭がするので、二十円ずつ醵金して、わずかに牛肉や卵で欠を補っている。一度などはガソリンくさいカレイの煮魚を食べたあと、舌がピリピリ痛くなり、十人以上がひどい下痢をした。ところが、今、眼前には平和のときとすこしも変らない料理がならべられている。平和時には別に贅沢料理とはいえないけれども、現在においては魔法によって現出されたアラビアン・ナイトの饗宴にほかならなかった。しかし、悲しいことに、それを見た昌介の口中にはもう生唾《なまつば》がわき、

腹の虫がグウグウと鳴りだすのである。いやしいと自省する閑《ひま》もなく、箸《はし》が水たきの鍋にひとりでに伸びる。

別に、参謀が二人いた。一人は、これも報道部顧問になっていて、ときどき顔を出す情報参謀角田《かどた》中佐。軍人とは思われないほど柔和で、腰の低い、小柄な色男の紳士だった。あとの一人は同じく情報参謀佐々《ささ》中佐で、色黒の巨漢、額の皺が黒い筋を引き、眉間《みけん》にも筋が立っていて、癇癖《かんぺき》そうだった。昌介は初対面だった。

みんなシャツ一枚になっているが、壁にズラリとかけられた三着の軍服には、金色の飾緒《しょくちょ》が燦然と光っている。高井多門などは、この参謀懸章を「縄」と呼び、「縄吊りどもの威張りくさっとることはどうかい。このごろの縄吊りは相場が下がっとるのに」などといって、参謀に反感を抱いていたが、軍人仲間では、「縄」の威力は絶大なものだった。同じ階級でも参謀が上位であるし、参謀は上官をも動かす力を持っている。作戦参謀の意見は師団長でも軍司令官でも聞かなくてはならない。瀬戸大佐などは、少将でも中将でもガミつけているという話だった。

「可哀そうに、どうして井手君を縄吊りにしてやらないのか」

と、安岡金蔵は口癖にいっていた。

もちろん井手大佐も参謀になりたい気持は強いのである。また任務上、報道部長は参謀でなければ具合の悪い場合が多いのだが、「縄」を吊る辞令は出なかった。そこに井手大佐のコンプレックスがあり、瀬戸大佐などが親しそうにしていながら、心中では軽んじている点があった。デモンストレーションのように、金ピカの飾緒のついた軍服が、井手大佐の家の壁にズラリとならんでいるのは皮肉というよりも、軍隊の虚飾と矛盾の象徴のように見えた。井手大佐のような文化軍人は軍内では評判が悪く、重く用いられないのである。しかし、異端者でありながら、報道部長となり、多くの有名無名の文化人を部下としていることは羨ましいともいえるので、この上、縄吊りにまでさせたくないのである。瀬戸参謀などが推薦すれば可能なのに、「縄」を壁にしておくために、故意にボイコットしている形跡があった。

松井憲兵少佐、坂田憲兵大尉、虎谷義久、九大教授伊村総一郎、同じく九大の矢橋行雄、どちらも法学博士、それに、井手大佐、副官立川中尉などがいて、すでにワイワイと乱戦になっている。その間を、筆生《ひっせい》の小島洋子、玉木春江、富島菊子の三人がモンペ姿で、まるで芸者のように、台所から酒やビールを運んだり、酌をしたり、水たき料理の世話を焼いたりしていた。煙草の煙がまっ白くたちこめ、部屋全体に、どことなく頽廃の気がただよっていた。酒宴のみだれとはちがった、奇怪なみだれが、うごめく人間たちをイライラさせ、さらに狂躁に駆りたてているように思われた。気の合った人間同士が楽しく酒盛《さかもり》をしているのではなく、まるで寸法も形もちがっているいくつかの歯車が、どうやってみても噛み合わないために、ギシギシ、ギイギイといやな音を立てているのに似ていた。また、なにかをごまかし、なにかを探りあう陰微な空気も流れている。

「女《おなご》ちゅうもんは、事務所の机に坐らせて見るよりも、夜、酒の席で見る方が十倍も色気があるもんじゃなあ。事務所では子供のごたるが、ここでは、もう立派に一人前の女たい。それになんと、美人揃いか」

角田中佐がそんなことをいいながら、しきりに筆生をからかっているが、彼女たちは、格別、うれしそうでも楽しそうでもなかった。軍の一員であるから、命令によってしかたなしに、芸者の代用を勤めているのであろう。

「いやです。そんなことなさっちゃあ」

と、手を握られたり、尻をなでられたりするたびに、小島洋子などは、本気になって怒っていた。

ぜひ来て欲しいと、軍の車をさしむけられ、深刻な気持でやって来た昌介は、部屋に入った途端、緊張感からは解放されたが、なお、革命についての疑念が抜けなかったので、井手大佐のそばへ行って、

「なにか大事な話しあいがあったのじゃなかったですか」

と、細い声で訊いてみた。

部長もかなり酔っていたが、あまり愉快でなさそうな渋面を作って、入歯の口をガチガチいわせ、

「それがねえ、安岡金蔵君が来ないもんだから、……まったく、あの憲法学者には困るよ」

「安岡さんが来ないと、話しあいが出来ないんですか」

「今ごろ来たって、もう、こんな乱戦になってしまってはねえ」

昌介は、気あい抜けがした。投げだされた気持だった。

「それに、今、参謀副長の河合少将が来るという電話がかかったんですよ。辻君、せっかく君に来てもらったけど、話はこの次にしましょう。今夜はただ愉快に飲むだけにして帰って下さい」

なんのことやらわからなかった。愉快に飲めといわれても、この顔ぶれの中では愉快になれそうもなかった。いくら珍しい水たきやビールの御馳走があるといっても、面白くもない席に長居をしたくはない。報道部嘱託は虎谷義久と二人きりだが、虎谷もなんだか不機嫌な様子で、仏頂面をしていた。かなり酔っているらしく、まっ赤な顔に、ギョロギョロと大きな眼を据えて、なにかを睨みつけるよ

うにしながら、一人で酒をガブ飲みしている。誰とも献酬もしないし、話もしない。酔えばかなり雄弁家のはずなのに、心中になにかのわだかまりがあって、彼の饒舌を阻止している様子だった。高井多門から聞かされた革命は、いつでも虎谷義久の名と結びついていた。そこで今夜もすぐに革命の秘密が氷解すると思ったのだが、来てみると、なんとも意味のわからない大酒宴で、奇妙にチグハグな雰囲気によって、ただイライラさせられるだけにすぎない。特に、憲兵の存在はその気持に拍車をかける。たった今さっき、知覧特攻基地から脱走した岩代伍長に、金をやって逃がしたばかりであるためではなく、日ごろからあまり好きでない憲兵の、しかもいかめしい将校が二人もいることが、酒宴に暗影を投げかけている。昌介は、なんとかして早くこの場から逃げだしたくなった。しかし、馬鹿馬鹿しいムダ足になるよりも、出来るなら、虎谷義久もいっしょに誘いだし、革命の秘密を知りたいと思ったので、それとなく、虎谷の様子を偵察しながら、機会を待った。

「敵が上陸して来たら、ゲリラ戦をやるという話を聞きましたが、ほんとうですか」

と、矢橋教授が訊いている。あまり酔っていず、他の者がみんな真赤な顔をしているので、博士の顔だけが際立って青白く見えた。

答える佐々参謀も他にくらべると、呂律がしっかりしていて、おさえつけるような野太い語調で、

「作戦の方針を根本的に変更したんですよ。水際《すいさい》において撃滅するということは困難なのです。これまでの南方での失敗の経験が、それを証明しとります。だから、敵を上陸させておいて、ゲリラ戦で悩まし、逐次、これを屈伏させるんです。いわば、パルチザン戦法ですな。世界戦史を見ても成功した例はいくつもある。第一次欧洲大戦のとき、ドイツ軍の侵入に対して、スペイン人がこれをやった。

第二次大戦でも、ロシヤ人がドイツ軍の占領下で、長期にわたってゲリラ戦をやって、遂にドイツ軍を追っ払った。軍隊は後退しても、民間人が敵の占領地内に残って、根づよく、執拗に、果敢にやる。昼は山林や地下壕に隠れていて、夜、出撃するんですよ」

「でも、日本人にそれが出来ますかね。殊に九州人は気が短いから、敵地内に残るのは無理じゃないですか」

「なにが無理なもんか」と、眉間の皺をグッと深くして、どなりつけるように、「祖国の勝利のためには、なんでもやらなくてはなりませんよ。不可能を可能にしなくてはなりませんよ。そりゃあ困難にきまっとる。でも、それくらいの忍耐心と勇気とが発揮出来なかったら、九州男児の名にかかわる。慣熟しつくした土地だから、燃えるような愛国心があったら、かならず成功しますよ。それで、現在、飫肥《おび》の青年学校で、遊撃戦の教育をはじめとるんです。すでに、青年を根幹として敷島隊《しきしまたい》という遊撃隊も結成されとる。民間人も、小銃、手榴弾《てりゅうだん》、和製ダイナマイト、日本刀、竹槍、爆弓など、女は、灰や、唐ガラシを用意すればいい」

「灰や唐ガラシはなににするんです?」

「そんなことがわからんかね。敵兵の目つぶしに使うにきまっとるじゃないか」

　クスッと笑った者があった。虎谷義久だったが、佐々中佐には聞えなかったので、詰責をまぬがれた。

「心配するこたないよ」と、瀬戸大佐が、誰にいうでもなく、大声で喚いた。「図に乗って来やがったら、敵さん、ヤブヘビさ。B29撃墜専門の『震電《しんでん》』もすでに量産に入ったし、特殊爆弾も完成した。飛行機も、いざというときのために、一万機は温存してある。今に吠え面かかせてやるぞ。ワッハッハッハッ」

「特殊爆弾というのはどんなものですか」

　と、伊村教授が質問した。

「それは軍機の秘密に属するからいわれん。ただ、マッチ箱くらいの大きさで、一個あったら、戦艦でも、巡洋艦でもふっとんでしまう威力があると思ってればよい。軍隊なら、一個で、五個師団くらいは木ッ葉みじんだ。愉快、愉快、アメ公が眼をまわすのが、今から見えるようだ」

　瀬戸大佐はまた大声で笑ったが、電燈の光に、唇の下から突き出た出歯が白く光って、この尊大な参謀の顔をひどく下品に見せた。

「瀬戸大佐」

　と、井手大佐があらたまった調子で呼びかけた。

「なんだ？」

「君が今いったこと、おれは初耳だが、それがほんとうなら、報道部の報道宣伝活動がたいへん有利になるんだ」

「ほんとうならなんて、お前は軍の中枢にいるおれを信用せんのか」

「そんな大事なことは、早く教えてもらいたいな」

「そんな間抜けだから、参謀になれないんだ。もっとしっかりしてくれよ」

　井手大佐の面長の顔にいいようもない苦渋のいろがあらわれ、唇がワナワナとふるえた。なにか、ぶっつけたい言葉があるのに、突然、唖になったみたいだった。

「おいおい、瀬戸、貴様はいかんよ」

と、佐々参謀が仲裁に入った。階級は一つちがうが同期の親友なので、貴様、おれのつきあいをしていた。

「なにがいかん？」

「いろいろ、いかんよ。もう、やめとけ」

「そうか、そんなら、やめとこう。それより、歌でもうたうか」

立ちあがった瀬戸大佐は、両手を腰にあて、胸を張って、二・二六事件の歌をどなりはじめた。

汨羅《べきら》の淵に波騒ぎ
巫山《ふざん》の雲はみだれ飛ぶ
溷濁《こんだく》の世にわれ起てば
義憤に燃えて血潮わく

憲兵たちも手をたたいて合唱しはじめた。立川中尉が立って瀬戸大佐とならび、はげしく両手をふりながら、これに和した。酒を飲めば飲むほど青くなるこの副官は、白い眼の奥に不気味なけんがあって、その熱狂ぶりはまるで発狂でもしたようだった。

権門上《かみ》に奢《おご》れども
国を憂うる誠なし

## 財閥富《とみ》をほこれども
## 社稷《しゃしょく》を思う心なし

けたたましさに辟易していると、

「辻さん、出ませんか」

と、耳に息のかかる近さで、虎谷のささやきが聞えた。気づかなかったが、すぐ後に来ていた。

「ええ、出ましょう」

「帰るというとうるさいですから、便所に立つふりをして出て下さい。僕、さきに出て大濠の橋のところで待っています。ぜひ、お話したいことがありますから……」

「行きます」

虎谷義久が去ったあと、昌介は、ふっと、虎谷は立川中尉が大きらいだったのだと気づいた。二、三日前、報道部事務室で、井手大佐から、部員の身分待遇、給与についての説明があった。部長は、報道部結成以来、一ヵ月近く経過したのに、いろいろな事情で遅れていることを詫びた後、

「諸君にたいへん迷惑をかけましたが、数日中にかならず解決いたします。ついては、再三の督促にもかかわらず、まだ履歴書を出さない方がありますが、大至急お出し願いたい」

と、つけ加えた。

すると、部長のかたわらに控えていた立川中尉が、ツカツカと虎谷の前に進み出て、

「君は、なぜ、履歴書を出さんのか?」

と、鋭く白い眼で睨んで詰問した。

虎谷は黙っていた。この、入部して二十日以上経ってから、履歴書を出せという通告は、部員たちをいささか面くらわせたのであって、給与の遅れているごまかしではないかと、釈然としない者も多かったのである。しかし、命令なので、不承不承に提出した。高井多門などは、「今ごろ履歴書を出させるなんて、そんな形式主義はごめんだ。でも命令は絶対ということになってるから出したが、面倒くさいから、ただ、風来坊《ふうらいぼう》とだけ書いておいたよ」といって笑っていた。虎谷義久も同じ気持だったので、出さずにいたのであろう。

返事をしないで横を向いた虎谷を見ると、立川副官の青い顔に、ピリピリッと青筋が立った。

「貴様は陛下の陸軍を馬鹿にするのか」

喚いて、軍刀の柄《つか》に手をかけた。

「僕を斬る気か」

と、虎谷も色を変えて、一歩前に出た。

「ぶち斬ってやる」

「斬れ」

さすがに実行しかねて、柄に手をかけたまま、ブルブルふるえていると、

「立川、やめろ」

と、井手大佐が制した後、キッとなって、虎谷の方を向いた。

「ときに、虎谷君、今日は友人としてではなく、軍人としての井手大佐が、部下としての君に命令する。

明朝、正午までにかならず履歴書を出したまえ」

むくれている虎谷を、安岡金蔵がなだめて、とにかく、翌朝、履歴書を出させた。

これは、辻昌介が小月飛行隊へ出張している間の出来事だが、帰ってから、笠健吉から聞かされたとき、昌介は立川中尉の態度に腹が立った。同時に、井手大佐の態度にも面白からぬものを感じ、軍人と民間人との間に突き立っているカーキ色の壁をハッキリと感じたのである。そして、人間を歪曲している権力に対して、はげしい反撥と憎悪とをおさえることが出来なかった。


月は傾いていた。油山にすれすれになっていたが、中天にあるときよりも数倍の早さで沈んで行った。深夜になると、風が出て冷えた。光っていた湖の水面も暗くなり、ホタルだけがわずかに風情《ふぜい》を作った。柳が波の音のようである。

水辺のベンチに腰をおろして、虎谷義久と辻昌介とは話しこんでいた。話すといっても、昌介の方は聞き役で、虎谷の雄弁が妖しいばかりの熱を帯びている。

「もっと早くあなたに話さなければならなかったのですが、時期を失していました。でも、事態は緊迫して来たので猶予がならなくなり、あなたの南九州行もとりやめにしてもらいました。辻さん、力になって下さい。一大事がおこりかかっています。敵が九州を目ざしていることは必至です。九州において敵を破るか、破られるかによって、日本の興亡がきまります。もはや、同盟国であったドイツもイタリーも破れ去りました。日本は世界中を敵にして戦っています。ソ連と不可侵条約を結んでいるので、わずかに後顧の憂いだけはありませんが、とにかく、日本の興亡は九州の一戦にかかっているといっても過言ではありません。九州における勝利が日本の勝利です。ところが、サイパンと沖縄の失陥以後、戦局は次第に苛烈になって来て、日本全国が敵の空襲圏内に入りました。地理的に細長い日本は、いつ、どこで、分断されるかわかったものではない。こういうことをあなたにいうのは釈迦に説法ですが、戦闘というものは臨機応変、そのときその場の敏速的確な措置にもとづかなければ、勝利を逃がしてしまう。つまり、九州は九州としての独特の戦闘をしなければならないわけです。いちいち遠い東京の大本営の指示を仰いでいたのでは、戦機を失います。すべからく、即戦即決、九州だけで処置すべきです。辻さん、ここまでいえば、聡明なあなたは、僕の、いや、僕たち同志の真意を汲みとって下さるでしょう。つまり、九州の独立です。九州に単独に軍政を布くのです。もはや鈴木内閣は力にはなりません。九州が独立すれば、もちろん、鈴木内閣とも絶縁し、九州に戒厳令を布いて、革命政府を作るのです。井手大佐も全面的に協力していますし、すでに、同志の陣容も整っています。井手さんの話によると、西部軍司令官、参謀長、先任参謀も賛成しているといいますから、あとひと息です。僕は東京方面の同志を糾合しましたが、あなたには深いつきあいがなかったので、井手さんから話してもらうことにしていました。ところが、どういうわけか、井手さんはいつ訊いても、あなたにまだ話していないというので、今夜、僕からお話するわけです。辻さん、やりましょう」

「高井多門さんに、あなたは話したそうですね」

「話しました」

「高井さんは、どういう意見です？」

「面白いな、といいましたよ。もちろん、賛成してくれたのでしょう。高井さんも革命政府の重要メンバーです。安岡金蔵さんには、井手大佐から話して、すでに九州へ軍政を布いた場合の法的措置、革命政府の新憲法などについて研究を進めています。今夜、来ていた伊村、矢橋、両教授も同志です。安岡さんは、なんだか、ひどく下痢をしているとかで今夜は来なかったですが、彼は優秀ですよ。辻さん、あなたも加わって下さい。九州の親分であるあなたが参加して下されば、鬼に金棒です。軍はすでに管区制になっています。敵の上陸や空襲によって分断されても、管区ごとに活動が出来る態勢は整っている。この点で九州ほど有利な地はありません。地理的、物的、人的、すべての資源に恵まれている九州こそ、日本のホープです。辻さん、僕は、天皇陛下を九州へ迎え奉ることまで考えているのですよ。妄想と笑わないで下さい。無責任なことはいいません。僕はすでに、徳富猪一郎先生や、末次大将とも連絡をとって来ました。辻さんは、先だって、横須賀の久里浜にあるペルリ上陸記念碑が引きたおされたのをご存じですか。嘉永六年、ペルリが日本へやって来たのは、日本征服が目的だったことはいうまでもありません。アメリカはフィリピンを征服したように、日本も同じようにアメリカの植民地にするつもりだったのです。でも、日本の案外の手強さを知って、通商条約だけにとどめました。しかし、今や好機いたれりとばかり百年前の野望を達成しようとしています。どんなことがあっても負けてはなりません。久里浜の人々は、翼賛壮年団が主導し、先年の大詔奉戴日に、ペルリ上陸記念碑を引きたおしてしまいました。痛快ではありませんか。そのとき、徳富先生も大いにこれを激励されて、皇国精神振基之碑という文字を書いてあたえられました。その雄大な碑が、いま、日本侵略の先覚者、鬼畜ペルリの碑のあとに立っています。徳富先生も九州熊本出身です。僕は同志と二人、山中湖畔におられる先生をお訪ねして、九州独立の革命方式について意見を申しのべたところ、たいへん賛成されて――僕も早速、その実行に入る。君たちも国家のため、充分、慎重に大いにやってくれたまえ、とおっしゃいました。僕は、そのときの、先生がバラの門の前で、涙を浮かべておられた姿を忘れることが出来ません。末次信正大将とは、荻窪の屋敷でお会いしました。狡猾な独裁者である東条の指令によって、閣下は軟禁状態にされていました。しかし、徳富先生同様、僕等の理想に全面的に共鳴してくれました。九州革命はもちろん、そのまま日本革命です。そして、もちろん、九州独立による勝利は、日本の勝利だけにとどまりません。白色帝国主義からのアジア諸民族の解放、アジア諸国の独立、大東亜共栄圏の確立――この根本理念は在来の右翼でもファッショでも、もちろん、左翼でも、リベラリズムでもない。在来のものを一切否定する世界連邦運動の一環となるものです。その第一歩が九州独立と、九州における米軍の撃滅です。光はそこに見えています。辻さん、かならず、九州独立は出来ます。いや、絶対にやらなくてはいけません。この逼迫した状勢を打開し、祖国を勝利にみちびくために、九州独立以外の手段はありません。辻さん、やりましょう。祖国と祖国の勝利のために」

虎谷義久は、涙を流しながら、両手で、辻昌介の両手をシッカリと握りしめた。

熟柿くさい息と、唾がしきりに、顔にかかる。酔ってはいても、酔漢のクダでないことは、昌介にもよくわかった。信念を吐露し、神聖な革命を夢みる語調はまったく情熱的で、昌介を圧倒した。いくらか神がかり的ではあったが、筋道も立っているし、革命の構想も堂々としている。高井多門が、「すばらしい大革命の構想」といったが、たしかに誇張ではなかった。虎谷の悲壮感がこちらにも乗りうつって来て、昌介も胸のせまる思いがした。涙さえ出そうになる。それなのに、昌介は、すぐに、「では、いっしょにやりましょう」とはいえなかった。人一倍、感傷に溺れやすく、感動すればそれに引きずられる性向もあるのだが、この雄渾な九州革命のプランに対しては、なにか、ためらわせられるものがあった。その構想の不備とか、それが可能か不可能かとかいう疑惑ではなく、もっと別のものだった。昌介自身にもハッキリと躊躇の理由がわからなかったけれども、ひょっとしたら、それは人間に対する不安と不信なのかも知れなかった。

「どうですか。わかって下さったでしょう？　わかって下さったら賛同して下さい」

　虎谷は、必死のように、返事を迫った。

「わかりました」

「そうですか」と、虎谷は飛びあがるほどのよろこびかたで、

「あなたが一枚加わって下さるなら、百万の味方を得たも同然です」

「加わる方は、もうすこし考えさせて下さい」

「加わってもらわんことには……」

「二、三日、猶予してくれませんか。大問題ですから……」

　虎谷は昌介の手を放して腕組みし、

「そう、大問題だ。わかりました。三日待ちます」

「帰りましょう」

　と、昌介は立った。もう、これ以上、虎谷と相対していることが苦痛だった。柳並木のかげに誰かがいる気配がした。ふと岩代伍長ではあるまいかと思ったが、脱走兵がそんなところにウロウロして

いるわけはなさそうだった。でないとすると、男と女だ。九州に大革命がおころうとしているのに、ただ愛慾に没頭している者もあるのである。この大濠公園はあいびきには絶好の場所で、朝になると、方々に紙やゴムが落ちているのだった。今ごろは、父安太郎もメカケ峯代を抱いて、うつつをぬかしているかも知れない。戦局が苛烈であるだけに、愛慾への沈湎《ちんめん》も深いのであろうか。老母松江は一人、若松のガランとした家に眠り、妻美絵ははるか数百キロ離れた広島の山奥にいる。昌介は、崇高な九州革命の理想に感動した直後、突如として、猥褻《わいせつ》になり下がった自分に嘔吐を感じて、池の中に、ペッと唾を吐きすてた。さっき、放尿したと同じ場所だった。暗くて唾の波紋は見えなかった。

## 第八章

「手紙をありがとう。子供たちもみんな元気の由、安心した。頭上をときどき、B29が通るそうだが、狐や狸が出るそんな山間僻地に、まさか爆弾を落すこともあるまい。こちらのことは、どうなるかわからないから、いま元気でいるからといって、安心しなさいともいえないが、とにかく、なにかを信じて、また逢える日を待つしかしかたがない。いろいろなこと書き送りたいが、あまりいろいろなことがありすぎるし、気分も落ちつかないので、なにも書かないことにする。とにかく、子供たちをよろしく。お祖父《じい》さんやお祖母《ばあ》さんにも、別便しないので、お前からよろしく。八月六日朝」

妻への簡単な手紙を書き終えて、昌介は部屋の一隅にあったマンドリンをとりあげた。小月で、志村未亡人からもらった尺八もあったが、死者の形見には心を滅入らせるものがあるので、吹いたことはなかった。軽くピックで、「越後獅子」を弾いていると、シーンとした気分になって来た。昔から洋曲より和曲が好きだった。別に、国粋主義を発揮したわけではない。米英撃滅に狂奔しはじめると、米英にケモノ偏をつけて、狣・狭としたり、一切英語を使わなくなったりしたのを馬鹿げたことに考えていた。軍隊でも、トンネルを隧道《ずいどう》、または、汽車くぐり、青インキを青汁、赤インキを赤汁、スイッチを点滅器、マッチをすりみ、ポストを四十年式上方差入下方抽出式赤色円筒郵便函などと呼び、うっかり英語を使うと、罰金をとられたり、ぶんなぐられたりしていた。日本語になってしまってい る言葉でも使用出来なかった。民間でも、野球をやるとき、ストライクを正球、ボールを悪球、そして、審判は「正球二」「悪球四、四球」といい、セーフを安全、アウトをダメなどといっていた。こういうナンセンスが氾濫したのも敗勢のためで、追いつめられると、ほとんど常識では判断出来ない錯乱がいたるところではじまっていた。ペルリ上陸記念碑をたおしたことなどもその一つといえよう。そのとき、横須賀の海軍鎮守府では、ペルリの碑をたおしてもなんら作戦上の意義はないといったそうであるが、戦略戦術と気分との混淆《こんこう》が笑えない喜劇を生み、ピエロを無数に作りだしたのである。もし、昌介がマンドリンでアメリカか、イギリスかの洋曲をやっていたら、非国民呼ばわりされたかも知れない。幸い、昌介は祖国の音曲が好きだったので、次々に、「春雨」「松のみどり」「元禄花見踊」などを弾いた。眼をとじ、その音とリズムの中に、心身を沈めるようにした。

ドアをノックして、

「辻さん、僕にも聞かせて下さい」

と、安岡金蔵が顔を出した。

「いやあ、人に聞かせるほど上手じゃないですよ」

「音楽は救いだ。……どうぞ、つづけてやって下さい」

安岡は、いつも放したことのない鉈豆煙管をふかしながら、窓の閾《しきい》に腰をおろした。

「いい天気だなあ。青空に雲ひとつないよ。こんな晴れた日に、音楽を聞いていると、どこに戦争があるかと不思議な気持になる。辻さん、つづけて聞かせて下さい」

「弱ったな」

「どうぞ」

「それより」と、昌介はマンドリンを置いて、「安岡さんは、昨夜、部長邸での会合に来ませんでしたね。お腹《なか》をこわしたとかだったけど……」

「下痢は毎度ですよ。もう慢性になってしまった。行こうと思えば行けないこともなかったんだけど、気がすすまなかったんです」

「どうして？」

「いや、その話はあらためてしましょう。せっかく音楽を聞こうとした朝の感興がくずれる。辻さん、さあ、頼みます」

「そうですか」

しかたなしに、マンドリンをとりあげて、「六段」を弾きはじめたとき、突如、バリバリバリッと、異様な轟音がおこった。爆音らしかった。

「おッ」

と、安岡は飛びあがった。窓に腰をおろしていて、頬に空気の衝撃を感じたのである。軽い爆風のようだった。

「空襲、……空襲、危いど、危いど」

と、谷木順が物資の入ったリュックサックをかつぎ、例のギャアギャア声で右往左往しはじめた。ホテルは急に騒がしくなり、次々に、防空壕にかけこんだ。

屋上にいた対空監視哨の兵隊が、突然の爆風にびっくりして、あわてて下にかけ降りて来たが、

「おかしいなあ、『警戒警報も空襲警報も出とらんのに……』

と、しきりに、首をひねっている。

昌介と安岡も顔を見あわせたが、音響が一度きりなので、部屋に待機して様子を待った。庭に、部員たちや、支配人、馬車ひき、女中などが集まって、けげんそうに、みんな空を見あげている。防空壕に入っていた者も出て来た。馬車馬だけが下を見ている。

「今のは、なんの音かね」

と、昌介は、視線の合った笠健吉に、上から声をかけた。

「わからん。敵機の姿も見えんし……」

「蓆田《むしろだ》飛行場の空襲じゃないか」

と、江川清一がいった。

「蓆田ならもっと大きな音がするたい。音が遠かった。それに、蓆田なら敵機が見えにゃならん。どこかのタンクか軍の火薬庫でも爆発したんじゃないか」

今下仙介がそんなことをいったが、結局、なんの音なのか、誰にもわからなかった。

十時から、報道部事務室で、企画会議が開かれた。「川島ホテル」にいることを許されている高井多門も珍しく出席した。最近は部員の出勤率が悪く、問題になっていた。朝九時に一応出勤しては来るが、昼食のため宿舎に帰ると、二時すぎまでも昼寝する者が多い。そのまま出て来ない者もある。そこで、立川中尉が提唱し、部長の賛同を得て、昼食は弁当にした。事務室で食べるようにすれば怠ける口実がなくなるのである。部員は出勤のとき、アルミニュームの弁当箱を渡される。高井多門も弁当箱に長い紐をつけ、プランプラン大きく振って苦笑しながら、ホテルから新聞社まで歩いた。瘦せ衰えて、歩行も楽ではないらしかったが、

「小学生に後もどりしたようで楽しいよ」

などと冗談口をたたいていた。

「今日は待望の身分待遇、給与の決定があるそうだよ」

「待ちかねたからね」

いつもは時間どおりに出勤したこともない赤根一郎と沼井明とが、そんな会話をとりかわしながら、イソイソした足どりで急いでいた。

昨夜の饗宴の疲れのためか、小島洋子をはじめとする三人の筆生は、瞼を赤く腫《は》らし、眠たげな表情をしていた。

「また、会議か。会議が好きじゃなあ」

と、山中精三郎があきれ顔で呟いた。彼は陣中雑誌「鎮西」の編集部に配属されたが、かんじんの雑誌は紙の割当問題や、印刷所の空襲被害、原稿難などにおちいって、いつ発行されるとも見当がつかなかった。

「会議こそ、わが報道部の生命さ」

と、絵かきの月原準一郎が、皮肉をこめて笑った。

各班の代表から成る二十人ほどのメンバーで、企画会議が開かれた。

井手大佐も宿酔《ふつかよい》のような、皮膚のたるんだ、サッパリしない赤黒い顔をしていたが、ニコニコしていて、元気に溢れていた。議長席に就き、つぐんだ口を心持とがらせ、眼をパチパチさせる癖もいつものとおりである。昌介は昨夜の後味のよくない記憶がよみがえって来て、部長の顔が見づらい思いだった。井手大佐を見下し、罵倒した瀬戸大佐へはげしい嫌悪を感じながら、金ピカの飾緒のついていない部長の軍服がみすぼらしく見える。軍隊の事大主義と虚飾の矛盾に、いつか自分も毒されているのか。虚栄は人間の本能なのであろうか。また、「強い軍隊を作るには、勲章をたくさんやるにかぎる」といったナポレオンの言葉がよみがえって来た。

「では、これからはじめます」

部長の横に腰かけた小島洋子が、記録をとるために、会議録をひろげる。

「高井君、あなたは名プランナーだから、なにか面白い考えがあるでしょう。この難局を打開し、戦意昂揚に大なる効果のあるプランがあったら、聞かせて下さい。元寇祭のときのような……」

「あります」

と、高井多門は即座に答えた。

「ほう、さすがに高井君だ。どんな名プラン？」

「やっぱりラジオが一番影響力が大きいですから、放送に力を注ぐのですな。九州では、八月は十三日から盂蘭盆になる。この時期をとらえて、集中的に、そうですな、『決戦お盆の夕《ゆうべ》』というような大規模な企画を立てるといいと思います。十三、十四、十五の三日間は地獄の釜の蓋が開いて、仏が娑婆に出て来るのですから、まず、仏の筆頭たるわれらの英霊を祭り、讃える。それから、英霊に誓う言葉、一般国民の中から、そうだ、英霊の未亡人が、夫に誓う、英霊の子供が、父に誓う、これなら深い感銘をあたえること請けあいだ。辻君が調査に行った小月の志村大尉を登場させる。未亡人と子供にラジオ放送をやってもらってもいい。形見の尺八を誰かに吹いてもらうのも結構でしょう。英霊を犬死させてはいけない。英霊は生きて、国民の中にいるんだ。ここには、作家詩人諸君がたくさんいるんだから、出来るだけたくさん英霊讃歌を作るといいです。英霊といっても兵隊さんだけではありません。今や一億国民、全部戦闘員といってもいいですから、空襲でやられた犠牲者も英霊に含めなくてはいけません。形式は、盆踊り、御詠歌、施餓鬼《せがき》、市中行進、紙芝居、幻燈、辻小説など、いろいろありますが、僕はひとつ、ラジオ・ドラマを書く。自分で書いて、自分で演出をする。元寇祭の『敵国降伏』のとき懲りたので、はじめから一切合財、自分でやります。ラジオ・ドラマの題は、『閻魔の庁』というんだ。この間死んだアメリカの大統領ルーズベルトを、閻魔大王の前に引きだして、裁判をおこなうという趣向です」

そういって、妖婆のような高井多門は得意げに、歯のない大きな口を開けて、声を立てずに笑った。

座の者も笑い、井手大佐は、

「高井君にはおどろくな。どこからそんな名プランが泉のように湧いて来るのか、ただただ、舌を巻くほかはないよ」

と、満足そうだった。

「それで、僕のプランとしては、このラジオ・ドラマは『決戦お盆の夕』のドッサリとして、八月十五日にやった方がいいと考えています。もし、みなさんに反対がなければ、僕はすぐに脚本に取りかかります」

反対はなかった。

「それで」と、高井はヘラヘラと皮肉な笑みを、江川清一の方に投げた後、さんばら髪を両手でかきむしりながら、「どんないい企画があっても、これをやる役者が下手だったら、なんの効果もない。戦意昂揚どころか、かえって逆効果になる。やる以上は第一級の役者によって、第一級の演技をする必要がある。それで、僕は部長にお願いしてあることがあります」

あなたからというように、高井は井手大佐に眼配せした。

うなずいた部長がいった。

「高井君は第一級の作家です。第一級の作家の書く作品は、第一級の俳優によって演じられなくてはならないといっている。そのとおりだ。だから、高井君からの申し出に対して、よろこんで出張許可をあたえました。それは、東京に行って、新国劇の名優、辰巳柳太郎、島田正吾、その他の俳優諸君を九州へつれて来るという案です。もしそれが実現したらすばらしい。いや、きっと高井さんが上京すれば実現するでしょう。そしたら、『決戦お盆の夕』に筋金が入ります。みなさん、いかがですか」

拍手がおこった。

「うまいことといいやがって、逃げだすつもりだよ」

と、拍手などはせず、憎々しげに、赤根一郎にささやいている沼井明の声が、昌介の耳に聞えた。その語調には心底からの憎悪がみなぎっていた。

昌介も、拍手しなかった、拍手出来なかった。これまでの高井多門に抱いていた尊敬の念が消え、この妖婆のように怪異な人物が、実際の妖婆のような気がして来た。たしかに、なにかの魔法使いだ。沼井のように、新国劇呼びよせのための上京を、逃亡の口実とは考えなかったけれども、高井がみずからも酔っている名プランの残忍さに、引っかかるものを感ぜずには居られなかったのである。英霊に誓うために、英霊の未亡人や子供をラジオに引っぱりだす。志村大尉の豊子未亡人と二人の息子をマイクの前に立たせる。はたして、高井多門は本気でそんなことを考えているのか。高井の愛国心や、情熱や、名プランの提出に、誠実や良心があるのだろうか。人間の感情があるのだろうか。肉体の衰弱と死とから発散した絶望が、妖気をただよわす殉国の情熱に変形したのではないのか。彼が、健康であっても、九州の第一線に来たであろうか。彼は、虎谷義久の九州革命論を聞いて、面白いな、といったというが、それは自分の死に、他人の道づれを欲しがる妖婆のほくそ笑みの言葉ではないであろうか。そんなことを昏迷の中で考えながら、高井多門の顔を見ると、昌介は鳥肌立つ思いで、身体がふるえて来た。

# 第九章

父が訪ねて来た。色白でデップリ肥えている辻安太郎は、国民服に戦闘帽をかぶり、すこぶる元気だった。最近は食糧不足のため、ほとんどの者が栄養失調気味になっているのに、安太郎は以前よりかえって肥満しているかと思われるほど、色艶がよく、額もテラテラ光っていた。とても六十五歳の老人とは思われない。

「すこし牛肉を持って来たぞ。全部の皆さんに行きわたるほどはないが、気の合うた友達同士とだけでも食べておくれ」

父がぶら下げている大きな新聞紙包みをなんだろうかと考えていたが、それがおみやげの牛肉で、一貫目ほどもあった。

「仕事の方はいかがですか」

「サッパリよ。こう空襲がはげしゅうては、船も入らん。それに毎晩のごと、B29が機雷投下にやって来るもんで、玄海灘も、響灘も、船が通らりゃせん。関門海峡でも、洞海湾の入口でも、もう何隻、汽船が触雷して沈没したか知れん。それに、どうやら若松も空襲の順番が近づいたようにある。この戦争、最後には勝つのかも知れんが、このごろのようにあると、いやなことも考える。お前もなんべんも危い戦地に行っては生きて帰ったとじゃけ、運は強いようにあるが、なんというても命あっての物種、無理はせんでくれよ」

昭和十七年、国家総動員法にもとづく企業整備令で、一生を賭けて来た「辻組」を強制解散させられて以後、安太郎は洞海湾汽船給水株式会社社長の職だけにとどまっていた。航海のために必要な清水を汽船に給与する会社である。明治時代からの古い歴史を持って居り、小さな会社ではあるが、どんな時世にも赤字を出したことがないのを誇りにしていた。しかし、現在は外国航路はとまり、国内航路はB29の機雷投下によって釘づけされているとすれば、仕事も閑散のわけであろう。それなのに、父の顔には別に憤懣のいろも暗いかげもなく、勝利のためにはあらゆる犠牲を忍ばなければならないとする覚悟が、いつか諦観に変形していて、ほとんど楽天的と思われるほど、のんきそうな表情だった。それは最近、国民の多くの顔にあらわれるようになった、一種放棄的な表情と共通していた。戦意昂揚の掛け声がどんなに高くても、これに反応を示さない、白々しい仮面の顔である。もう、どうやってみたところで、どうなるものでもないという危険な放棄がそこに見られた。ただ僥倖《ぎょうこう》だけを待っている無気力さでもあった。

「今日は、なんで博多へ?」

「県庁に用件があってな。やっぱり、水屋《みずや》の問題で、経済部長に会わにゃならんことになっとる。……そんならおれはこれで……」

「この牛肉でスキヤキでもして、昼飯を食べて行きませんか。笠君や、今下君や、山原君なんかもいますから……」

「いや、そのうち、ユックリ出なおして来う。時間の約束をしとるけ。皆さんによろしゅういうておくれ」

このごろでは、街角で、「また、そのうちに」と簡単に別れても、それが最後になることがある。銃後も戦場と変らなくなった。ひょっとしたら、国内の方が戦局は苛烈であるかも知れない。しかし、父は格別深刻な顔もせず、そういうと、サッサと、「川島ホテル」を出て行った。二十四、五貫はある巨軀が電車通りへ消えて行くのを眺めながら、昌介は父の足どりがいつもとちがうことをふと感じた。ひどく急いでいるのだが、どうもいくらか跛《びっこ》のように思える。右足がうまくあがらず、引きずっているように見えてしかたがなかった。同時に、そんな不器用な歩き方で、むやみに先を急いでいるあわてぶりから、霹靂のように、父の不純さを直感した。きっとどこかでお峯が待っているのだ。昼飯はメカケとどこかで食うつもりなのにちがいない。県庁の用事は嘘ではあるまいが、お峯とつれだって、今夜は二日市の武蔵温泉にでも一泊するつもりなのかも知れない。それが既定の事実のように昌介には思われて来た。最近、西部軍司令部は市内の舞鶴城址から二日市に移った。附近の山江に深い洞窟が掘られ、昼間は軍司令官以下幕僚もそこにいるが、夜は武蔵温泉の「延寿館」が軍司令官の宿舎になっているとのこと。いわば、温泉は軍都と化しているわけだが、そこへ女をつれて父が行くとすれば、父は何物であろうか。軍人に見つかって、非国民呼ばわりされはしないであろうか。愛国者をもってみずから任じている父は、非国民あつかいされたとき、どんな表情と態度を示すであろうか。それはおかしいよりも悲しい光景にちがいなかった。しかし、昌介は愕然とした。なんでこんな馬鹿々々しいことを考えだしたのか。戦局不利による焦躁がいつか自分の神経も狂わせて、こんな白昼の妄想を生んだのか。父はやっぱり給水会社の用件で県庁に来ただけで、女なんかつれていはしないのだ。不純なのはこっちだった。そう強いてこじつけながら、自室に戻った昌介は、机の上に泰然として乗っかっているヤミ牛肉の、ドブッとしたいやらしい赤味を見て、異様な嘔吐感を催した。下のゴミすて場から来たらしい蠅がまっ黒にたかっている。いかに飢えていても、こんなものが食べられるものかと思った。そのくせ、胃袋はグウグウ鳴っているのである。昌介はこの錯乱がうとましくなり、精神と肉体との分裂の度合と速度とを調節するように、ゴロリと自分の身体をベッドの上にころがした。

その夕方、九州飛行機工場に、報道部の幹部が二十人ほど招待された。

「辻君、いよいよ、B29撃墜専用の『J7』が完成されたんですよ。もう大丈夫だ」

そういう井手大佐の顔には、子供のようなよろこびのいろが溢れていた。

「一昨日《おととい》の晩、瀬戸大佐が話していた『震電』のことですか」

「そうです。これはまだ極秘になっているんですが、特に報道部の諸君にだけ、『J7』について公開されることになったんです。僕の願いを工場長が聞いてくれました」

製作所は香椎にあったが、秘密工場は筑紫郡原田町の山中に、上空から完全に遮蔽して作られていた。「J7」はそこで組み立てられたのである。

浅黒い顔に、科学者らしい冷静さを備えている石丸工場長は、図面を示しながら説明した。

「この特種飛行機の設計は海軍でやったものですが、その試作を私の方の工場で、極秘裡に進めていたのです。一万メートルの高々度に達するのにわずか四分の上昇時間しかかかりません。三十ミリ機関砲四門を備えていまして、B29来襲と同時に瞬間的に飛びあがり、B29をはるかに凌ぐ速度を利用して、縦横の攻撃をかけようというわけです。高々度でも非常な高速を出さねばならぬ関係から、三菱発動機で、未曾有の高馬力エンジンを作りあげました。プロペラは六枚羽ですが、あまり早く廻転するため、プロペラの間から機関砲を射ちだす自動連輪装置がきかないので、特にプロペラを尾部にとりつけてあります。それなら機首から自由自在に射撃が出来ます。こうした関係から、主翼も機の後部に退けられて、主翼に垂直翼がついていますから、まあ、これまでの飛行機を逆《さか》さまにした形と思っていただけばよろしいですね。まるでエビみたいで、ズングリしとって、あんまり恰好はよろしくないですが……」

「この『震電』をもっと早く作って欲しかったですな」

と、井手部長がいくらか心残りそうな顔でいった。こういうときの単純さはほとんど無邪気に近いものであるが、自分のその言葉が、ここにいる報道部員たちにも共通した、いや、全国民の願いとも一致したものであることは、充分の自信を持っているのである。

工場長も同感の面持で、

「おっしゃるとおりですが、なにしろ劃期的《かっきてき》な発明なもんですから、なかなかオイソレとははかどらなかったのです。最近、試作に成功した海軍のゼット戦闘機『橘花《きっか》』や、ロケット・エンジンの『秋水』などは、いずれもドイツの設計図をそのまま模倣したものですが、『震電』はまったくわが海軍航空技術陣の独創だったもんですから。そのため、そうですな、三十回以上も試作をくりかえしたでしょうか。改良に改良を加えて、やっと今日の成果を得たのです。なにしろ、あまりの高速度のため、滑走中に脚を折ったり、尾部にエンジンやプロペラがあるため、機重がその方にかたよりすぎ、プロペラが地面を打って損壊したり、いやはや、失敗の連続でした。でも、もう確信が出来ました。ここ数日中に試験飛行をおこないますから、皆さんもどうぞごらん下さい」

「成功したら量産に入るわけですね」

「そうです。成功は疑いませんが……」

　不利な戦局を一挙に挽回するもの——報道部員たちもそれを望んでいたので、「Ｊ７」の完成は彼等を元気づけ、勇気づけた。一本のワラでもつかみたいときに、棒があたえられたような力強さを感じたのである。そのため、酒宴も気勢があがり、万歳を叫ぶ者もあらわれて、けたたましい騒ぎになった。一昨夜、部長邸でおこなわれた軍の幹部の饗宴ほど、料理の贅はなかったけれども、ビールがふんだんにあって、酒好きたちをよろこばせた。

「高井先生は、今日はいらっしゃらなかったんですか」

　と、石丸工場長が井手大佐に訊いていた。

「高井君は上京しました」

「いつ」

「今日です」

「ほう、そんなら、広島の手前で引っかかっているかも知れませんよ」

「どうしてです？」

「広島が爆撃されて、山陽線が不通になっているとかですから……」

「それは知らなかったですね。でも、高井君のことだから、なんとか切り抜けて行くでしょう」

「私、前から高井先生のファンで、今日お目にかかれるかと楽しみにしていました」

「四、五日か、遅くも一週間したら帰って来るはずです。八月十四、十五の両日、報道部で、『決戦お盆の夕』というのをやることになっていまして、そのために、新国劇の辰巳柳太郎君、島田正吾君などをつれにいったのですから……」

「新国劇の名優諸君が、九州へ来るというんですか」

「そうです」

「それは『震電』以上の大ニュースだ」

そんなキッカケから、二人は新国劇の芝居についての話の花を咲かせた。

笠健吉、山中精三郎、その他四、五名が、今日の昼、経理学校の宣伝中隊でおこった乱闘事件について話しあっていた。詩人で一等兵の矢口新一が、「こんなことをしていたら、戦争は負ける」といったのが原因らしかった。宣伝中隊も報道部に劣らぬ化物屋敷であったたし、内部にはさまざまの複雑な暗流があって、絶えず軋みあっていた模様である。矢口は考えたままを率直にいったにすぎなかったらしいが、南島伍長が、「貴様はスパイか」といって罵ったのがきっかけで、喧嘩がはじまった。二人の取っ組みあいがまるで雪ダルマのように拡大し、また、いくつもの雪ダルマに分裂して、何人か怪我人が出たという。憲兵がやって来て、矢口を拘引しようとした。それをやっと木股中隊長がなだめた。

「軍服を着ている人間の中から敗北主義者が出て来るなんて、情ない」

と、山中はいかにも口惜しそうにいって、涙すら浮かべていた。ロシア文学をやっていても、彼はソビエート・ロシアを認めず、北畠親房を研究したりもする愛国者であったので、心底から矢口新一の言動を憎んでいるようだった。山中は酒はまったく飲めないのに、酒席の雰囲気が好きで、結構楽しそうにしていた。彼が九州へやって来たのは、友情のためといってよく、

「君たちと九州で死ぬのなら本望だ」という言葉に嘘はなかった。

昌介も、乱戦の中でだらしなく酔った。「震電」の完成だけによって、これほども下降した戦局が一気に浮きあがるとは思わなかったけれども、一昨夜の饗宴のようないやらしさや不快さはなかったので、さされるままに飲み、くだらん洒落にも釣られてゲラゲラ笑ったりした。

「マッチ箱くらいの大きさで、一個あったら、戦艦や巡洋艦がコッパミジンになる。人間なら五個師団くらいは一瞬にしてふっとんでしまう特殊爆弾も完成されています。これはまだ極秘なのですが、今日はあなたの方で、極秘の『J7』を公開して下さったので、お返しの意味で申しあげるのです」

井手大佐が、九州飛行機の幹部四、五人を相手にそんな話をしている。

「そうですか。そんなら、もう大丈夫ですね」

「大丈夫ですとも。この二つがあったら、鬼に金棒です」

そんなたわいもない話も、耳にこころよく聞えた。暗黒の中に、どんなに細い灯でも、とぼっていさえすれば、生きるという意味もあるのである。酒のために神経が麻痺していたとはいえ、今夜は暗黒の中の灯が炬火《たいまつ》のように、ぼうぼうと燃えさかっているような、こころよい陶酔感があった。エビのような「J7」のために、B29が無数に撃墜される幻想までおこる。マッチ箱の大きさの爆弾で、敵の戦艦がふっとび、海に水柱が立ちのぼる光景までがこれに重なった。それなのに、心のもう一隅では、そんな幼稚な想像が妄想に過ぎないことも知りつくしている皮肉な鬼がヘラヘラと笑っているのだった。昌介を狂躁に駆りたてるのは、この二つのもののこんぐらかりだ。一致しないものを一致させようとする一人角力からの錯乱だった。それが酒の衣を着ていれば、陽気に見える。そういう陽気な地獄の中で、ほんとうに確信を持っている者が一人でもいるわけはなかった。

井手大佐が安岡金蔵をつかまえて、

「どうして、一昨夜は来なかったんだね。せっかく、辻君まで呼んだのに……」

と、難詰している。

「そんなことといったって、スパイばかり入ってる会合に行かれるもんか。憲兵やら、参謀副長やらが招びもしないのに出席したのは、危険の兆候ですよ。井手君、しっかりしなさいよ」

「しっかりしてもらいたいのは君だ」

「虎谷君もこのごろ動揺しはじめていますよ。今夜は来ていないが、彼は上京したいといっていましたよ」

「そんなはずはない」

「はずはないといったところで……」

そこへ工場の女事務員が入って来て、井手大佐に電話がかかっている旨を告げた。

十五分ほどして引きかえして来た報道部長は異様だった。赤かった顔はまっ青になり、まるで面をとりかえたみたいだった。細長い顔は急に顔面神経痛にでもなったように小きざみにふるえ、入歯がガチガチと鳴りつづけている。酒宴の中央に突っ立って、

「諸君」

と叫んだ声も、咽喉にひっかかったように嗄れていた。

部長のただならぬ様子に、さすがに、酔っぱらいたちも静まって、視線を集中した。

「命令、部員諸君は、ただちに、この場を退出して、宿舎へ引きあげて下さい」

「どうしたんですか」

と、笠健吉が訊いた。

「酒を飲んでる場合じゃない。……石丸さん、ありがとう存じました。わたくし、部下を引きつれて、もう帰ります」

「なにかありましたのですか」

「今、軍の参謀から知らせがありましたのです。昨日朝、広島に新型爆弾が投下されたのですが、それが、たった一発で、全市がなくなってしまったとかで、……一切の通信網が破壊されてしまったために、情報がまるで入らなかったんです。大変なことです。のんきたらしく、酒など飲んで居られません。帰ります」

ふるえ声で、それだけを、やっとのようにいった。落ちつきはらった日ごろの井手部長はいなくなり、驚愕と狼狽と不安と恐怖とに打ちのめされ、見苦しいほど動顛してしまっている、蒼白の陸軍大佐がいた。それでもなお威厳を示そうと努力しているのが、かえって滑稽なほどの醜態となっていた。腰がなえてくずれ落ちそうになるのを、やっと、軍刀を両手で突いて支えている感じだった。静まりかえった中に、ガチガチガチと大きく鳴りひびく入歯の音が不気味だった。

# 第十章

八月八日、各新聞は一せいに、一面のトップに、大本営発表の記事をかかげた。それは、前日の午後三時三十分に発表されたものであるが、新聞は朝刊だけ、しかも裏表二面の一枚だけになっていたため、八日朝しか国民は知らなかったのである。

しかし、発表は、

一、昨八月六日、広島市は敵B29少数機の攻撃により、相当の被害を生じたり

二、敵は右攻撃に新型爆弾を使用せるものの如きも、詳細目下調査中なり

という簡単至極のもので、「相当の被害」の実際はわからなかった。記事中の解説もなお真相を伝えず、「これにより市内に相当数の家屋の倒壊とともに、各所に火災が発生した」とだけあり、わずかに、「敵はこの新型爆弾の使用によって、無辜の民衆を殺傷する残忍な企図を露骨にしたものであり、かくのごとき非人道の残虐性を敢てした敵は、もはや正義人道を口にする資格がない」などという抽象的な説明が、人心を不安におとしいれたのである。その日は大詔奉戴日で、昭和十六年十二月八日に渙発された米英両国への宣戦布告の詔書が、広島空襲の大本営発表とならんで、どの新聞にも掲載されていた。

一般にはまだ伝わらなかった広島市の惨状が、報道部には割合に早く明らかになった。それは上京中の西部軍情報参謀角田中佐が、帰途、飛行機で広島に着陸し、つぶさに自分の眼で見て、福岡へ帰ったからである。九州飛行機工場へ電話をかけて知らせてくれたのも、角田参謀であった。

それによると、八月六日、午前八時すぎ、空襲警報が出た。Ｂ29が一機だけ来たが、そのまま去ったので、解除になった。ところが、その直後、突如、ピカアッと異常な白光がきらめき、瞬間、人々は熱気に打たれた。まもなくすさまじい音響とともに爆風がおこって、たちまち家と人間とをふっとばした。火災がおこりはじめた。広島の街は一瞬にして消え去り、一挙に何十万という人間が死んだり傷ついたりした。火傷《やけど》でただれた人々の群が泣き喚いてさまよった。その凄惨なありさまは地獄以上で、もはや人間世界ではなかった。その新型爆弾はどうやら原子爆弾らしい。Ｂ29から落下傘につけられて投下され、飛行機が安全空域へ去ってから、空中で炸裂したものである。恐ろしい形のキノコ雲が天空高くそびえ立った。

「えらいことになったのう」

と、話を聞いただけで、空襲恐怖症の谷木順と松坂幸夫とは、青くなってふるえはじめた。

しかし、原子爆弾投下によって受けたショックと戦慄の度合は、誰も二人に劣らなかった。広島にその第一発を落した敵が、逐次、他の都市にも試みることは明瞭だ。恐慌がすべての人々を塗りつぶした。

「あの朝の爆音と爆風とは、広島の原爆じゃったよ」

と、はじめて、人々は悟ったように語りあった。

広島と福岡の距離の遠さを考えると、まさかと思われもしたが、一発で一つの都市を全滅させてしまうほどの爆弾なら、あり得ないことではないと意見が一致した。八月六日朝、「川島ホテル」の住人はいうまでもなく、福岡全市民をおどろかせた爆音と爆風との正体はわからずじまいになっていた。

後でわかったところによると、大分県でも同じ衝撃を受けていた。さすれば、もはや広島の原爆の余波であったことは疑えなかった。そして、さらにそれほどの威力を持つ原子爆弾のものすごさが人々を恐怖のどん底におとし入れた。誰がいいだしたともなく、「ピカドン」の名が喧伝され、それは悪魔の別名のように戦慄させた。焼夷弾や爆弾なら、避けられる可能性がなくもないが、一瞬にして都市と人間とを消滅させる「ピカドン」は、避ける方法がないという点で、人々を絶望的にし、ふるえあがらせたのである。

その朝の報道部内の雰囲気は、いつもとまるでちがっていた。

独占と直訴はごめんだといっていた報道部長の部屋へ、赤根一郎が入りこんで、なにか長いこと話しこんでいた。沼井明も井手大佐になにか重大な話があるらしく、部長室の前をしきりに行ったり来たりし、ときどき、のぞいたり、秘書の小島洋子を呼びだして耳打ちしたり、赤根がいつまでも出て来ないので、はがゆそうに、ブヨブヨした豆腐面をしかめて舌打ちしたりしていた。乗馬ズボンの赤い帯革に、ふだんは吊ったことのない軍刀をぶら下げている。

警戒警報のサイレンが鳴りだした。

「ピカドンが来るぞ」

と、アヒルのような声で叫んだ谷木順が、脱兎の早さで、まっさきに事務室を飛びだして行った。彼は宿舎からちゃんと物資入りのリュックサックを運んで来ていたが、素早くそれを背負っていた。

部員の待避の早さはこれまでに数倍していた。われ先に駆け降り、階下にある防空壕の奥深く、ビッシリとすし詰になりながら、異様に緊張していた。空襲警報に変ると、みんなの顔に不安と恐怖の面持があらわれた。

屋上のマイクから、おどろおどろしく、ユックリした語調のアナウンスが全市にとどろきはじめる。

「西日本新聞特報、西日本新聞特報、沖縄基地を発したるB29約百三十機は、九州西海岸を迂回しつつ、北九州地方へ向いつつあり。福岡市も空襲の公算大なるをもって、厳重に警戒を要します。………」

その繰り返し。

大編隊の爆音らしいものが聞えて来た。しかし、高射砲の音はしなかった。昼間の空襲のときには、一万メートル以上の高度を飛んで来るので、高射砲弾は全然届かないのである。

「百三十機もが一発ずつ『ピカドン』を落したら、九州は全滅じゃなあ」

「日本中、全滅たい」

いくらか余裕をとりもどして、そんな話をしている者があるかと思うと、うす暗いすし詰の中から、女の嬌声がおこったりした。筆生にいたずらをしている者があるらしい。

「辻君、もうすこし、こっちに入っとった方がええばい」

と、山原松実が、壕の入口にしゃがんでいる昌介を見ていった。

「ここでええ。やられたら、やられたときのことよ」

昌介は笑って動かなかった。別に強がりをいったわけではなく豪傑ぶったわけでもなかった。彼は自分の立場を誇大に考えたこともなく、特権意識を持ったこともないが、もし死ぬのなら仲間たちよりも自分が先に死ななければならないという気持は、ひそかに抱いていた。死にたいことはない。人一倍、命は惜しい。しかし、自分だけの安全を期して、仲間を危険な方へ追いやることは、どうしても気質が許さなかった。責任観念というよりも、お人よしから来る愚かなヒロイズムであったかも知れない。空襲も「ピカドン」も怖いくせに、谷木順や松坂幸夫のように、虚心に、グングンと人を押しわけて奥の方へ潜りこんで行くことは出来なかった。同時に、戦場で幾十度となく体験して来たことによって、或る覚悟と諦観とが出来てもいた。戦場で砲煙弾雨の下を潜って来た兵隊の大部分が運命論者になる。生命の安全を保つものは自分の意志でも努力でもなく、単に偶然にすぎないことを知るようになる。助かろうとジタバタしている者が弾丸に当り、割にのんきな者を弾丸は除《よ》けて通る。今、ここの防空壕でも、もし爆弾が社屋の背後に落ちたとしたら、もっとも安全と信じている壕の奥の者が圧死し、入口の者が助かることになるだろう。それはまったく人間の意志を無視した運命の偶然という奴だ。したがって、入口ですましている昌介が別に大胆であったわけではなく、かえって図々しく狡猾であったのかも知れない。運命は切り拓くものであるとする人生訓も、戦場にしばらくいると崩れてしまうのである。言葉に出していったとおり、やられたらやられたときのことだと、昌介は不貞くされて観念していただけにすぎなかった。

空襲警報につづいて、警戒警報も解除された。ともかく一回だけはまぬがれたという安堵の面持で、部員たちは照れくさそうな微笑をとりかわした。

「どうせ死ぬなら美人の傍がええと思うて、わしゃ小島君のところにくっついとったよ」

そんな冗談をいって笑わせる者もあった。

むし暑くゴミくさい防空壕からゾロゾロと出て、講堂の事務室へ帰ると、階下の新聞社から、報道部長あてに電話がかかって来た。部長室でそれを聞いてから、事務室へ出て来た井手大佐は、部員を呼び集めて、緊張した面持でいった。

「八幡市が大空襲を受けて、全市が火の海になっているそうです。若松もやられているらしいです。……笠君、今下君、すぐ八幡に行ってくれませんか。画家は月原準一郎君、写真は吉屋久雄君にします。……若松は辻君のところだが、辻君は居ってもらわねばならぬことがあるし、誰か……」

「私と今下と二人で、若松の方も調べて来ましょう」

と、笠健吉がいった。

「そうして下さい。八幡も若松も原爆ではなくて、タダの焼夷攻撃らしいから危険はありません」

「すぐ出発します」

空襲のあった都市には、ただちに報道部から調査班が出張する定めになっていた。大体、作家、画家、カメラマン、三人のコンビで行くのだが、八幡市の場合は大きい上に製鉄所があるので、部長は特に、画家とカメラマンの他に、笠、今下の二作家を指名したのである。今下仙介は、長く八幡製鉄所に勤め、報道部に徴用されても、製鉄所に籍は残っているので、特別はからいでもあった。調査報告が戦意昂揚の資料にされることはいうまでもない。目的は惨害の記録よりも、市民がいかに空襲とたたかったかという敢闘精神と美談の蒐集にあるといってよかった。

昌介は、若松の空襲が気にかかりながらも、情報の入って来るのを待たねばしかたがなかった。ひろい家に、ポツンと、若い女中と二人きりでいる老母の姿が浮かんで来て落ちつかなかった。父はどこにいるであろうか。海岸にある洞海湾汽船給水会社の事務所の方か。それとも浜町にあるお峯の家の方か。まだ朝であるから会社に出勤している時分だが、空襲とともに、母の方には行かずに、三人の小さい子供がいる妾宅の方に駆けつけたかも知れない。きっと、そうだ。ほろ苦いものが口をねばっこくさせ、昌介は異様な昏迷にとらわれたが、畢竟《ひっきょう》、母も父も無事であることを祈る他はなかった。メカケもメカケの子も死んでよいとは思わなかった。どちらの家も焼けない方がよかった。

部長室には、今度は沼井明が入りこんでいた。独占と直訴の禁止など、完全に無視されていた。資料班のデスクに坐って、鉈豆煙管でキザミをふかしながら、苦々しそうにこれを見ていた安岡金蔵は、小島洋子がお茶くみに出て来たので、呼びよせてそっと訊いた。

「赤根や沼井は、一体、なにを部長に談じこんでるんだね?」

「あたし、よくわかりませんけど、なんだか、お二人とも、給与がどうとか、身分待遇がどうとか、そんな話をなさってたようですわ」

「なんだ、そうか。どんな重大事件かと思ってたのに……」

安岡の顔には、明らかに、侮蔑と憎悪のいろが浮かんでいた。彼には、九州独立政府について、二人がなにか容喙《ようかい》しているのではないかという懸念がちょっとあったのである。

数十機のB29は縦横に八幡市を爆撃した。目抜きの大通りは大半焼野原となり、多くの死傷者が出た。その惨状は地獄であった。

若松も同じように空襲されたが、割合に被害は少かった。多量の焼夷弾が全市にばらまかれたにもかかわらず、中心地区はほとんど消しとめ、海岸の工場地帯が若干と、古前町《ふるまえまち》が千軒ほど焼失したにすぎなかった。この若松の防空体制と敢闘精神については、後に、軍司令官と県知事から感状が下がったほどである。

山手通にある辻家には、一発の小型爆弾と四発の焼夷弾が落ちた。幸い爆弾は塀の外側の根元に落ちたので、厚さ一尺以上もあるコンクリートの塀をふっとばし、水道管を破壊はしたけれども、家に被害をあたえなかった。一発の焼夷弾は屋根を貫いて、廊下に落ち燃えはじめた。松江は、若い女中を指揮しながら、濡れ莚を数枚、その上にかぶせて消してしまった。残りの三発は不発だった。屋根から突き抜けて来た二発を、同じく濡れ莚で包んで庭に捨てた。一発は昌介の書斎の屋上のバルコニーに突き刺さったまま抜けなかった。黄色い薬品があたりに散乱したけれども、燃える形跡はなかったので、そのままにした。

浜町の妾宅から電話がかかって来た。

「そっちの方はどうじゃったかね？　こっちは無事じゃったが……」

「そっちもこっちも焼けて、みんな死んでしもうた方がよかったわね」

と、腹立ちまぎれに、松江はそんな憎まれ口をたたいた。

夕方、八幡の調査を終えた笠健吉がやって来た。彼は、爆弾と焼夷弾が合計五発も落ちたのに、無事にすんだことをよろこんだ。同時に単身、焼夷弾を消しとめた気丈な老婆に一驚した。

福岡に帰って来た笠から、母に関するこの報告を聞いて、昌介は涙が出た。

夜になって、宿舎に騒ぎが持ちあがった。立川中尉が一枚の書付を持って来て、全員の判をとって廻りはじめたからである。この陰性なところのある青白い副官は、無遠慮にその書類を示しながら、

「命令です」

といって、相手がどんな表情をしようが、一向に頓着しなかった。

「馬鹿にしてやがる」

と、ブツブツいう者が多かった。

それは、報道部結成以来、長い間の懸案になっていた、部員の給与と身分待遇を決定した書類だった。一枚の陸軍罫紙に、全員の名と給料とが一覧表にしてあった。二段に分け、

| | | | |
|---|---|---|---|
| 高井多門 | 三一〇 | 長手民三郎 | 三〇〇 |
| 辻　昌介 | 二九〇 | 大西　有造 | 二九〇 |
| 伏見竹二 | 二五〇 | 阪下幸太郎 | 二八〇 |
| 笠　健吉 | 二五〇 | 虎谷　義久 | 二八〇 |
| 赤根一郎 | 二五〇 | 遠藤　夏雄 | 二七〇 |
| 沼井　明 | 二五〇 | 山名　利夫 | 二五〇 |
| 今下仙介 | 二三〇 | 安岡　金蔵 | 二五〇 |
| 西　仁 | 二一〇 | 山中精三郎 | 二五〇 |
| 細谷　俊 | 二一〇 | 山原　松実 | 二三〇 |
| 松坂幸夫 | 二〇〇 | 志波　春哲 | 一八〇 |
| 江川清一 | 一八〇 | 月原準一郎 | 一八〇 |

谷木　順　一四〇　　石森　始　一二〇

といった具合であった。まだ、この他にも大勢いて、それぞれの名の下に月給が明記されてあった。単位は円である。どういう基準でこれが決められたのかわからないが、誰一人としてこれを納得出来る者はなかった。給料が人間の格づけをしたものとすれば、不平や不満がおこるのは当然だった。恐らく、このむずかしさのために、井手大佐は四苦八苦し、報道部結成以来、一ヵ月も経ってやっと成案を得たのであろう。軍隊であれば、階級によって定められているのでなんら問題はおこらないが、階級のない嘱託の場合、給料の判定ほど至難なものはないかも知れない。金銭が決定する人間の価値——それは愛国心や誠実とは無関係の、現実性と通俗性とを有しているし、それ故にこそ、人間の根柢的なものをゆすぶる青白い焔ともなるのである。このため、金銭で計りだされることによって傷つけられた自尊心が、反撥や嫉妬や憎悪へと変形して行きながら、これまでとはちがった溝や壁を、唐突に、或いは徐々に、報道部の中に作ったことは争えなかった。

まず、カンカンに怒ったのは沼井明であった。入部して来たときから、佐官を示す赤い帯革のある乗馬ズボンをはき、みずから最高幹部のつもりでいただけに、

「これは、一体、誰が決めたんだ?」

と、ブヨブヨの豆腐面をふるわせて、立川中尉に食ってかかった。

副官は、冷笑するように、

「命令です」

「命令はわかってるが、決めた者が誰かいるはずだ。井手部長が一人でやったのかね。それとも、君

と二人でやったのかね」

「そういうことは答える必要がありません。軍機の秘密です。ただ、あなた方はこれに判子《はんこ》をついてくれさえすればよろしいのです」

「身分待遇はどうなってるんだ？」

「身分待遇は一人一人明らかにせず、漠然と大佐から少尉までということになっとります」

「僕はどうなってるんだ？」

「給料から自分で判定して下さい。沼井さん、立川は忙しいですから、文句をいわないで、早く判子をついて下さい」

「こんなデタラメな給与なんて、承認出来ないよ」

「そうですか。そんならよろしいです。命令は、いやしくも」と、副官は不動の姿勢になり、「天皇陛下の命令と心得なければならないのに」また姿勢をくずして、「軍の一員であるあなたが聞かないというのなら、こちらにも考えがあります」

「判をつかんというわけじゃないよ。ま、君と議論してもしかたがない。いずれ、部長に話す。……今日もよく話したばかりなんだが……」

「そうして下さい」

　立川中尉は、部屋部屋で、すこしずつなにかの不平や質問を述べられたが、相手にならず、冷徹に、判をとって廻った。

　安岡金蔵は、自分の給料の安さに意外の面持で苦笑したが、それについてはいわず、

「立川君、やりかたが穏当ではないね。君たち軍人は軍機の秘密というのが好きだが、それならこの給与表も極秘にしてもらいたかったよ。一覧表を全員に見せるのはまずかった。井手君がそうしろといったのかね」

「なんでもいいから、判をついて下さい」

「そうか」

辻昌介もあきれてしまい、安岡と同意見だったが、この副官にはなにもいいたくなかったので、黙って印鑑を捺した。

その夜、すでに、虎谷義久は「川島ホテル」から姿を消していた。しかし、それは問題の給与一覧表とはなんの関係もなく、まったく、九州革命のためであった。

午後、虎谷は決意の面持で、報道部長に申し入れをした。

「私はあくまで初志の貫徹に邁進します。敵が原子爆弾のような強力な兵器を使用し始めたとなると、いよいよ猶予が出来ません。広島にあった第二総軍司令部も壊滅したのですから、さらに九州独立の必要と意義の大きさが明らかになったわけです。もはや寸刻の逡巡も許されなくなりました。九州の同志の方は、シッカリと、あなたの力で固めて下さい。私は即刻上京して、約束した同志をつれて西下します。出張を許可して下さい」

井手大佐ははげしく当惑の面持を示したが、すぐに経理の将校を呼んで、旅費と切符の手配をさせた。

虎谷はすぐに博多駅から出発した。しかし、報道部の入口で見送りの言葉を述べた井手大佐の、これまで見たことのない、異様に寂しげな表情が、汽車に乗ってからも、いつまでも眼先にちらついて離れなかった。

## 第十一章

原子爆弾による広島の被害は、詳報が入るにつれて、さらに想像を絶した凄惨さであることがわかり、いよいよ人々を震撼させた。生きとし生けるものはみな滅び、放射能のため、七十五年間はその土地に生物は棲息出来ないというような説が、いやが上にも恐怖心をあおり立てた。軍から、原爆に対するごまかしめいた対応策が発表されたり、処置適切なれば被害は僅少ですむなどと注意されたりしたけれども、とにかく原爆を喰らったら終りだという絶望感の方が強かった。

八月九日、その第二発目が、長崎に投下されたのである。

その報が入った瞬間、対内班所属の沼井明は、おっというように立ちあがり、大急ぎで軍の自動車を飛ばして、福岡放送局へかけつけた。彼はマイクの前に立つと、

「長崎市民諸君よ、頑張って下さい。『ピカドン』なんぞ恐るるに足らんや。頑張れ、頑張れェ」

と、狂気のように喚きつづけた。額から汗がブルンブルンと飛び散り、眼には涙が光っていた。

報道部では、井手大佐が緊張した面持で、

「長崎の情況視察は重大意義がある。松坂幸夫君、あなた、行ってくれませんか」

と、松坂を指名した。

すると、松坂幸夫は返事をせず、眼を白黒させていたが、ふいにまっ青になって机の上にうつぶしてしまった。貧血をおこしたらしかった。彼が極端な空襲恐怖症であることを、部長は知らなかったのである。

結局、詩人西仁、画家川田英二、カメラマン山端祐介の三人が出張することになった。

浦上天主堂を中心に炸裂した原爆が、一瞬にして多くの建物を破壊し、数十万の人間を殺傷したことは、広島の場合と同様らしかった。不気味なキノコ雲は天に冲《ちゅう》し、死屍は山を成し、紅蓮の焔が家と人とを舐めつくしている。刻々に入って来る長崎の地獄図絵に、報道部全体がざわめき立っているところへ、ソ連軍がソ満国境を突破して、満州へ侵入し、日本に対して宣戦を布告したニュースが入った。

一同は茫然となって、しばらくポカンとしていた。

「踏んだり蹴ったりじゃのう」

という者もあれば、

「不可侵条約を結んどるのに、満州に攻めこんで来るなんて、まるでペテンじゃ」

そんな愚痴をこぼす者もあった。

井手大佐は入歯がガチガチ鳴らないように、唇をしっかり噛んで、沈痛の面持をしていた。煙草に火をつける手がふるえていた。

赤根一郎が、浅黒い顔に鋭い眼をきらめかせ、悠々と煙草をくゆらしながら、

「諸君、心配することはないよ。満州には、関東軍百万の鉄壁の護りがある。国際信義の裏切り者で

あるソ連軍が、いくら国境を突破したところでヤブヘビだ。いずれにしろ、戦局は来るところまで来た。ここが頑張りどころだ。敵が原爆を落したりするのは焦慮のあらわれだから、最後の五分間を耐える者が勝ちになるんだ。こちらが苦しいときには、敵も苦しいんだ。なに、『ピカドン』がそんなにたくさんあるわけはない。ひょっとしたら、二発だけかも知れん。原爆には多分に政治的意図があるんだ。トルーマン大統領が前に脅迫めいた宣言をしていたことを実行に移しはじめたんだ。つまりはポツダム宣言を受諾させるための謀略なんだ。ロシアの参戦もその謀略の一環だ。僕は予感してたよ。ソビエートは日本と不可侵条約を結んではいたが、イザとなると、そんなものは反古にすぎん。ロシアは狡猾だから、洞ガ峠をきめこんでいたが、日本の弱味につけこんで、甘い汁を吸おうと考えたんだ。日和見主義者が寝返りを打つことに不思議はないじゃないか。敵の謀略の手が混んで来ただけの話だ。それに引っかかっては駄目だ。B29をエサにする『J7』も量産の段階に入ったし、こちらにも原爆が完成しているから、恐れることはない。まだ飛行機も一万台以上、温存してある。わが報道部もいよいよこれから本式の仕事をはじめなくちゃならん。仕事に筋金を通さなくちゃならん。諸君、不景気な顔をしないで元気を出したまえ」

誰にともなく、天井を仰ぎ、ときどき、煙草の白い輪をたくみに吹きあげたりしながら、ユックリした語調でいうのだった。高井多門がいたら、例の妖婆の顔に皮肉の微笑をたたえて、「立派な意見だ」というかも知れない。井手大佐が沈黙してしまったので、突如、赤根一郎が報道部長になったみたいだった。

不安のときには、どんなつまらない言葉でも鎮静剤になる。お座なりとわかっていても、心が落ちつく。日ごろから毛嫌いされている赤根の言葉なのに、部員の大部分は、まるで縋るようにその空虚な言葉に耳傾け、固い表情を解く者もあるのだった。もちろん、なにを白々しいことをいってるかというように、さらに反撥して、憎々しげに睨む者もあった。

「赤根一郎君のいうとおりだ」

と、井手大佐がいった。

昌介は、意見を持たなかった。なにがどうなっているのか、これから先どうなるのかもわからなかった。ただ不安な気持はみんなと変らないけれども、まだ絶望はしなかった。背徳漢赤根一郎の言葉の中には真実があると思っていた。

騒々しく階段をかけ登る靴音が聞え、拍車《はくしや》のひびきとともに、沼井明がふき出る汗をぬぐいながら駈けこんで来た。

「諸君、僕は、『ピカドン』を落された長崎の市民を、報道部を代表して、鼓舞激励して来たよ。福岡放送局から、マイクを通じて呼びかけたんだ」

喘ぐようにいう沼井は、みずからその感動に酔っているようだった。

せせら笑っている者が多かった。多分、ラジオはことごとく破壊され、阿鼻叫喚《あびきようかん》の巷で、沼井明の声を聞いた者などは一人もなかったであろう。しかし、沼井が、長崎に原爆が落ちたと聞いた瞬間に飛びだしたときには、長崎市民に対する純粋な同情と元気をつけてやろうという誠実な善意があったかも知れない。残虐無類な敵に対する心底からの怒りもあったかも知れない。また、その呼びかけの自己陶酔を、報道部へ帰って報告したのも自然であったであろう。しかし、そのために無知をバクロし、売名漢の汚名まで着る羽目になった。長崎空襲とともに、この奇妙な人物が示した狼狽と情熱とが、もっとも人間的であったかも知れないのに。昌介は笑っている者と笑われている者との食いちがいに、口中のざらつく思いを味わった。

貧血のために、宿直室のベッドに寝かされた松坂幸夫のところへ、美しい筆生の富島菊子が、薬と水とを持って行って飲ませている。

この日、油山で、B29搭乗員の処刑がおこなわれた。二回目である。一回目は、六月十九日、福岡が大空襲された翌日であったから、今度も、広島、長崎の原爆に対する報復の意味があったかも知れなかった。

油山にある市営火葬場横の雑木林が、臨時死刑場に選ばれた。その朝、特攻機を焼いた朝鮮出身学徒兵の死刑が、第六航空軍によって執行されていたので、警戒の兵隊はそのまま使用された。どんよりと曇った、重苦しくむし暑い日だった。

処刑されたアメリカ兵は八名、目かくしされたまま、一人ずつ、雑木林の奥につれて行かれて殺された。首を刎《は》ねられたり、肩から袈裟がけにされたり、唐手《からて》を試されたりした。敵兵は観念していて、騒ぐ者はなかった。煙草を吸いたいとか、水を飲みたいとかいい、それは望みどおりにあたえられた。

死刑執行官は参謀見習の曽根少佐だったが、その場には、西部軍参謀副長共村大佐、松井憲兵少佐、第六航空軍参謀江谷少佐、それに、瀬戸大佐などが立ち会っていた。捕虜を処刑したのは、腕自慢の若い将校連であったが、その中に、報道部副官立川中尉もまじっていた。立川は剣道四段、もっとも日本刀の使いぶりと斬れ味がよく、見物からヤンヤの喝采を博した。

処刑が終ると、参謀副長は、その場にいあわせた全員を集合させて訓示した。

「本日の死刑は国際法の定むるところによっておこなわれたものである。しかし、外部には、あまり口外しないように」


冷たいリノリウム張りの廊下を、ペチャ、ペチャ、ペチャと舌なめずりでもしているような蓮ッ葉なスリッパの音が近づいて来る。

「『ヒラメ』だよ」

と、細谷俊が笑っていった。

夕食が終ってから、辻昌介の部屋で、碁を打っていた。粗末な折りたたみ式碁盤をベッドの上にひろげ、暑いので二人ともまっ裸になって、もう三局ほど打った。左手に団扇を持って蚊を追いながら、ときどき、酒も飲んだ。安岡金蔵が観戦している。安岡はあまりよくわからないのだが、酒の方が目的だっだ。そして、もう赤くなって、細い眼をいっそう細くしていたが、「ヒラメ」の足音を聞くと、

「どうも、沼井の奴と『ヒラメ』とが怪しいよ。赤根もつまんでる形跡がある」

と、苦々しげにいった。

「江川清一と『ヒラメ』とがキッスしよったとば、わしは見たばい。どうも、あいつは共同便所のごたる。まったく助平女子《おなご》じゃ。それに、あいつ、赤根のエロ写真の……」

細谷がそういいかけたとき、スリッパの音が間近になって、ドアが開いた。ノックもなにもせず、

無遠慮に、安田絹子がノッペリした平べったい顔をさしだして、クスッと笑い、

「まあ、まるで山賊のごたる。……辻さん、よかひとが面会に来なさっとるばってん、どげんしなすな?」

「誰かね?」

「ほら、ときどき来《き》なす、女優さんごたる別嬪さんたい」

「鶴野信子さんじゃなッか?」

と、細谷がいった。

昌介もそう考えていたが、あまり会いたくなかったので、

「今夜は忙しいから、日を変えて来てくれといって下さい」

「ハッハッハッ、なんごといいよんしゃるとな。酒飲んで、碁ども打っとって、忙しいが聞いてあきれる。せっかくおみやげば持って、慰問に来ござったとじゃけん、逢うてあげんしゃい。遠慮してロビーで待ってござるばってん、ここへ呼んで来てあげようか」

「うるさい女だな。そんなら、下に降ります」

「ウフフ、口でくさして、心で褒めて、か。すぐ碁をやめて行ってあげんといけんですばい」

心得顔に、淫らな笑みをたたえて、ペチャペチャと、スリッパが遠ざかって行った。

いつか、妻美絵が来たとき、鶴野信子には相手にならないでくれといった。信子は美絵の方の遠い親戚に当っているが、遠すぎて昌介にはよく関係がわからない。これまであまり接触もなかったのだが、昌介が報道部に入り、福岡に滞在するようになってから、ときどき会うようになった。二年ほど前に結婚した夫鶴野秋男は出征して、ビルマ戦線で戦死したから、戦争未亡人である。子供は生まれ

なかった。二十五歳になるが、ひどくあどけなく、快活というよりお転婆で、なにを考えているのかわからないところがある。「すこしおかしいのよ」といった妻の言葉に思いあたる節もある。しかし、美人なので、報道部宿舎へ訪ねて来ると、部員たちはすこしはからかい半分に大歓迎をし、信子をうれしがらせている。といって、大きな石炭会社に勤めているし、そこも結構忙しいらしいので、そういつもは来られない。たまの日曜にやって来るくらいだが、夜来たのははじめてである。

局面が面白いところへ来ていて、今やめるのが惜しまれたので、

「細谷君、このままにしといて。ちょっと逢ってすぐ追い帰して来るから……」

そういって、昌介はベッドから降りて、シャツを着た。

「まあ、ユックリ話して来なさい。わしは安岡さんと飲みよるけん」

と、安岡金蔵もいった。

「辻君、僕らに遠慮は要らんですよ」

スリッパをはいて廊下に出ると、すぐに、カチカチとマージャンの音が聞えた。いつもやっている江川清一の部屋だけではなく、階段の脇にある山原松実の部屋からも、牌《パイ》がかん高く鳴り、金銭のやりとりをしている音が聞えた。酒を飲んでいる気配は各室からしている。女中が入りこんで騒いでいる部屋もあって、キャーキャーとあられもない嬌声がおこっていた。昌介はおどろいた。一ヵ月も住んでいる宿舎なのに、まるではじめて来た別の家のような気がした。無秩序と頽廃の気がみなぎりわたっている。いつからこんな風に変化したのか。これまでほとんど気づかなかった。首をひねって考えてみたが、昨夜まではこんなではなかった気がする。すると、今夜がはじめてか。そんなら、突然、

どうしてこんなことになったのか。酒を飲んだり、マージャンをやったりはこれまでにもあったけれども、それは控え目に、人目をはばかりながらであったのに、今はまるで大びらで、宿舎全体が娯楽場か飲み屋になったみたいだ。昌介の頭に、「ピカドン」がひらめいた。敵が使用しはじめた原子爆弾が、一挙に、部員たちをデカダンスにしたのか。広島の一発までは抑制していたのに、今日の長崎の二発目で、絶望的になったのか。三発目は福岡に落ちると思っているのか。それで、どうせ死ぬのなら、それまでを面白おかしく過ごそうというのか。それとも「ピカドン」のことを考えたくないので、ちょっとでも忘れるために、バクチや酒や女に没頭しているのか。この精神の砦に、そんな通俗がはびこっては困ると、昌介は悲しくなる。しかし、ひるがえってみると、自分たちも酒を飲みながら、碁に没頭していた。別に「ピカドン」に対する敗北感からではなかったつもりだが、やはり、無意識のうちに、そのデカダンスに食われていたのか。昌介は恐ろしくなった。

覚悟というものはどんなに固くても固すぎるということはない。まして、覚悟にゆるみのある者は、たちどころに頽廃の餌食となる。今ごろは、原爆の長崎の街をさまよっているであろう調査隊の西仁、川田英二、山端、三人の姿が浮かんで来た。地獄のまっただ中にいる者の感懐はどうであろうか。仲間たちが酒に酔いくらい、遊び事にふけり、女と戯れているとき、三人はむざんに破壊されつくした浦上天主堂のあたりの、屍の山の間を歩いているのだ。戦慄におののきながら、昌介は「ピカドン」に似た巨大な鞭で、首筋をはげしくひっぱたかれる思いがした。

階下のロビーに来たのは、そういう心境になっていたときだったので、酔いも手伝って、われにもなく刺々しい声と態度とでがみつけた。

「なんで軍の宿舎に、夜訪ねて来たりするんだ。忙しい仕事があるんだ。すぐ、帰ンなさい」

「まあ、顔を見た途端に、そんな邪慳な。忙しいって、女中さんは、お兄さまは碁を打ってなさるというたわ」

「これから、仕事をはじめるんだ。邪魔せんで帰ってくれ」

昌介の剣幕のはげしさに、信子はベソをかく顔になって、

「せっかく慰問に来たのに……」

「慰問は礼をいうよ。その花はもらっとく。ここは軍規がやかましいんだ」

「帰るわ」

大柄の浴衣に、博多帯をしめている、スラリと背の高い色白の信子は、日本画の美人でも見るように風情があった。大きなバラの花束をかかえているので、いっそう美しく見えた。どういう連想からか、昌介は、ふと小月飛行隊で逢ったB29撃墜王志村大尉夫人豊子を思いだした。どこか感じが似ているし、どちらも戦争未亡人で、どちらも男の心をそそるなまめいた美しさを備えている。こういう女性と恋をしてみるのも悪くない心地がする。しかし、昌介は頑に心内に壁を作り、女を門内に入れまいと、

「もう二度と来るなよ」

と、プンとして去って行く信子の背中に、追い討ちをかけるようにどなった。いくらか、心残りも味わいながら。

このとき、サイレンが鳴りだした。警戒警報だった。まだ空襲警報ではないのに、二階の電燈は一

せいに消え、部員たちはドヤドヤと防空壕にかけ降って来た。リュックサックを背負った谷木順が、また、

「危いど。危いど。……『ピカドン』が来るど」

と、ギャアギャア叫びながら、廊下を右往左往した。

信子があわてて引きかえして来て、部員たちといっしょに防空壕に入った。二つの防空壕は、原爆に対処してすっかり改造されていた。

「あんなに、燈火管制が悪くて、待避もまどろこしかったのに、『ピカドン』以後、実に敏速、且つ、完璧になったねえ。まだ、警戒警報なのに……」

笠健吉の、自嘲をまじえたその言葉に、闇の中で、みんな照れくさそうに笑った。

暗黒なので、誰の顔も見えない。しかし昌介は近くに、信子のいる気配を感じていた。ムンムンと男いきでむせかえるゴミくさい壕の中に、女の甘いにおいがただよっている。しかも、あまり遠くないところだった。呼んでみようかと思ったが、止めた。どういうわけか、信子は、お兄さまと昌介を呼ぶ。暗闇の、どんな危険人物が入っているかわからないすし詰めの壕の中で、えたいの知れない女とチグハグな会話をして、あらぬ波紋をまきおこしたくなかった。

これは後になってわかったことであるが、信子の方は昌介がすぐ傍にいるのを知っていて、暗黒の中で彼の手を探った。そして、思いと力とをこめて握りしめた。男の方も強くこれに応えたので、信子は気の遠くなるような幸福感を味わった。美絵が昌介に忠告したとおり文学少女の信子は作家としての辻昌介にあこがれの念を抱いていたのである。しかし、そのとき、彼女が握ったのは昌介の手で

はなかった。サイレンが鳴りだした。空襲になったのではなく、解除だった。

## 第十二章

どんよりと曇った、風のないむし暑い日がつづく。七月の中ごろ、豪雨と颱風まがいの強風が吹いて以来、ずっと雨というものが降らなかった。敵にとっては絶好の空襲日和で、連日連夜、北海道から九州の果まで、縦横無尽に爆撃した。機動部隊は海上から、重工業地帯に向かって艦砲射撃を加えた。今や全日本は満身創痍といってよかった。

南方戦場では、フィリピンでも、ビルマでも、マレイでも、ジャワでも、日本軍は全滅と敗走とをつづけ、新戦場の満州でも、ソ連軍の攻撃に抵抗しきれず、潰走しているもののようであった。すでに、精鋭と謳われた関東軍百万の兵力は、ソ連との不可侵条約に安心して、大部分、南方へ転進させられていたために、ひとたまりもなくなっていたのである。ソ連軍は破竹の勢で、朝鮮国境へ迫りつつあった。日本海軍はミッドウエー海戦の惨敗以後、その主力艦隊をはじめとして、もはや戦闘力を失っていた。

報道部から、伝令がやって来た。

「部長殿から、特にお話がありますから、午後四時、全員、集合して下さい」

戦局の逼迫と「ピカドン」とによって、みんな緊張していたので、時間前に、「川島ホテル」組も、経理学校の宣伝中隊も、病気の者を除いて、全員が集合した。部員たちは、この最悪の段階に処するための重要な指示が、部長からなされるものと期待した。

事務室の中央に寄せ集められた腰かけに、みんな坐った。

立川中尉が号令をかける。

「気を付けエッ」

全員起立。

部長室から、井手大佐が静かな足どりであらわれた。九州飛行機工場で、広島の原爆を聞いたときの見苦しいほどの驚愕ぶり、長崎の原爆とソ連参戦との二大衝撃が重なったときの茫然自失と狼狽ぶりなどは、他人の所為であったかのように、今日の部長は落ちついて、微笑さえたたえていた。

「部長殿に敬礼、頭《かしら》ア、中《なか》。……なおれ。……部長殿、揃いました」

「よろしい」

「休め」

全員が腰かけると、井手大佐も用意された机を前に腰を下ろした。大きな赤革カバンから、極秘と赤い判のついてある部厚な書類をとりだして、前に置いた。そのページをめくり、ちょっと考えるようにしてから、つぐんだ口をすこし尖らせて、眼をパチパチさせた。ここ数日とはちがって冷静そのものである。面長の浅黒い顔に気品がよみがえり、大佐の肩章とともに、威厳さえあらわれていた。ものをいわなければ、入歯もガチガチ鳴らない。部員たちの間に、たしかに信頼感がよみがえって来たようであった。

やがて、部長はおもむろに口を開いた。

「諸君、宣伝とは人間が他の人間に精神的影響をあたえんとする活動、すなわち、示唆形態を意味するものでありまして、宣伝終局の課題はなにかといえば、宣伝形態の芸術的表現や、感想的刺激の問題にあるのではありません。つまり、その宣伝形態を通じて、社会的実践を支配することです」

部長は一体なにをいわんとしているのであろうか。昌介は昏迷して、会心の微笑をたたえ、陶然と語る井手大佐を凝視した。

「この他人の行為を支配するという点では、宣伝の効果は命令の効果に似たところがあります。実に、宣伝は集団反応のものとも、的確な操縦方法ともいえましょう。そうして、宣伝活動というものは、従来のように、観念や想念の空転的労作状況として動くのみではなにもならないのでありまして、そこには生理学的、乃至は条件反射の心理学が、組織的、且つ、科学的に活用されなければなりません。その意味において……」

昌介は、呆然となった。いつ、原爆やソ連のことが出るかと待ったけれども、はてしもなくつづくのは宣伝とはなんぞやという原則論であった。いつかの「報道部五訓」の二の舞をくりかえそうというのか。

部員たちは退屈して来て、居眠りする者が続出した。「報道部五訓」のときには立って聞いていたのだが、今日は腰かけているので眠りやすい。殊にむし暑くだるい空気が講堂内に満ちていて、それでなくてさえ眠気を誘う夏の午後だった。この倦怠をふっとばすものは「ピカドン」くらいのものであろう。閉口していたのは最前列の連中だった。すぐ眼の前に部長がいては眠ることも出来ないのである。それに、副官立川中尉が白い眼を光らせていて、コクリコクリとやりだす者があると、軍刀の先でつつく。その軍刀は昨日、油山の雑木林でB29の搭乗員を斬ったものにちがいなかった。昌介の横にいた山中精三郎が、しきりにノートになにか書いていたが、ニヤニヤ笑って、昌介にそれを示した。ロシア文学者の山中はすぐれた詩人でもあり歌人でもあった。

宣伝の言葉おかしや思想とは
　まことごころに尽くなるものを
むずかしきあげつらいごと聞きいつつ
　眠れる人の顔やわらかき
美しき言葉も人をあやまたば
　その美しき舌も抜くべし
宣伝と思想と理念と論じつつ
　軍報道部のひと日暮れたり

即興に書きつらねられた十数首の短歌を、昌介が苦笑しながら読んでいると、突然、

「神田上等兵、不謹慎だぞ」

と、鋭い叱咤の声がおこった。

その声で、眠っていた連中がびっくりして、眼をさました。

井手大佐にどなりつけられたのは二科の神田武雄上等兵だった。彼は第一列にいたにもかかわらず、

どうにも我慢しきれなくなって、大きなイビキをかいていたのであった。

「すみません」

「そんなに眠いかね」

「はあ、昨夜、すこし遅くまで絵をかいていたものですから……」

「しかし、報道部がこの難局に処するためには、根本理念を確立しなくてはならないのだから、もうすこし、真剣に聞いてもらいたい。……さて、その意味において、宣伝戦とは思想戦の積極的機能であります。宣伝戦が、その好むと好まざるとにかかわらず、現に近代戦争を指導する大なる使命を有する以上、わが報道部においても、総力戦、乃至は全体戦の見地から、戦闘手段として強力に推進せられなければなりません。そこで、わが報道部が脱皮作業をおこなうとともに、宣伝戦部隊として……」

筆生の小島洋子が、部長室から小走りにやって来た。

「部長殿、お電話でございますが……」

「大事なときに困るねえ。どこからか知らんが、もう一時間ほどして、かけなおしてくれるようにいってくれないか」

「急用なので、すぐかかって欲しいと申しておられます」

「どこからなんだ?」

と、部長は不きげんに訊いた。

「疎開先の奥さまからです」

「そうか」と、井手大佐はあわてて立ちあがり、「諸君、ちょっと」といって、部長室へかけだして行った。

部員たちは背のびしたり、わざと大きな欠伸《あくび》をしたりして、隠微な微笑をとりかわしあった。山中精三郎の即興歌が回覧されて、クスクス笑いがおこった。

部長はなかなか出て来なかった。五分、十分と経った。井手大佐は、電話でなにかしきりに弁解している模様だったが、十五分近くも経ったころ、部長室から、秘書の小島洋子が出て来て、まじめくさった顔で、

「今日はこれで解散とのことです」

と、部員たちへ、部長命令を伝えた。


八月九日、夕方近い福岡の空を、爆音を立てて奇妙なものが飛んだ。まるでエビのようにズングリと丸くなり、何本も足がついていて、尾部からうす黒い煙を噴きだしていた。すごいスピードで一気に高空に上昇し、数回転した後見えなくなった。

『震電』だよ。いよいよ、『J7』が成功したんだ」

七日の夜、九州飛行機工場に招待されて行った連中は、すぐにそれを確認した。そして、希望を感じて明るい表情になった。

八月十一日、久留米市がB29の大空襲によって灰燼と帰した。これを調査するために、作家細谷俊、画家神田武雄上等兵、カメラマン田村新吉が派遣された。

長崎から、調査隊が帰って来た。出発してから三日目なのに、西仁も、川田英二も、山端も別人か

と見ちがわれるほどの不思議な憔悴をしていた。単に疲れているとか、瘦せているのとはちがい、すさまじい精神の衝撃によって神経の組織を変えられてしまったような、一種狂気の様相さえ帯びていた。三人とも濶達な気質だったのに、ひどくオドオドし、なにかに追っかけられてでもいるような、或いはなにかに取り憑かれてでもいるような、落ちつきなさとおびえとが三人に共通していた。文字どおり、地獄から帰って来た恐怖が染みついていた。

西仁の提出した報告書は、部員たちをふるえあがらせた。

——午後三時に博多を出発した列車は、途中、しばしば空襲警報に遭ったため、所定の時間の倍ほとんど十二時間を費して、やっと長崎にたどりついた。午前三時の浦上の街は酸鼻をきわめていた。月光の下に開けた死の沙漠には、まだ、ところどころに火がメラメラと燃えていた。廃墟と化した浦上天主堂、打ちくだかれた多くの建物、樹木、電柱、煙突、そして焼け焦げた屍となっている無数の人間。散乱する瓦礫や有刺鉄線につまずいて、西仁は脛をすりむいた。嘔吐を誘う異様な臭気が鼻をつく。フワフワしたものに乗りあげたので、月光にすかしてみると、屍馬の腹だった。暗いところから、黒いものがフウッと浮いて来て、西仁の足にからみついた。

「助けてくれえ」

と、しぼりだすような陰気な呻き声。

焼跡を過ぎて行く間に、何人、そういう瀕死の被爆者から救いを求められたかわからない。しかし、いかんともする術がなかった。

「しっかりしていなさい。救護班にすぐ連絡をとってあげます」

というくらいが関の山だった。

夜明けとともにさらに凄愴な生き地獄が現出した。黒焦げになって散らばっている無数の屍骸を、西仁たちは正視出来なかった。まだ生きている人間が眼の前で、次々に死んで行く。十二万以上の人間が被爆し、七万以上の人間が死んだのであるから、その惨状は筆舌に到底尽せるものではなかった。爆心に近い焼野原のまん中に、三十くらいのアッパッパを着た婦人が、バケツをぶら下げて、放心したように立っていた。

「どうしたのですか」

と、西は訊いた。

婦人は黙って、バケツをさしだして見せた。五、六歳かと思われる女の子の首が入っていた。

「わたしは、あのとき、ひと山向こうの里に帰っていたので助かりました。夫と息子と娘とは家にいたためにやられました。夫と息子の屍骸は見当りません。娘の首だけが壕の中にころがっていたので拾いましたが、身体はありません」

母親はもう涙も悲しみも涸れてしまった様子で、他人事のように、そんな話をした。

被爆地を抜けて行きながら、西は手帳とペンとを出して記録を、川田英二はスケッチを、山端は写真をとった。あまりの悲惨さに三人は気が変になった。任務がなかったならば、一時間とはこの地獄の中に居られなかったであろう。

帰福するために、汽車に乗ったが、西はふいに、右足の脛に疼痛を覚えた。ズボンをめくってみると、血のにじんだ擦過傷があった。そこをいく度となく、瀕死の被爆者から、「助けてくれ」といって摑まれたのである。放射能が浸透していはしないであろうか。西は戦慄した。……

しかし、このルポルタージュ以上に、人々をふるえあがらせたのは、川田の絵と、山端の写真であった。殊に写真はなんの説明の要もなく、一切を明瞭にしていた。ほとんど写真を正視出来る者がなかった。しかも、長崎の「ピカドン」は広島の第一発にくらべて小型だという。広島の凄惨さがそれによって想像された。この残忍無類の兵器に対して、人々は恐れとともにはげしい怒りに燃えた。それはもはや、敵とか味方とか、勝利とか敗北とか、アメリカとか日本とかいうような対立観念を乗り越えたヒューマニズムからの純粋の憤りのように思われた。

「人間のやることっちゃない。まったく悪魔のしわざじゃ」

十二日朝の常会の席で、長崎調査隊の報告があり、山端が徹宵して現像焼付した写真が披露されたとき、何人もが異口同音に、呻くようにしてこの言葉を吐いた。

ところが、赤根一郎はせせら笑っていった。

「諸君、それはセンチメンタリズムだよ。戦争にヒューマニズムも糞もあるもんか。戦争そのものがすでに殺しあいを前提としている悪魔のしわざなんだから、殺し具合の良し悪しを論ずるなんて愚の骨頂さ。機関銃や大砲の弾丸でならいいが、毒ガスや『ピカドン』はいけないなんて、そんな子供だましは通用しないよ。勝つためにはなにをやったっていいのさ。勝利が絶対だよ。昔、上杉謙信が敵の武田信玄に塩を送ったり、追いつめて行った敵将が美しい和歌を詠んだので、そのゆかしさに感心して逃がしてやったりしたような絵巻物的ロマンチシズムは近代戦には通用しないんだ。勝つためにはヒューマニズムも国際信義もヘチマもないんだ。日本だって、先に原爆を完成してたら使うに決まってる。その証拠には風船爆弾なんかをアメリカに飛ばしたじゃないか。日本だって、『ピカドン』を持ってたら、ワシントンか、ニューヨークの空で炸裂させるんだ。そしたら、諸君は日本を悪魔呼ばわりするかね。そうすれば勝つとわかっているとき、負けてもいいから、それはやめようというかね」

それに答えられる者は、誰もなかった。

昌介は、自分はどうするだろうかと考えてみた。悪魔にはなりたくない。しかし戦場にあったとき、しばしば、もはや自分は人間ではなくなった、鬼になったと自覚したことはあった。或いは無意識のうちに鬼と化していた。自分は衷心から祖国の勝利を願っている。どんなことがあっても負けてはならないと、歯ぎしりする思いで考えている。そのため、「J7」の完成をもよろこび、マッチ箱一個の大きさで、戦艦や巡洋艦を木っ端微塵にし、五個師団を一挙に全滅させ得るという特種爆弾の発明にも快哉を叫んだ。その特種爆弾こそが、とりもなおさず「ピカドン」ではないか。その使用を願っていたわけである。さすれば、広島や長崎の惨禍には眼を掩っても、その使用者を責める資格はないことになる。昌介は戦慄した。陥穽はいたるところにある。深淵は脚下にある。悪魔は自分の中にいる。赤根一郎の言葉には恐ろしい真実がある。原爆使用者を責めることはたしかにセンチメンタリズムであり、悪くすると、エゴイズムであり、引かれ者の小唄になる。昌介はしばらく身ぶるいがとまらなかった。この矛盾を解決するものはなにか。解決する方法があるのか。ただ、わずかに昌介がこの恐ろしさに耐えることが出来たのは、自分が「ピカドン」の投下を命ぜられたとき、これを謝絶し得るという確信にすぎなかった。そんな消極の自己弁疎によってしか、昌介は落ちついていることが出来なかった。そして、戦争そのものへの憤りと呪いとがはげしい渦になって、昌介をゆすぶりたてた。

「辻君、僕はまだ生きていて、東京にいる。四、五年前、僕は君の『土と兵隊』を脚色演出したことがあるが、あの作品を最初に読んだとき、僕を感動させたのは、戦場からの数通の手紙の冒頭にかならずついていた――まだ、死なかった。また、便りが書ける。……という一句だった。それは戦場にある兵隊のきびしい運命として、僕の魂をゆすぶったものだが、その兵隊の運命は、いまや僕の運命となってしまった。

いや、えらいことだったよ。八月六日、僕は広島がピカドンでやられたことなど、なにも知らずに福岡を出発したのだが、早速、小郡《おごおり》で引っかかってしまい、ニッチもサッチも動けなくなった。しかたがないので山陰線廻りで行くことにし、石見益田《いわみますだ》に出て、松江、米子を通った。途中、何十度となく空襲警報に遭って、東京へやっとたどりついたのが、なんと三日目の八日だった。その間に僕はいく度となく喀血し、東京につかないうちに死ぬのではないかと思ったことがたびたびだった。

辻君、東京は安達ガ原になってしまったよ。昔の東京の面影はどこにもない。僕は心の底からアメリカを鬼畜だと憎んだ。そこで、僕は早速、任務を果すため、着京と同時に電話で辰巳柳太郎君に連絡した。幸いまだ電話は通じる。辰巳君は島田正吾君を誘って、僕のところへ来てくれることになっている。今日が九日だから、決戦お盆の夕に間に合うかどうか、ちょっと心もとないが、出来るだけ間に合うように努力し、福岡へ帰る。脚本はこちらで書いて置こうと思い、今、ルーズベルトを閻魔の庁に引きだして裁判するラジオ・ドラマの腹案を練っているところだ。八月十五日にぜひやりたい所存。
白々と夜が明けて来た。美しい朝あけだ。高い空をトンビが悠々と舞い、スズメは庭の木に来て楽しげに啼いている。ここは——少くとも、僕の周辺だけは静かで平和だ。やっぱり戦争よりも平和がいいね。コーヒーがおいしい。辰巳君がブラジル・コーヒーを手に入れたそうだから、九州へのオミヤゲにしたい。君の『土と兵隊』にあったように、僕も——この手紙、いつ君の手元に届くのか、果して届くかどうかもわからないけれども、とにかく書いて出す。……という文句で結ぶことにしよう。返事は要らない。八月九日朝。

高井多門」

久留米市の空襲状況を調査に行った細谷俊が、焼けだされた小学校の生徒たちが作ったという童謡を、ひろい紙に書いて、ロビーの壁に貼りだした。

この美しいお花畑を
荒したのは誰だ
アメリカの
鬼だ　鬼だ
おれたちはいくど荒されても
美しいお花畑をつくりなおすのだ

空襲のあと
ざあっと夕立が通りすぎた
あざやかな向日葵《ひまわり》が
一だんと色濃く
大きく見えた

# 第十三章

八月十二日、十三日は空襲警報がしきりに出た。相変らず、北海道から九州まで、B29をはじめ、戦爆連合の大編隊に蹂躙されたが、恐れおののいて待った「ピカドン」の三発目は、まだどこにも落されなかった。

宿舎の常会で、辻昌介がすこしきびしい表情で、自粛するよう提言したため、夜の放埒は多少静まった。しかし、頽廃の気は陰にくすぶって、消え去る様子はなかった。

井手大佐に命じられて、安岡金蔵が朝日新聞の福岡支局長に会いに行った。状勢が混沌として来て、戦局の帰趨がつかみにくくなり、世界の動向については、新聞社の方が真相を知っているかも知れないと考えたためであった。

支局長志野田乾一郎は長身でドッシリと落ちついた新聞記者であったが、すでに、戦争の帰結について見透しを持っていた。新聞の下段に小さくリスボン発の外電が報じられていて、それには、「ワシントンで、日本に対する緊急重要会議が開かれた」とあった。中央においては、すでに、ポツダム宣言についての御前会議がおこなわれていた。もとよりそれは極秘に属していたが、志野田局長はうすうすそのなりゆきも知っている模様だった。

「今ごろ、アメリカで日本についての重大会議が開かれるというのは、ポツダム宣言受諾以外に考えられないですね」

報道部へ飛ぶようにして帰って来た安岡金蔵は、対軍班のデスクに腰かけて、なにか書きものをしていた辻昌介の背中をドスンとたたき、

「辻君、もう駄目だよ」

と沈痛な面持でいいすてると、部長室の方に急いで行った。

サイレンが鳴りだした。警戒警報と同時に、部員は迅速に防空壕に待避した。空襲警報に変った。屋上のアナウンスが、おどろおどろしく、静まりかえった白昼の福岡市の上にとどろき始める。もっとも、この放送も「ピカドン」以後、アナウンスする者は屋上の放送室を地下壕に移していた。対空監視哨も地上に降りて、危険に対処していた。

「西日本新聞特報、沖縄基地を発したるとおぼしきB29一機、南方地上より福岡市に侵入いたしました。ただ一機というのが曲者であります。広島も、長崎も、原爆攻撃の場合は一機でありました。福岡市の皆さん、厳重に警戒をして下さい。一機、悠々と福岡市の上空を旋回して居ります。一機であります。『ピカドン』の公算大であります」

「どうして、『震電』が出て行かんのか」

と、はがゆそうにいう者が何人もあった。

B29は低空して来ると、キラキラと銀色にかがやく機体の周辺に、パッと純白の雪を散らした、ビラであった。日本語で書かれたこの「紙の爆弾」は、この日、全日本の各地に一せいにばらまかれたのである。

「日本の皆様、私共は本日皆様に爆弾を投下するために来たのではありません。お国の政府が申込んだ降伏条件と、アメリカ、イギリス、支那、並にソヴエット連邦を代表してアメリカ政府が送りました回答を、皆様にお知らせするために、このビラを投下します。戦争を直ちにやめるか否かはかかってお国の政府にあります。皆様は次の二通の公式通知をお読みになれば、どうすれば戦争をやめる事が出来るかがお判りになります。

八月八日、日本政府より連合国政府への通告（英文の翻訳より）

世界平和の大義増進を常に憂慮し給い、また世界平和の大義実現を衷心より念ぜられ、戦争の継続より受くる災難より人類を救済さるべく、戦争の早期終結を衷心より願望せらるる陛下の御諚《ごじょう》を畏みて、日本政府は数週間前、当時中立にありしソ連政府に対し、諸敵国との平和恢復の斡旋方を依頼せり。不幸にして、平和のための右努力は失敗したるをもって日本政府は平和を恢復し、莫大なる戦争の災害を出来るだけ早く終結せしめよとの聖上の御希望に副うべく、以下の決定をなせり。

日本政府は一九四五年七月二十六日、ポツダムにて、米国、英国、支那、及び、後に記名加入したるソ連邦の諸政府首脳者によって共同宣言せられたる諸条件を受諾の用意あり。但し、同宣言は君主統治者としての陛下の大権を損ずるが如き如何なる要求も包含せざるものとの諒解の下に申し込むものなり。日本政府は右の諒解が妥当なる事を衷心より希望するものであり、且つ、その妥当なる事を認める返事が確実迅速になされんことを切望するものなり。」

この伝単の裏に、ポツダム宣言の全文が印刷されてあった。

憲兵隊は狼狽して、全員出動、このビラの蒐集に狂奔した。

「敵のビラを拾うことはならんぞ。書いてあることはみんなデタラメのデマぞ。敵の謀略にひっかかってはならんぞ。拾った者はさしださんと、軍法会議に廻すぞ」

ビラの大部分は市民の手に入っていた。しかし、その文面を信じる者は少く、憲兵隊のいうように謀略宣伝と思っていた者が多かった。

八月十四日夜、夕食をすました後、辻昌介が自室に引きこもって、一人でもの思いにふけっていると、ペチャペチャペチャと、舌なめずりするスリッパの音が廊下から近づいて来た。戦局の帰趨はこの助平女にはなんの影響もあたえないのか、スリッパのひびきも無遠慮にドアを開けるのもいつものとおりで、ヌッと平べったい「ヒラメ」の顔をつきだすと、

「辻さん、部長さんが玄関で待ってござるけん、外出の支度ばしてすぐに出てつかアさい」

「どこに行くんだ?」

「軍司令官閣下に逢いに行きなさるとかいいござった」

昌介は、立ちあがった。

「刀を忘れんごとといいござりましたばい」

　理由を判断するいとまもなく、昌介は軍刀を持ち、大急ぎで部屋を出た。普通の背広ズボンの上に半袖のカッター・シャツを着ていたが、出るとき、上衣をつけた。しきりに、マージャン・パイの音がしている間を抜けて、階下に降りた。

　ホテルの前に、一台の自動車がとまっている。その中に、井手大佐と安岡金蔵の姿が見えた。もともと報道部長は一種のダンディで、いつも服装をキチンとしていたが、今夜は特に新品の軍服で正装していて、ものものしく見えた。細長い顔も緊張している。背広にカッターの白い襟を出している安岡は、眼鏡の奥の細い眼で、チラリと昌介を見たが、なにもいわなかった。昌介が乗ると、車は走りだした。兵隊が運転している。

　右端に安岡、中央に部長、左端に昌介が腰かけていた。

「軍司令官閣下にお逢いしに行くのですって？」

「辻君、いよいよ土壇場に来ました。皇国隆替の危機です。最後の御奉公をしなければならぬときを迎えました。あなたもすでに御承知のように、中央においてはポツダム宣言を受諾するかも知れぬような状勢に立ちいたりました。もってのほかです。いかに苦しくともまだ勝利の希望がなくなったわけではない。いや戦勢転換の機会はかならずあります。そのためには九州が千早城《ちはやじょう》とならなければなりません。楠公精神を顕現するのです。たとえ中央が降伏しても、西部軍は断乎として降伏せず、独立して戦ったならば、ふたたび光明がかがやき、この九州から勝利への道が開けることは必定です。そのためには、先だって来《らい》から計画していた九州革命、九州独立政府の確立が必要です。辻君、やりましょう。あなたには虎谷君から話をして承認を得たということですが、この機を失したならば、ふたたび機会はめぐって来ません。明日の正午には」ガチッと音がするほど靴のカカトを合わせ、坐ったまま、姿勢を正して、「天皇陛下の重大放送があります。一般の人はまだ知りませんが、もちろん、ポツダム宣言の受諾と終戦について、陛下おんみずから国民にお告げになるのです。そうなってからでは遅い。今です。今ならまだ望みがある。軍司令官閣下も九州独立には賛成して居られるはずです。たとえ、明日、陛下の放送があったところで、九州が千早城となり、断乎として敵を邀《むか》え撃ち、このため、日本を勝利にみちびくことが出来たならば、窮極において、陛下へ背き奉ったことにはなりません。もとより命を投げだしての仕事です。東京からは、虎谷君が同志を糾合して西下して来ることになっています。地下工作は完全に整っている。あとは立山中将の決意ひとつです。軍司令官さえ同意してくれたならば、この革命は成功します。今夜はこれから、立山閣下を説得に行くのです。きっと蹶起《けっき》してくれます。私は確信を持っている。辻君、男子一生の本懐ではないですか。ともに邦家のために殉じましょう」

この夜ほど、イキイキとしている井手大佐を見たことがなかった。入歯はガチガチ鳴っているけれども、日ごろはみっともないその音さえも、井手大佐の殉国の情熱と昂揚した精神とにリズムを合わせるように、こころよいひびきを立てているのだった。報道部長の言葉にいささかの乱れもなく、その言葉の一つ一つは虚偽を受けつけない真実の魂の叫びのように思われた。これまでの頼りない井手大佐はいなくなり、なにものをも引きずりこまないでは置かない、きびしく威厳に満ちた一個の風雲児がそこにいた。英雄とはこういうものであったのかも知れない。英雄となるか、ピエロとなるか。

それはしたりげな後世の歴史家がアヤフヤなレッテルを貼るにすぎないのであって、瞬間に昂揚される人間の火花の美しさこそ、英雄の崇高さというものであろう。同時に、英雄の残忍さ、エゴイズムであるかも知れない。いずれにしろ、昌介はまったく別人と化している井手大佐を見なおす思いがした。そして、暴風に吹きまくられたように、なお確固としたものを体得することが出来なかったにもかかわらず、

「私の出来ることなら、なんでもいたします」

と、いわないでは居られなかった。

安岡金蔵は、仏頂面をしていて、一言も口をきかない。愛用の鉈豆煙管でキザミをくゆらしながら、眼を細めて、走り去る窓外ばかり見ていた。どこかに当惑しているような気配も感じられた。

自動車は福岡市を出ると、さびしい田舎道を通り、一路、二日市へ走りつづけた。暗い夜の底に、ふさふさと熟《みの》った稲田が開け、波の音のように風に鳴っているのが聞えた。武蔵温泉までは農村ばかりだった。百姓家の灯が点々と見えていたが、眠りにつくために、眼をとじるかのように、一つずつ消えて行った。西部軍管区司令官立山中将は温泉旅館「延寿館」にいるのだった。

「天拝山《てんぱいざん》の上に妙な火が見えるね。あれはなんだろう?」

それまで黙りこくっていた安岡金蔵が、ポツンといった。息づまるような車内の雰囲気に耐えられなくなって、声をしぼりださせられたといった具合だった。それは彼の心がこの車内にみなぎっているものとは異質であるために、摩擦によって自然に散った火花に似ていた。あるいは苦しまぎれのごまかしであったかも知れない。昌介はそれを不思議に思った。奇怪なことに思った。三つの心が合致

して居れば、言葉は必要ではないのである。天拝山に山火事がおこっていようとも、そんなこともどうでもよいのだ。祖国興廃の瞬間に来て、乾坤一擲の大芝居を打とうとしているのに、山の火くらいがなにか。九州独立革命のプランについては、虎谷義久とともに、安岡は最初の堅確な同志であったはずだ。革命政府の新憲法を担当し、革命成功のあかつきには司法大臣に就任する約束になっていた模様である。それなのに、安岡の態度は曖昧で、井手大佐とまるで調子が合っていない。仏頂面をして鉈豆煙管をふかしつづけているのも、その当惑をまぎらしているように思われた。そう考えてみると、いつか、大濠公園の部長邸での宴会に、わざと欠席したこともつながりがあるような気がする。安岡金蔵に裏切りの心がきざしているのではあるまいか。そんなら、今夜同道しているのはおかしいが、井手大佐に強引に自動車に積みこまれてしまったものでもあろうか。

前方の夜空に黒々と浮き出た天拝山の頂上に、数ヵ所、赤い火が燃えている。星が明るかった。きらめく青い星と赤い火とが妙に幻想的で、ふとお伽噺の世界でもあらわれたように美しかったが、火の正体はわからなかった。

「あの天拝山の絶頂で、昔、菅原道真《すがわらみちざね》が雨乞いをしたことがあるんだがね。このごろ雨が降らないから、百姓が雨乞いしているのかも知れないよ。そういえば、もう都府楼《とふろう》のあたりじゃないか」

先刻の激情的な英雄は消え、井手大佐は柔和な面持で、旅人のように、走り去る左側の窓外を見た。

「そうだ。都府楼の近くだ」

と、安岡も同方向に眼をやった。

「菅原道真というのは気の毒な人だったんだ。太宰府は九州政府であったわけだが、流されて来た彼は権力を持たないロボットだったんだ。しかし、立派な文化人だったと僕は思うよ。……辻君、どうですか」

「おっしゃるとおりです」

と、しかたなしに答えた。

「文化人は政治家にはなれないんだよ」

と、安岡が吐きだす口調でいった。

「なれないことはないと思うな」

「なれないさ」

「その理論的根拠は？」

「君は軍人だけれども、立派な文化人だ。菅原道真に匹敵できるかも知れん。でも政治家じゃない。政治家は思想や理論なんかかまわずに、まず行動をするんだ。思想や理論をふりまわしていても、自分の行動を合理化するために都合のいいものを後からくっつけるだけなんだ。そして、嘘つきで、腹黒で、残忍で、エゴイストでなくちゃならん。だけど、文化人にはそれが出来ん。文化人は自分の傷や恥までもさらけだして真実を語ろうという誠実さを持っているが、政治家は反対だ。だから、菅原道真は太宰府にいても政治家どもから馬鹿にされて、しかたなしに、詩を作ったり字を書いたりばかりしてたんだ」

安岡金蔵は、唐突に、雄弁になっていた。彼もこの土壇場に来て、お座なりはいうまいと決心したのかも知れなかった。

井手大佐は、心外の面持で、

「それで、僕は？」

「理論を弄んでばかりいて、実践力がすこしもないんだ」

「君は？」

「僕も悟ったよ。はじめは錯覚をおこしていた。僕だって政治家にはなれない」

「そうすると？」

「わかってるじゃないかね」

「わかってないな。僕等が起そうとしている九州革命は、単なる政治じゃないんだ。祖国を滅亡から救う日本国民としての情熱の結集なんだ。魂の問題だよ。それは政治家とか文化人とか軍人とかを越えた普遍的な、そうだ、理論ではなくて、それこそ真の思想なのだ。この思想は命を賭けるに値するよ」

「君にまかせるよ」

と、安岡は投げだすようにいって、また黙った。

福岡から飛ばして来れば、雑餉隈《ざっしょのくま》を経て、左手に、水城《みずき》、国分寺、都府楼址、観世音寺などがあるはずだが、夜でなにも見えなかった。その都府楼址のところから左へ曲れば太宰府である。車は右に曲って、二日市に向かう。沿道の両側にはよく稔った稲田がつづき、車は蛙の高らかな合唱の中を疾走した。いろいろな蛙がいるとみえて、いろいろな声を出している。くぐもったような鈍い声、金属的なかんだかい声、そうかと思うと、赤ん坊の泣き声としか思われないような声もあった。その上をホタルが飛んでいた。昌介は運転している一等兵の兵隊が、どんな気持で車内の会話を聞いているだろうかと思った。たしかに聞えているはずなのに、なんの変化も示さず、的確に運転をつづけていた。手が労働者のように節くれ立ち太かった。彼に感想を聞けば、

「自分たちにはなにもわからないであります。ただ、命令にしたがうだけであります」

と、答えるだけかも知れなかった。

間もなく、自動車は二日市に入った。武蔵温泉は街の中にある。両側にならんだ旅館はいずれも二階三階で、特に、「延寿館」は宏壮だった。道路の両側にある柳並木はよく茂り、風にゆらいでいて、なかなか風情があった。しかし、街は暗く、人通りもなく、温泉街としての賑やかさはまるでなかった。むしろ、静かで不気味な死の街の感じだった。ほとんどの旅館が傷病軍人療養所になって居り、高級将校の宿舎に当てられていた。西部軍司令部は山江の洞窟内にあるが、夜間はここへ引きあげて来るのである。「延寿館」に到着した。そびえたった三階建てで、いかめしい門があり、玄関も格式張っていた。燈火管制されていて、家の中は暗くヒッソリしている。

「おごめん下さい」

やや気取った重々しい声で案内を乞うと、暗い帳場から、若い少尉が出て来た。大佐の肩章を認めて敬礼してから、

「どちらからおいでになられましたか」

「西部軍報道部長井手大佐です。立山軍司令官閣下にお目にかかりに参りました」

「軍司令官閣下は、今夜はどなたにも面会なさらないということになって居ります」

「井手が来たとお伝え下さい。福岡を出る前に電話連絡がしてあります」

「そんなら、しばらくお待ち下さい」

少尉が奥へ引きこむと、しばらくして、廊下を小走りに、瀬戸航空参謀があらわれた。いつもの元気はすこしもなく、沈痛な面持をしていて、

「あがれ。とにかく、閣下が会おうとおっしゃっている」

「安岡君、辻君、いっしょに来て下さい」

「井手、閣下に会うのはお前だけにしてもらいたいんだ」

「いや、三人で会わせてもらいたいよ」

「駄目だ。君一人だ。……辻君も、安岡君も、別室で待っていてくれませんか」

しかたはなかった。暗くて長い廊下を曲りくねって行った後、昌介と安岡とは六畳の一室に入れられた。

「軍司令官閣下にお願いして、きっと君たちも来てもらうように話します」

悲壮な面持でそういった井手大佐は、一人で奥の部屋へ去った。

一つしかない電燈に黒い笠が深く被せてあって、やっとおたがいの顔が見わけられた。むし暑かった。団扇《うちわ》で、しきりに風を入れ、むらがって来る蚊を追った。汗をぬぐうのも忙しかった。森閑としている。昌介と安岡とは向きあっていながら、話もしなかった。暑いね、とか、蚊が多いねとか、そんなつまらないことをいいあうだけだった。というより、話ができなかったといった方がよかった。すでに根本のところでずれてしまっているから、真剣な話をすればするほど、奇妙な具合にこじれるにきまっている。しかし、革命の妥当非妥当とか、成功不成功とかいうことよりも、根柢的な問題は

死につながっているにちがいなかった。生命と死――それはいつでも戦争につきまとっているが、革命にもつきまとっている。二つとも血を流さないでは成り立たないし、成功しない。死を怖れるか、怖れないか。生命を捨て得るか、得ないか。死を怖れても生命が絶たれることもあり、怖れなくても助かることはある。絶対の死を覚悟していても、死への怖れはある。誰も好んで死にたくはない。そこで、生き得るというかすかな光が見えたとき、覚悟がゆるむか、ゆるまないか。どんなに卑怯といわれても、恥をさらしても生きた方がよいか、どうか。この点に、安岡金蔵と辻昌介との食いちがいがあり、対話を封じている根本の原因があったのかも知れなかった。なぜなら、九州革命の無理な点、同志たる文化人たちのプランの甘さ、政治力の欠如、したがって、成功の見透しの少さを次第に感じはじめていた安岡は、昨日、ポツダム宣言受諾と知ったときには仰天したが、やがて、これで戦争が終れば、生命は助かるとホッとした気持になっていたからであった。妻子の顔を思い浮かべ、生きて会えるよろこびもすでに準備していた。むろん祖国敗北の悲しみは強いが、無謀な革命騒ぎに巻きこまれるのはいやだった。いつか正式に井手大佐に話し、この革命の陰謀を放棄させようと考えるようになっていた。もし中止しなければ自分は脱落しようと考えていた。その矢先に、否応なく、自動車に押しこまれ、「延寿館」へ同道させられたのである。そして、待たされているのだが、安岡には、いくら井手大佐が口角に泡を飛ばして口説いたところで、軍司令官が九州独立運動などに同意するはずはないという予感があった。しかし、辻昌介はそれを期待しているかも知れない。少くとも、辻は死を覚悟しているように思われる。そこで、安岡は昌介と口がききたくなかったのであった。

十分、二十分、三十分と、時間が流れた。昌介は緊張していたが、眠気をもよおして来た。安岡はもう眼をとじて、ウトウトと船をこいでいる。どんなに偉大な瞬間でも肉体の生理はやむを得ないものか。三、四日前、長崎に第二発目の「ピカドン」が投下され、ソ連が日本へ宣戦を布告して満州になだれこんで来た翌日、諄々《じゅんじゅん》と宣伝報道の原理を説く報道部長の眼前で、神田武雄上等兵が居眠りをした。そして、「不謹慎だぞ」とどなりつけられた。それを思いだして、昌介は自分も不謹慎だろうかと考えた。考えてもどうにも眠気が追っぱらえない。ぬれ犬みたいに頭をブルブル振ったり、爪で太股をつねってみたりして、やっと睡魔とたたかった。それにしてもこの静けさが不思議だった。軍司令官の部屋はそんなに遠くはないはずなのに、全然、話し声が聞えない。この「延寿館」の中にはかなりの人数がいるはずなのに、コトリとも音がしない。井手大佐と軍司令官の話しあいの次第によっては、九州に革命がおこるかも知れないのだ。すると九州中は大混乱におちいり、嵐に見舞われたようになるだろう。嵐の前の静けさか。巨大な命令と巨大な騒乱とは、深く大きな思慮や意志から出るとはかぎらない。二ヵ月ほど前、B29の焼夷弾攻撃に備えて、全九州の家屋の天井を全部とり除いてしまう命令が発せられた。九州中の住民はすこぶるへこたれたのであるが、その命令は、西部軍参謀長と九州総監とが、博多の一流料亭で、美妓を抱いて散財しながら、泥酔して面白半分に書かれたものだと噂された。昌介は昔読んだことのある横光利一の小説『ナポレオンと田虫』を思いだした。それによると、英雄ナポレオン・ボナパルトの全身に田虫が出来、かゆくてしかたがなかった。ナポレオンはイライラし、田虫に復讐するみたいにして、「モスコウへ、モスコウへ」とロシア遠征を命令したというのであった。立山軍司令官はどういう状態と心境とにあるだろうか。

コトッと音がして、ビクリとした。居眠りしていた安岡の口から、鉈豆煙管が畳のうえに落ちたのだった。それでも安岡は眼をさまさず、船をこぐ動揺がさらに大きくなる。

ニッと笑った昌介は煙管を拾って、口にくわえた。煙草はまったく喫《の》まないというよりも大嫌いであったのだが、ひと口吸ってみた。苦くからいものが口に入って来て、舌を刺戟した。咽喉にいがらっぽく突き刺さって、はげしくむせた。腹の立つような気持わるさだった。

昌介の咳《せき》で眼をさました安岡金蔵は、いたずらを見つけられた子供のように照れて、キョトキョトし、ヨダレをふきながら、

「辻君、まだかね?」

と、軍司令官の部屋の方角を見た。

「まだなんです」

「遅いな。いま何時?」

昌介はズボンの袋ポケットから、芥川賞の時計をひきだして、

「もう十一時半ですね」

「来てから、どれくらい経った?」

「大方、一時間経ちました」

「なにをやってるんだろう。……僕、ちょっと、便所に……」

長く坐っていてシビレが切れたように、足や腰をさすりながら、安岡は外へ出て行った。忍び足なのに、廊下がミシ、ミシと鳴る。

昌介も便意をもよおしていたが、部長が帰って来たとき、二人ともいないのは悪いと思って我慢した。

抜き足さし足のようにして帰って来た安岡は、

「辻君、この御殿の裏はすぐ田圃《たんぼ》だよ。蛙がさかんに鳴いてるよ」

といって、なにか染みいるような表情をした。

「僕も便所に……」

そういって立ちかけたとき、足音がして、井手大佐が引っかえして来た。

昌介は浮かしかけていた腰を落した。

部長は両手に一升びんを一本ずつぶら下げていた。細面の顔には、うれしいような悲しいような、例の独特のうすら微笑を浮かべていて、入れ歯をかすかに鳴らしていた。顔中が充血したように紅く、汗でテラテラ光っている。

「井手君、どうだったね?」

と、せっかちに、安岡が訊いた。

「ここでは話せない。宿に行ってユックリ話そう。閣下からお酒をもらったよ」

エヘヘと笑って、井手大佐は両手で一升びんをさしあげて見せた。このごろはどこにも払底していた最上級の日本酒である。暗い電燈の明かりの下で、酒は黄金色にかがやいて見えた。

先に立つ部長につづいて、部屋を出た。足音を立てないように気をつけたが、忍び足になればなるほど、古ぼけた旅館の廊下はわざとのようにギイギイと高く鳴った。いやな音だった。

「お帰りでありますか」

どこにいたのか、先刻、出迎えた若い少尉が玄関にあらわれた。

「帰ります。お邪魔しました」

と、大佐でありながら、部長は少年のような少尉に叮嚀に頭を下げた。

運転手の兵隊は車のなかで眠りこけていた。どこからかさしこむうすい明かりに照らしだされ、ハンドルによりかかって眠っているあどけない兵隊の顔が、石膏の彫刻でもあるかのように美しかった。なんの夢を見ているのか、かすかな微笑を浮かべている。

「起すのが可哀そうだな。近いから歩こうか」

と、部長がいった。

「宿は？」

「一町ほど行ったところにある『筑紫別館』だ。夜風に吹かれて歩くかね」

「それもいいが、やっぱり起した方がいい。あとで気がついたとき、兵隊がびっくりするよ。任務を怠ったと思って自殺するかも知れん」

「そんなことがないともかぎらんな。そんなら起すか」

肩をつつかれて眼をさました兵隊は、こちらがおどろいたほどはげしく狼狽して、大あわてで車のドアを開いた。車は「延寿館」の宏壮な門を出た。

「野崎一等兵」

と、部長は運転手に話しかけた。

「はい」

「お前、どこだったかね」

「田主丸《たぬしまる》であります」

「田主丸というと？……」

「浮羽郡《うきはぐん》であります。久留米のすこし先であります」

「お前、いくつだ？」

「二十五になりました」

「若いな。両親は？」

「父は補充兵でビルマに行って戦死しました」

「お母さんは？」

「家に居りますばってん、病身で寝たり起きたりしとりまして……」

「きょうだいは？」

「一人しか居らん兄は支那に兵隊で行っとります。砲兵であります。ばってん、生きとるのやら死んどるのやらわかりまっせん」

「お前、まだ独身だね」

「いいえ、女房が居ります。夫婦《みょうと》になったばっかりのとき、赤紙を受けました。おフクロといっしょに暮らして居りますです」

「そうか。命を大切にして、田舎に帰ったら、お母さんとおかみさんとの面倒をよく見てやるんだな」

「ばってん……」と、ちょっと口ごもったが、「いつ帰れますことやら、命がありますものやら、……部長殿、一体、この戦争、どげんなるとでありますか」

「私にはわからんよ。しかし、お前が無事に、お母さんとおかみさんのところへ帰ることが出来ることだけは請けあってもいい」

「ほんとでありますか」

「ほんとだ」

柳並木のある通りから右に曲り、やっと車の入れる道を抜けて、「筑紫別館」の表に停った。「延寿館」の十分の一ほどの宿だった。電話してあったので、一人の中年女中が眠そうな顔で玄関に出迎えていた。ひろい座敷に通されると、もう蚊帳が吊られ、蒲団が三つ敷かれてあった。

「飲むんだ。なんでもいいから、大急ぎで、ありあわせの肴を持って来てくれんか」

「もう火を落してしまいましたけん、お酒の燗はでけまっせんばい」

「冷酒でいいんだ」

「そんなら、なんか準備して来ましょう。その前に着換えなさって、お風呂にでもお入りなざっせ」

「風呂があるのか」

「あげんことを。ありますたい。温泉ですもん」

「それはありがたい。汗を流そう。……辻君、安岡君、風呂はどうですか」

「その前に、軍司令官の話を聞かせてもらいたいね」

「どうせ今夜は泊りだ。あわてることはない。一晩中、話しながら飲み明かそう。明日は正午の天皇陛下の」と、不動の姿勢になって、「重大放送を聞くために、十二時までに報道部に帰りつけばいいいんだ。一世一代の一晩かも知れんから、くつろいで語りあおうじゃないか」

「延寿館」を出て以来、井手大佐がとらわれている感傷の原因は、すでにほぼ想像がついていた。もし立山中将が、よしやろうといったならば、井手大佐はもっと溌剌としていたであろう。軍司令官はあまり色よい返事をしなかったものにちがいない。さすれば、ポツダム宣言受諾となり、日本は全面的降伏をすることになるのか。昌介は慄然とする思いであったが、奇妙なことに、それがどうしてもまだ悲壮な実感となって来なかった。むしろ、あり得ないことのような気がする。

女中に教えられて、家族風呂に入った。派手な化粧煉瓦で飾られた狭い湯殿の壁には、モザイクで、豊麗な若い女の裸体が刻まれてあった。湯はあまりきれいとはいえないが、浴槽が紺碧のタイルで張られてあるので、まっ青に見えた。祖国が興亡の岐路に立っている瞬間に、ノウノウと温泉などに浸っているのが不思議な気がした。気が咎めた。昌介は自分の体を愛《いと》しむように撫でさすってみた。幾度となく戦場に出ながら、悪運強く生き永らえて来たが、最後まで生きられるかどうかはわからない。革命になっても、敗北になっても生命の保証は出来ない。若松の家に一人ポツンといる老母松江、メカケお峯や三人の子供とともに妾宅にいる老父安太郎、広島の山奥の、祖父母の家に疎開している妻美絵と三人の子供、中国戦線のどこかにいる次弟英二郎、沖縄戦線に行った末弟広士——そういう肉親たちの幻が昌介の頭の中で渦巻いた。しかし、それよりも馬鹿げたことに、昌介は唐突に襲って来た性慾のほめきに閉口していた。こころよい温泉のせいか壁の裸女のせいかわからないけれども、妖しい欲求がわきおこって来て、情ない思いをした。精神と肉体の分離や分裂は、これまでにもしばしば経験したけれども、事もあろうに、祖国敗北の前夜に、下等な慾情に襲われるとはなにごとか。昌介はどこからこの不純と不潔とが起ったのかと考え、痴漢となり下がった自分を鞭うちたい衝動に駆られた。狼狽し、何杯も冷水をかぶって、邪念を冷却しようとした。

「もうおあがりになりまっせんか。他のお二人さんがお待ちかねですばい」

扉《と》の外から女中の声がした。

「今、出ます」

救われたように叫んで、さらに、昌介は数杯の水をかぶった。客があまりないとみえ、三人とも別々の家族風呂に入れられたらしかった。部屋も開いている様子なので、昌介が話して、一人一人、別の部屋に蒲団を敷いてもらった。こういう夜、とても他人といっしょには寝られなかった。特に、井手大佐や安岡金蔵とは同室したくなかった。一人の方が苦しいであろうが、一人でいたかった。

部長の部屋は、酒肴の用意が整えられてあった。肴といっても、カボチャや大豆を煮たもの、カレイの干物くらいで、御馳走はなかった。冷酒を湯呑で飲んだ。三人とも浴衣に着換えていた。

「乾盃」

と、井手大佐は湯呑を高くあげた。

「なんの乾盃だね?」

「不発に終った革命のために、だ」

「やっぱり駄目だったんだね」

「全身全霊をぶっつけて、僕は説得に努めたよ。祖国を救う道は、九州が千早城になる以外にないと、涙を浮かべて力説した。しかし、一時間になんなんとする僕の勧告も無駄だった」

部長の眼にキラキラと光るものが溢れて来た。

安岡もシンとした面持になりながら、

「軍司令官はどういうんだ?」

「井出君、君のいうことはよくわかる。しかし、自分はもう疲れた。年も老いている。そんな革命などおこす元気はない。それに、大命《たいめい》となればこれに抗することは出来ない——そういうんだ」

「そうか」

「安岡君、辻君、僕は口惜しいよ」

入れ歯でギリギリと歯がみした部長の眼から、ダラダラと、棒になって涙がほとばしり落ちた。

昌介も胸がつまり、嗚咽《おえつ》で全身がふるえて来た。鼻が痛くなり、涙があふれて来た。

「革命を起して、九州が独立したら、きっと戦勢が展開されるんだ。日本勝利の転機が生まれるんだ。みすみすそれがわかっているのに、決行出来ないなんて……」

「井手君、それはちがうよ。とても駄目だ。九州革命なんて成功しやしない。それよりも、これからだ。日本の敗戦によって、ほんとうの革命が起るよ』

「日本が負けたら、革命も糞もあるもんか。ただ、破滅だ」

「今ここで革命を起すよりも、敗戦による革命に対処する方がむずかしいかも知れん。僕だってどうなるかわからん。井手君、もう歎くな。君は立派だよ。やるだけやったんだ。これ以上のやりようはない。僕はこれまで君をひやかしてばかり来たようだが、今、君の前に頭を下げる。辻君にも頭を下げる。なんといっても、命をすててかかる人間は尊いよ。僕は卑怯者だ」

「一切合財が夢だ。どうにでもなれ」

井手大佐はそう叫ぶと、一升びんを両手につかみ、びんの口から、ゴックン、ゴックンとガブ飲みしはじめた。

「辻君も飲みたまえ」

「飲みます」

昌介も一升ビンの口から、ゴクゴクと飲んだ。冷たい酒が熱く食道を通り、火のように、胃壁に焦げついた。急速に酔いがまわって来た。

しかし、昌介はこの悲痛な深夜の饗宴の中で、どうにも割りきれない味のわるさに閉口していた。それは革命の志士の三つの心の食いちがいから来ているのか。それとも死をめぐる覚悟の差から来ているのか。九州革命を巻きおこさんとした井手大佐の情熱の出所はなんであろうか。自動車の中で感じた風雲児も英雄も今は消え、ここには一個の演技者がいるように思われる。卓抜な理論家ではあっても実践力がないといわれた部長が、追いつめられてやろうとした巨大な実践、しかし、その不成功を部長自身も知っていたのではあるまいか。もっとも信頼すべき同志であった虎谷義久が井手大佐と口論して東京へ去るとき、部長は異様にさみしげな表情をしたというが、そのとき以来、革命の不成功を感得していたのではあるまいか。そこへ、安岡金蔵の裏切りにあって、もはや放棄的になっていたのだ。しかし、井手大佐としてはただ黙って引っこむわけには行かなかった。人間は死さえも虚栄をもって飾る。そういう人間のうちでも特に虚栄心の強い井手大佐が、幕切れに花束が欲しかったのは当然ではないか。彼は一世一代の一晩といったが、彼にとって一世一代の演出であったのかも知れない。しかし、それにもかかわらず、昌介は井手大佐をペテン師とも詐欺漢とも思わなかった。英雄になるかわりにピエロとなったけれども、この滑稽をつき動かした別の純粋さを信じていた。いかに誠実や情熱を傾けても誤謬をおかすことはある。しかし、誰もがその誤謬の中で成長するとはかぎらない。昌介は脚下に開けた破滅の深淵の中で、なお生き得るとするならば、その観点から人間を見なければならないと思った。死ぬとしても死ぬ瞬間まで人間を放棄してはならないと思った。

昌介もいつか泥酔し、声をあげて泣きながら、なお冷酒をあふりつづけた。いつ倒れたのか、まるで記憶がなかった。

## 第十四章

はげしくゆり起されて、眼がさめた。

「空襲ですよ」

と、昨夜の女中が血相変えて、蚊帳の外から、昌介をせき立てた。原子爆弾以後、全国民が空襲に対して極度に神経過敏になっていることが、その女中の表情からも察しられた。

すっかり夜が明けている。障子の明るみが珍しいものでも見るようだった。サイレンが鳴っていた。

昌介は落ちついていて、

「警戒警報だから大丈夫だ」

「あんなこというて、あんた、広島の『ピカドン』だって、警戒警報じゃったとですばい。さ、庭に防空壕がありますけん」

「御親切にありがとう。僕は死んでもええんだ。あんたたちだけお逃げなさい」

「知りまっせんばい」

女中はあきれたように、バタバタと走り去った。庭とおぼしきあたりにざわめきが起り、大勢が防空壕になだれこんでいるらしい気配がした。赤ん坊の泣き声がまじっていた。

頭が重く痛かった。まだ酔っているように、顔が燃えていた。いやなゲップが出、ときどき苦い黄水《きみず》が腹の底から突きあげて来た。枕元の水を何杯も飲んだ。とりとめもない前夜の言動が、はげしい悔痕と羞恥とをともなって、昌介を打ちのめした。なんのために酒なんか飲んだのか。きびしい戦争と歴史との圧力をチャチな酒の力によって回避しようとしたなど、愚の極みであったと、朝になって、昌介は泣きたい思いだった。アヤフヤからゴマカシへ転落しただけの話だ。毅然たるものも、高邁なものもなかった。同時に、恩恵のようにして、酒二升をくれた軍司令官が腹立たしかった。

庭の方から、井手大佐の声が聞えて来た。

「みなさん、もう空襲はありませんよ。どうぞ、防空壕から出て下さい」

と、どなっている。

「ばってん、警報が出とるじゃなかですか」

野太い老人の声だった。

「出ていても心配ありません。報道部長のわたくしを信用して下さい。絶対に爆弾投下はありません」

なんというオセッカイをやっているのだろうと、昌介があきれていると、廊下を廻って来た部長が障子を開いて、

「辻君、そろそろ出発準備をして下さい」

「どこに行くんですか」

「もちろん、報道部に帰るんですよ。実は朝食をユックリして、十時半ごろ出発するつもりでいたのですが、さっき、立川副官から電話がかかったんです。終戦気構えで、嘱託連中がうるさいから、早く帰って来てくれというんです。なにか、沼井君や、赤根君たちが騒いでいるらしいんですよ」

「私はいつでも出発出来ます。安岡さんは？」

「これから起しに行きます。朝食は弁当をこしらえるように命じておきました。頭は大丈夫ですか」

「痛いですね」

「僕も二日酔いです。エッヘッヘ……、でも、有意義な酒でした。そんなら、九時半までに出発準備を整えておいて下さい」

どんよりと曇った日だった。天候のせいからも頭が重苦しかった。陽はさして来たが、生焙《なまあぶ》りするような中途半端さで、カアッと気持よく照りつけては来なかった。

警報は解除になった。

辻昌介はいつでも出発出来るようにして、縁側に横になった。女中からタオルを水で冷やしてもらい、病人のように額に当てた。骨がなくなってしまったようにけだるく妙な疲れ方をしていて、すぐに眠ってしまった。なにか色彩ばかりは絢爛としているが、まったく辻褄の合わない奇怪な夢ばかりを見た。動物園のように、鳥や魚や獣がしきりにあらわれたり、竹林や海の中に日の丸の旗がひるがえったりした。戦車が走ったり、城のような建物が燃えあがったりもした。しかし、また、女中から、

「出発ですよ」

とゆり起されると、一ぺんで夢の内容など忘れてしまった。すこし眠ったせいか、頭の疼きはうすらいでいた。時計を見ると、十時半だった。変だと思い、

「九時半出発ということだったんだが……」

「自動車が故障で修繕しとりなさったもんじゃけん、遅うなったらしかです。部長さんが車の中でお待ちになっとられますけん」

玄関を出て、表通りにいる常用車のところへ行くと、

「結局、車の故障で十時半になってしまった。こんなことなら、ユックリ朝飯を食べるんでしたな。アッハッハッハッ」

と、井手大佐が身をゆすって笑った。

「お早よう。辻君」

安岡金蔵は眼を赤くし、腫れぼったい顔をして、ぶっきらぼうにいった。苦しそうに、鉈豆煙管を噛んでいた。

「すみまっせん。エンジンの調子が悪かったもんですけん、大事な時間ば遅なしまして……」

運転手の野崎一等兵は、ひどく恐縮して、なん度も詫びをいった。修繕するのに手こずったらしく、顔も手も油でまっ黒くよごれていた。

三人を乗せた車は武蔵温泉を後にし、昨夜来た道を逆に福岡に向って走りだした。夜と昼とでは風景もガラリと変る。前夜は暗黒の中に沈んでいたものがすべて白日の下にさらけだされ、凄味がまる

で失せていた。怪火を燃やしていた天拝山も平凡な山であるし、人魂のようだったホタルも見えない。蛙だけは相変らずいろいろな声で鳴いているが、ただ喧しいばかりで、夜のような鬼気を感じさせなかった。美しいのは水田である。しかし、この稔った稲も実は旱魃に悩まされているのであって、都府楼址を過ぎて行った或る部落で、大勢の百姓たちが雨乞いをしていた。数ヵ所に火を焚き、大太鼓をおどろおどろしく打ち鳴らしながら、踊り狂っている。さすれば、前夜の天拝山の火も、部長がいったように、雨乞いであったかも知れない。さらに、三町ほど行ったところでも、さかんに雨乞い祈禱がおこなわれていた。

「農民にとっては、祖国の勝利よりも一滴の雨が欲しいんだ」

と、安岡がいった。

「君はすぐ、そんな主客転倒したことをいうからいかんよ。祖国あっての百姓だ。祖国あっての水田だ。一切は祖国が根本だよ」

「国破れて、山河あり——さ」

農家の座敷の仏壇に、長い岐阜提灯の吊ってあるのが見えた。寺には花や水桶を持って、墓参している人々の姿が望まれた。墓地からは線香の青い煙が方々から立ちのぼっている。赤い振袖姿の女の子の姿も見えた。仏を迎える、いかにも平和な風景だった。

「盂蘭盆《うらぼん》ですね」

と、昌介がいった。

「そうだ」と部長がガクッとうなずいて、「高井多門君はどうしたろう？　高井君は、『決戦お盆の夕』

のプランを立てて、新国劇の名優諸君を呼びに上京したんだ。フフ、辻君、安岡君、皮肉だね。高井君は、閻魔《えんま》の庁に、ルーズベルトを引きだして裁判するラジオ・ドラマを書いて、今日放送するつもりだったんだ。情況次第によっちゃあ、新国劇の辰巳君や島田君が、今ごろ、高井君の演出で猛稽古をやってるという寸法だったね。さしずめ、辰巳が閻魔大王で、島田がルーズベルトというところかね。ハッハッハ。でも、高井君はポツダム宣言受諾のことなど知ってるかしら？」

「知ってますとも。嗅覚は人一倍鋭い方だから……」

「そんなら、もう九州に帰っては来ないかな？」

「あんなことといってら。井手君のお人よしにもあきれるよ。高井君が第一級の役者をつれて来るといって上京したときに、すでに彼はもう帰って来ないつもりだったんだよ。演出は専門だから、彼一流の巧妙な演出をやったんだ。引き際に箔をつけようと思ってね」

　部長は答えなかった。まだ、高井を信用しているようだった。演出と誠実との限界は自分でもわからないのである。

「ま、それはそれとしていいが、敗戦と知って、高井君はどんな心境でいるかしら？」

「ヤレヤレと思っているだろうね」

「虎谷義久君も上京したが……」

「彼は狂信者だから、一人でも革命を決行するかも知れんよ。井手君、君よりも彼の方が教祖的な要素がある」

「しかし、もはや、一切が終りだ」

そういう詠嘆をするとき、井手大佐の浮かべるうすら微笑は、絶望や苦悶とはまるでちがったもので、楽天的で、音楽的なひびきすらあった。一切が終るとき、破局の伴奏をかなでる者に光はないはずであるのに、井手大佐の黒い顔には希望に似たものがあらわれていた。

埃を蹴立てて疾走していた自動車が、急にのろくなった。運転手はしきりにアクセルを踏み、ギヤをかけるが、一向に走ろうとはせず、とうとう停ってしまった。

「また故障かね」

「はあ、どうもエンジンの調子が、……すみまっせん。じき繕《なお》しますけん、ちょっとの間、辛抱してつかあさい」

ヒートして、突端の穴からしきりに白い煙が吹きだしている。一等兵は近くにある民家から、バケツに水を一杯もらって来て、小さい穴から注ぎこんだ。煙は消えた。それから、前部の蓋を開け、修繕にとりかかった。簡単にはいかないらしく、次第に実直らしい兵隊の顔に焦慮のいろがあらわれたが、車は動く様子がなかった。

「早くしてくれよ。正午の重大放送が聞けなくなるから……」

「すみません」

運転手は必死の面持になった。

まったく田圃のまん中であって、必要とする救援機関は近くにはなかった。電話かける場所もない。井手大佐は腕時計を見ながらイライラしはじめた。兵隊をせかせると、もうじきですと、彼も懸命だった。しかし、だんだん望み薄になって来た。車は復旧するアテがないことが判明した。

「部長殿、すみません」

と、もう兵隊は泣き顔だった。

「エンコかね」

「部分品がありまっせんけん、駄目であります」

「なぜ早くいわんのか。弱ったな」

今すぐ走るようになっても、正午の放送に間に合うかどうかわからない時刻になっていた。街道を通る自動車かトラックかを止めて、同乗させてもらう手はあるが、それらの車も少く、また、それで間に合う自信もなかった。とすれば、電車しかないが、この方がさらに遅くて、まず確実に間に合わない。二日市出発のとき、すでに変調だったのだから、別の車にすればよかったと思っても、後の祭だった。

昌介はふと思いついて、

「この辺の農家に、ラジオのある家があるかも知れんですから、探してみましょう」

と、いった。

「そうだな。それしかないね。部員諸君と揃って、重大放送を聞くつもりだったが、今は万止むを得ない。不可抗力だ。部員諸君も心配してるだろうが、電話もないし、ま、許してもらおう。そんなら、三人で手わけして、ラジオのある民家を探しましょう」

旱魃で乾ききった稲穂は、白っぽく埃をかぶっていた。しかし、見わたすかぎり田圃の青さは豊かでみごとである。家はその青い海の中に島のように点々としかなかった。民家の表札を見て、井尻村《いじりむら》であることを知った。
ガ、ガ、ガー、というラジオらしい音が耳に入った。昌介はその一軒家の方へ小走りに行ってみた。道路の角にあるガランとした農家で、誰もいなかった。六畳が二間、それに八畳がつづいているが、間の仕切りが全部とり払われて、二十畳の広間のようになっている。古風な古タンスが一本あるきり。調度の類が何一つ見当らないのは、疎開でもしたのであろうか。ガ、ガー、という音は、中央の六畳の天井からひびいていた。高いところに神棚があって、そこへラジオの機械が据えられ、ローソクが二本ともしてあった。昌介は気づいた。天皇陛下の重大放送を聞くための準備が整えられているのである。この附近では、この家しかラジオがないのであろう。そこで正午が近づくと、近所の農民たちがこの家へ集まって来るのだ。そのために、三間《みま》の仕切りをとって広くしてあるのだ。日ごろ、ラジオを神棚に据えておくはずはないから、天皇陛下が放送するという今日だけ、神棚に置きかえたものにちがいない。そして、燈明をあげたのだ。純朴な田舎の人々としてはそれが自然のやりかたなのだ。チラチラと動いている二本のローソクの明かりは、昌介の眼球に染み透る思いがした。
家人の姿が見えないので、

「ごめん下さい」

と呼んでみた。

すぐに、「はあい」と、台所らしい方角から、嗄《しわが》れた返事が聞えて、もう八十くらいかと思われる、腰の曲った、しかし白髪の美しい上品な老婆があらわれた。ちょっと見ても、髪を結いなおし、一張羅の着物を着ていることがわかった。やはり、天皇の放送を聞くために、特別に服装を正しているのだった。

「どちらさまで？」

「私は西部軍報道部の辻昌介という者ですが、お願いがありますのです」

「どげんことでっしょうか」

昌介は自動車がエンコしたために困惑している旨を手短かに述べた後、

「正午の放送をぜひ聞きたいので、ここでみなさんとごいっしょに聞かせてはいただけないでしょうか」

「ああ、よろしゅうございますとも。こげん狭苦しかとこでよござしたら……」

「三人いるんですが……」

「どうぞ、どうぞ。もうそろそろ村の衆も集まってござらっしゃる時刻です」

他の家を探している部長と安岡とを、昌介は呼びに行った。三人揃って行ってみると、もう五、六人の姿があった。先刻のお婆さんからそのうちの二人を紹介された。紋付羽織を着こんでいる、皺の深い長身の老人が老婆の亭主で、紋付は着ていないが、仙台平の袴をキチンとはいている四十恰好の男が息子だった。この年齢の男子はほとんど壮丁として召集されているのだが、老婆の問わず語りによると、一度ビルマ戦線に出たが、戦傷して帰り、跛《びっこ》を引きながら百姓をしているとのことだった。

八畳の部屋の方に、三人は靴をぬいであがりこんだ。

「破れ団扇ですが……」

と、お婆さんが三本の団扇を持って来てくれた。

次第に、人数が殖えて来た。やはり、若い者は少く、大部分が爺さん婆さんだったが、中に、翼賛壮年団の腕章をした中年男や、妙齢の娘がまじっていた。紋付も数人あり、みんな盛装していた。

まだすこし時間があるので、昌介は靴をはいて、そのあたりを歩いた。目的もなにもなかったが、家の中にいるのに耐えかねたのである。集まって来る人々は、なんの放送があるのか知らない。

「天子さまがラジオにお出になるなんて、前代未聞じゃないか。どげん御放送をなさるとじゃろか」

「そらわからんばってん、天子さまの御声をじかにお聞き出来るなんて、ありがたいこっちゃ。やっぱ、ラジオは文明の利器ばい」

「僕は、天皇陛下が直接、国民に向かって、戦意昂揚の演説をなさるのと思いますね」

「お前ら、もっとシッカリせえ——ちゅうてな?」

「敵は残虐きわまる『ピカドン』をドンドン落しはじめたし、味方のつもりじゃったソ連は日本に宣戦を布告した。頼みとする同盟国のドイツもイタリーも、とっくに降参してしもうた。いわば、日本は世界中を相手にして戦争しよる。文字通り、皇国の興廃この一戦にあり、です。そこで、陛下が一層国民の志気を鼓舞するために……」

「お前ら、もっとシッカリせえ——ちゅうわけじゃな」

と、先刻の男がいった。

別の老人が、

「ばってん、もうこれ以上シッカリしようはなかばい。こう土壇場になって、どげんすりゃよかとや?」

「それがいかんですよ」と、先刻の勇ましい翼壮団員が、「勝利は最後の五分間にあるとです。ねばり、頑張り通した方が勝ちです」

「なんぼ、ねばってみても、『ピカドン』を持って来られちゃあなあ」

「みんな黙って放送ば聞けばよかとじゃ」と、この家の気丈らしい老婆が、「わしらみたいなボンクラより、天子さまの方が百倍も頭がよかとじゃ。こげん土壇場になったって、勝負《かちまけ》をひっくりかえすよか知恵があるとじゃ。それば、天子さまがじきじき国民に教えて下さろうちゅうのにちがわん」

「そうかも知れん」

「ばってん、もう戦争はいやじゃなあ。なんでもよかけん、早よ、かたづいてもらいてえよ。支那事変からじゃあ、もう八年ばい。息子は二人とも戦死してしまうし……」

「今度の陛下の放送で、日本も立ちなおりますよ」

まだ、いろいろと雑談していたが、誰一人、祖国の敗北を知っている者はなかった。オセッカイの好きな井手大佐も、さすがに、今朝の空襲のときのような軽率な行動は取らなかった。正午になれば一切がわかるのである。真実を知っているのに、なにも知らない人々の話を黙って聞いていることが苦痛になって、昌介は立ったのである。

家の裏は狭い庭になっていた。しかし、一坪もあまさず野菜畑にされ、藷《いも》や南瓜《かぼちゃ》や葱《ねぎ》が作られていた。酒が少くなったため、百姓は藷で簡略な酒を作ることが流行していた。藷畑が大半を占めているから、この家でも密造しているかも知れないが、それはわからない。鶏が二、三羽、ヒヨコが四、五羽いて、コ、コ、コ、ピイ、ピイと間断なく鳴きながら、一匹のミミズを親子でつついていた。地面から掘りださされたかなり大きなミミズはのたうちまわりながら、二つにされ、三つにされ、鶏の鋭い嘴に全身をズタズタにされた。そして、一つずつ食べられて行ったが、寸断されたどの部分も、精神を持っているかのように、生きて七転八倒していた。ミミズを飼にして肥え太った鶏は、やがて人間に食われるのである。二羽の鶏は夫婦らしく、一羽が片方の上に襟毛をくわえて乗りかかり、ケ、ケ、ケッと鳴いてから、また、素知らぬ顔で両方に別れた。そのとき、鶏冠《とさか》の色が瞬間に充血して、ほとんど血のように真紅となり、離れてしまうと、また色が薄れてしまうのを、昌介は見た。庭からつづくひろびろとした田圃は、ただ、マメをうえた畦によって仕切られているだけだ。その中に、「へのへのもへさん」の顔をした剽軽な案山子《かかし》が立っていた。いつか、小月飛行隊からの帰り、グラマン機の空襲を受けたときのことが思い出された。列車から飛び降り、小川の土堤に隠れていたとき、敵機の放った機銃弾が、「へのへのもへさん」の案山子にあたって、カーンと頭の徳利が割れた。それを見て、足を打たれて泣いていた中年紳士が発狂してゲラゲラと笑いだした。昌介はそこにいたたまれずに、列車の位置に向かって、危険をおかして逃げだしたのである。どこもかしこも、いたたまれない場所ばかりである。といって、居心地のよい場所など、今はどこにもあるはずはなかった。

「早よ、来いよう」

はるかに遠い田圃の畦道を、四、五人、紋付を着た連中が、日の丸の小旗を持ってやって来る、それに向かって、誰かがどなっているのだった。

鶏小屋の横に、一本の大きな柘榴《ざくろ》の木があった。出来るはしから食糧がわりにしてしまうのか、まだ青い実が五、六個しか見かけられなかった。人間が回想や追憶にふけるときには、末期に来ている証拠だといわれる。老人は若いころの思い出を語るのが好きなものだ。いま、昌介もなにかにつけて意識は過去へ走り勝ちである。未来がないからであろうか。正午の放送を終止符として、過去と現在とが終る。そこから先は真暗だ。したがって、過去が必要以上に拡大されて、華麗な部分となるのか。昌介は、またも、一本の柘榴の木から、思いは遠く徐州戦線へ逆戻りしていた。凄惨な死闘、かぎりない兵隊の忍苦、そして、兵隊であった昌介も、孫圩城《そんうじょう》においてし重囲におちいり、一度は戦死を伝えられた。しかし、九死に一生を得て、さらに徐州へ向かって進撃をつづけたとき、休憩した黄山頭の丘で、美しい柘榴の木を見た。それが不思議に眼と心とに沁みた。しかし、これをゆっくり愛《いと》おしむ時間もなく、さらに進軍が開始された。昌介はこのときの感想を、後に発表した「麦と兵隊」の中に、次のように書いた。

「私は柘榴《ざくろ》の丘に上った。ぢりぢりと真夏の太陽に似た炎熱である。兵隊は柳の下や家の中に入りこんだりして休憩して居る。あちらでもこちらでも地面にアンペラを敷いたり、高粱殻を拡げたりして寝転んで居る。又多くの者は樹蔭に屯して腰を下し、談笑して居る。銃が叉銃《さじゅう》して各所に並んでいる。銃はまっ黒で傷だらけである。それは何度も泥に埋もれ、敵とわたり合い、城壁を攀《よ》じ、雨に打たれたものだからである。しかし、常に兵隊は手入れすることを忘れない。それは恰度《ちょうど》、行軍して来てちょっと一休みして居るという風に見える。それはたった今死闘を終えたばかりで、又、これから死闘へ向って出て行くのだとはどうしても見えないのである。それはいつか中山参謀が、この頃、兵隊の平気な顔を見ると頭が下る気がするよ、と云った、その平気な顔である。私は、ふと、私が孫圩で過した一日のことを思いだしたが、私自身も、私はそれが何か特別な経験であったとは少しも感じないで居ることに気づいた。戦場では特別な経験などというものはありはしない。取り立てて云うほどのことはなにもない。同じような日が同じように過ぎて行くだけだ。上海から、南京から、徐州へ、それからもっと先へ、戦場は果しなく続いて居る。私が孫圩で得た感想が兵隊にとっては毎日連続されている。それは既に何にも感想が無くなってしまっているのだ。それはその感想に負けたのではない。その感想を棄てたのではない。それは乗り越えたのだ。苦労というような生やさしい言葉では尽されないひとつの状態が、最初は兵隊の上を蔽い、次の瞬間には兵隊がその上を乗り越えた。柘榴の丘に私が立って茫然としていると、出発の命令が下ったようである。兵隊が柳の木の下から起き上り、腰を叩いたり、欠伸《あくび》をしたり、伸びをしたりしている。家の中に居たのや、山の上に居たのや、麦畑の方にいたのやが、それぞれ集って来て整列し、銃を取り、やがて、東方に向かって前進しだした。柘榴の丘から私は見て居た。一面の淼々《びょうびょう》たる海のごとき麦畑の中を、遠く、右手の山の麓伝いに行く部隊もある。左の方も蜿蜒《えんえん》と続いて行く。中央も長蛇の列をなして行く。東方の新しき戦場に向って、炎天に灼かれながら、黄塵に包まれながら、進軍して行くのである。私はその風景をたぐいなく美しいと感じた。私はその進軍にもり上ってゆく逞しい力を感じた。脈々と流れ溢れて行く力強い波を感じた。私は全く自分がその荘厳なる脈動の中に居ることを感じたのである。私はこの広漠たる淮北《わいほく》の平原に来て、このすさまじい麦畑に茫然とした。その土にこびりついた生命力の逞しさに駭《おどろ》いた。しかしながらそれは動かざる逞しさである。私は今その麦畑の上を確固たる足どりを以て踏みしめ、蜿蜒と進軍して行く軍隊を眺め、その溢れ立ち、もり上り、殺到してゆく生命力の逞しさに胸衝たれた。私は祖国という言葉が鮮かに私の胸の中に膨れ上って来るのを感じた。それは無論、私が今日突然抱く感懐ではないけれども、特にこの数日、眼のあたりに報告された兵隊のたとえようなき惨苦とともに私の胸の中に、それは、ひとつの思想のごとく、湧いて来た。杭州湾上陸以来、常にそうであったように、今度の徐州戦線でも多くの兵隊が殪《たお》れた。私はそれを眼前に目撃して来た。私も一兵隊である。何時戦死するやも測られぬ身である。しかしながら、戦場に於て、私達は死ぬことを惜しいとは考えないのである。これは不思議な感想である。そんな馬鹿なことはない。命の惜しくない者は誰も居ない。私も人一倍生命が惜しい。生命こそは最も尊きものである。然るに、この戦場に於て、何かしらその尊い生命を容易に棄てさせるものがある。多くの兵隊は、家を持ち、妻を持ち、子を持ち、肉親を持ち、仕事を持っている。しかも、何かしら、この戦場に於て、それらのことごとくを容易に棄てさせるものがある。棄てて悔いさせないものがある。多くの生命が失われた。然も、誰も死んではいない。何にも亡びてはいないのだ。兵隊は、人間の抱く凡庸な思想を乗り越えた。死をも乗り越えた。それは大いなるものに向って脈々と流れ、もり上って行くものであるとともに、それらを押し流すひとつの大いなる高き力に身を委ねることでもある。又、祖国の行く道を祖国とともに行く兵隊の精神でもある。私は弾丸の為にこの支那の土の中に骨を埋むる日が来た時には、何よりも愛する祖国のことを考え、愛する祖国の万歳を声の続く限り絶叫して死にたいと思った。私は、この脈動する荘厳なる波の中に置かれた一粒の泡のごとく、柘榴の丘に立って居た。」

これはまちがっていたであろうか。この文章が書かれたのは昭和十三年、まだ戦勝の景気よい時代であったのだが、それから七年経って、敗色は掩《おお》いがたいとき、柘榴の丘で得た感想はたわいもない戦勝時の一人よがりであったろうか。兵隊の運命へのこのようなうなずきは、末期の症状の中では通用しないであろうか。たしかに、いくらかの文学的誇張があったと思う。しかし、嘘は書かなかったつもりだし、今でも嘘ではないと、昌介は頑迷に考えた。祖国という言葉が、今も全身に熱っぽくひろがって来る。

「辻君、……辻君……」

安岡の声だった。

「はあい」

「早く来んと、はじまるよう」

「すぐ行きます」

あわてて引きかえした。そのときには、三十人近くの人数になっていた。靴をぬいで十畳の間にあがり、井手大佐と安岡金蔵とならんで坐った。

すでに、ラジオのスイッチが入れられてあった。息子が調節がかりである。もう話をする者はなかった。シインとした中に、団扇や扇の音だけがしている。

「……警報を解除いたします。十一時四十二分半、鹿児島へ来りたる敵機は脱去いたしました。警報は尚九州地区だけに出ました。……ここ東部防空情報を申しあげます。久米島附近を北東進した敵数機は、なお行動中ではありますが、間もなく脱去するものと思われます。ただ今、十一時五十六分半であります。これからは情報を送ることが出来ませんから、各自よく注意して下さい」

雑音が入って、ラジオの調子があまりよくないけれども、言葉は大体わかった。JOLKからであるが、明瞭に、若いアナウンサーは異常に興奮して居り、声がふるえていた。

「国民の皆さんに申しあげます。正午から十分間、全国すべての交通機関の停止をいたします。天皇陛下おんみずからの重大放送がございますから、いかなる人も聞いて下さい。各職場、家庭、街頭、あらゆる場所で、襟を正してお聞き願います。受信機のスイッチを入れっぱなしにしておいて下さい。ただ今、十一時五十七分半であります。警報は入れません」

このアナウンスに、一座はいよいよ緊張の度を加えた。

「正午から十分間の放送をお聞きになる国民各位は、いやしくも不敬にわたるごとき態度をもって聞いてはなりません。おそれ謹んで、この放送をお聞き下さいますようにお願いいたします。……こちらは福岡放送局であります。ただ今、十一時五十八分でありますが、二分の後、重大な放送をお送りいたします。十二時から十分間の放送、耳を正して、天皇陛下の大詔渙発をお聞き願います」

興奮してしちくどくくりかえすアナウンサーの声は、もう詰っていて途切れ勝ちだった。このため、さらに、どえらいことらしいという予感が一座の人々をとらえはじめ、柱時計が十二時に近づくと、ほとんどの者が正坐しなおした。

ボーン、ボーン、ボーンと、明治時代の六角時計が、間のびした音を立てて鳴りはじめた。その錆びついたような一つ一つの音が、奇妙な威力を持った呪文でもあるかのように、人々の頭を下げさせた。大部分の者が低く頭をたれて、土下座の恰好をしていた。

さすがに、昌介も胸しめつけられる思いがした。内容がわかっていたので、座の農民たちとはちがっていたが、生まれてはじめて聞く天皇陛下の声がマイクを通して出て来るかと思うと、緊張せずには居られなかった。

しかし、時計が十二打ち終っても、ラジオは沈黙していた。いくらか進んでいたものであろう。天皇の声がとどいて来ることを期待していた人々は、気合抜けしたみたいに、頭をあげた。

「おかしかなあ」

と呟いた者があった。

ところが、間もなく、ラジオが、プ、プ、プと秒を刻みはじめ、ピインと鋭く十二時を報じたので、あわてて、さあっとまた頭を下げた。
ガ、ガ、ガーガ、ガと、異様な雑音がひびきはじめ、ラジオはなにかの声を放送しはじめた。それが天皇の声であったのだが、言葉はすこしも聞きとれなかった。すこしふるえを帯びた、くぐもったような声が、単調なアクセントでつづき、雑音とまじって、嵐の音のようだった。やさしい言葉であったらいくらかわかったであろうが、終戦を告げる大詔は最難解の文章であったため、ここにいる無学な農民たちには一行も理解出来なかったようである。詔書は長く、倦怠を誘うほどだった。
しかし、やがて、陛下が国民を激励する放送ではなく、降伏を告げるものであることは、途中からなんとなく、座の人々にもわかって来た。天皇の声のもの悲しい調子とふるえ、それはラジオを通してでも、聞く者の心に伝わった。誰かが泣きだすと、一座はたちまち狂おしい嗚咽と慟哭との渦に変った。

陛下の次に、総理大臣鈴木貫太郎大将が出て来て、なにか喚きはじめた。

「もう帰りませんか」

と、昌介は部長をうながした。

「そうですね。安岡君、帰ろうか」

「帰りましょう」

三人は、泣いている人たちの家から出た。

そこから三百メートルほど行くと、急行電車の井尻駅があった。

## 第十五章

報道部は混乱を来していた。全体は茫然自失していて、どうしたらよいのかわからないといったのが正直なところであったが、狼狽して騒ぐ者は度を失していた。その第一人者は沼井明である。彼はほとんど狂乱に近いほどのあわてぶりで、朝から、立川中尉を責め立てていた。

「即刻、この報道部を解散しなくちゃならん。敗戦となれば、もはや存在価値はないし、なすべき任務もない。僕ら全力を傾注して滅私奉公したけれども、今はなにをかいわんやだ。この上はただちに報道部を解散し、敵にこんな組織が存在していたことを隠蔽し尽さなくちゃならん。証拠書類は全部焼却して、報道部の痕跡を湮滅《いんめつ》してしまうんだ。占領軍が上陸して来ないうちに迅速にやる必要がある」

「わかっています。しかし、部長殿が不在ではどうにもなりません」

「こんな大事な時に、どこをウロウロしてるんだ?」

「十時半に、武蔵温泉を常用車で出られたまでは判明して居りますのですが、それから先がわからんのです。十時半ならとっくにここへ着かなくちゃならんはずですから、途中で車がエンコしたのかも知れません」

「祖国興廃の時期に、温泉などに浸ってるとは何事だ？　朝帰りなのか」

「いえ、昨夜、軍司令官閣下にお会いするために参りましたのです」

「とにかく、僕は東京へ帰る。立川君、すぐ切符の手配をしてくれたまえ。旅費、給与、退職手当、等の計算もしてもらいたい」

「部長がお帰りになるまで待って下さい」

「切符の手配くらいが、独断で出来ないのか」

「切符よりも、そういうことをしてよろしいか、どうか？……」

「いいも悪いもあるもんか。当然の措置じゃないか」

赤根一郎も、まったく、沼井明に同調していた。日ごろ、犬猿の仲であったのに、今日は完全な協力者となって、しつこく、ガミガミと、立川副官や、庶務将校に食ってかかった。二人は今にも占領軍がやって来て、逮捕されでもするかのような強迫観念にとらわれていて、血相さえ変っていた。沼井などは歯の根も合っていなかった。

昏迷した表情で、グッタリとデスクに腰かけている部員たちに向かって、赤根一郎は、

「諸君、ただちに報道部を解散すべきと思うが、如何」

と、演説した。

「賛成、賛成、賛成、賛成、賛成」

と叫ぶ者があった。谷木順だった。空襲恐怖症の彼は、敗戦にまったく空襲と同じショックを受け

ていた。さっきから落ちつかず、なにかわからぬことを、ギャーギャーと、アヒルのような声で喚きながら、右往左往していた。例のリュックサックをかついでいた。

「馬鹿たれ。じっとしとれ」

笠健吉が腕をつかまえて、無理矢理、坐らせた。

赤根や沼井と同じ考えの者は多かった。「東京組」が大部分であったが、「九州組」の中にも動揺している者があった。

赤根一郎が、なおも、部長の存在の有無にかかわらず、今ここで解散を決議すべきであると、鋭い陰険な眸をぎらつかせながら力説していると、後方から、

「大野九郎兵衛をぶち斬れ」

と、誰かが絶叫した。

「誰だ?」

「おれだ。伏見竹二だ」

「僕の意見に不賛成なのか」

「卑怯者」

「なにが卑怯者だ?」

「命が惜しいのなら、人を誘わずに、一人で逃げだしたらいいじゃないか」

「君たちを救ってやろうと考えて、親切でいってるんだ」

「ハッハハッ、そんなごまかしは通らねえよ。ツベコベいわずに、トットと、一人で東京へ帰れ。

さもないと、ぶった斬るぞ」

「斬る？　面白い。斬れ。斬ってもらおう」

「まあ、まあ」

いきり立って二人が飛びかかろうとするのを、部員たちが止めた。

伏見竹二は、高井多門の古い友達で、浅草オペラ時代からの尖端ボーイだった。そして、映画監督時代には、「貂与太助《むじなよたすけ》」の芸名を使っていた。不良少年仲間の顔役で、「与太者《よたもん》」という言葉は、自分から出たのだといっていた。細面で、身体もほっそりしているが、精悍で、雄弁な理論家だった。赤根一郎を大野九郎兵衛と呼んだのは、報道部を「忠臣蔵」の一場面に見立てたわけであろう。籠城か、明け渡しか。どこか似ているところがなくもなかった。しかし、大石内蔵助役の報道部長がいないために、城内の激論は沸騰するばかりで、結論は出なかった。

階段にあわただしい足音が聞えた。井手大佐を先登に、安岡金蔵、辻昌介が講堂内に入って来た。しかし、部長はものもいわず、一人、部員たちの横をスタスタと大股に通りすぎ、部長室に入って見えなくなった。立川中尉が後につづいた。沼井明が追っかけて入って行ったが、すぐに、ブツブツいいながら出て来た。追い返されたらしかった。

立川中尉が出て来た。

「みなさん、部長殿からお話があります。整列して下さい」

部員たちが列ぶと、秘書の小島洋子が部長を呼びに行った。洋子は泣きはらして、眼を真赤にしていた。

部長室からあらわれた井手大佐は、威厳を帯びて、静かに、部員たちの前にやってきた。

「気をつけエッ」

立川中尉の号令は怒っているようにすさまじく、ひろい講堂がワンワンと鳴りひびくようだった。

「部長殿に敬礼、頭《かしら》ア、中《なか》。……なおれ。……部長殿、揃いました」

「宣伝中隊も来ているな？」

「参って居ります。……木股中尉、人員は？」

「病人以外は揃って居ります」

と宣伝中隊長が答えた。

「よろしい。休め」

井手大佐は、軍刀を床について、ちょっと考えるようにした。まだ前夜の酔いが残っているように、顔が赤く、眼は充血していた。しかし、落ちつきを取り戻していて、面長の気品のある顔に、独特のうすら微笑をたたえていた。つぐんだ口を心持とがらせ、眼をパチパチさせた。得意のときにいつもやる癖なのだが、今日が得意であるはずはなかった。敗戦と決まれば、もはや大佐の肩章も権威を失って見える。しかし、部長の態度にはなにかに満ち足りているようなものがあって、それはたしかに部員たちの気分を静めるのに力があった。

サイレンが鳴りだした。敵機がやって来た知らせではあったが、すでに戦争は終結しているのであるから、空襲の危険はなかった。偵察か、空中写真の撮影かであろう。爆音が近づいて来たが、もう恐れる者はなかった。屋上の西日本新聞特報の有名なアナウンスも、もうとどろかなかった。

敵機の爆音に耳をすますようにしていた井手大佐は、邪魔にならない程度に遠ざかるのを待ってから、

「諸君、夢か、現《うつつ》か、……」

と、ポツンといったきり、黙りこんだ。つづけていうつもりだったのに、胸が迫って言葉が詰ったらしかった。入れ歯の口をモグモグさせていた部長の眼から、ポロポロと涙が落ちた。ハンカチをとり出して、それを拭ったが、後をつづける言葉がどうしても出ないらしく、照れたような、恥じたような、悲しいような微笑をたたえて、ただ、じっと、床の一点を見つめていた。

部員たちの列の中から嗚咽が起った。はげしく声を出して泣く者もあった。筆生たちの泣き声が次第に高くなり、男の声とまじって、講堂内の空気をふるわせた。立っていることが出来なくなった小島洋子が、床の上を這いずりまわるようにして泣きくずれた。しかし、もとより、終戦にホッとしていた者も少くなく、泣いたりする者を嘲笑っている者もあった。

日ごろの雄弁家はどこかへ行ってしまい、井手大佐は、とぎれとぎれに、

「もはや、すべて終りました。しかし、諸君はよくやって下さいました。お礼を申します。結成以来、ほとんど仕事らしい仕事もしないうちに、終戦を迎えてしまいましたが、決して無意義ではなかったと思います。報道部自体の処理と、諸君の身のふりかたについては、万全を期したいと考えて居ります。可及的すみやかに、報道部を解散したい所存ではありますが、なお任務も残って居りますし、いずれ軍首脳部の指示を仰ぎ、具体的にすすめたいと考えて居ります。諸君、御苦労さまでした」

部長は、これだけをいうのに、いく度も言葉がとぎれ、涙をぬぐった。

隊列の嗚咽と泣き声とは、高くなったり低くなったりした。

昌介は、結成以来見て来た井手大佐のうちで、今の部長がもっとも平凡で、純粋で、信用出来ると思った。死さえも虚栄で飾る人間でも、虚飾をまといきれない感動の瞬間があるものだが、井手大佐が今そんな清冽な悲しみの中にいると思った。

部長にいわれて、辻昌介も部員代表として挨拶した。彼も言葉がとぎれ、多くを語ることが出来なかった。多くを語る気持もなかった。

「われわれの力がおよばずして、いや、力が足らなかったために、遂に祖国は敗北しました。敗戦の結果、どうなるものかわかりません。諸君のたどる運命もまちまちでしょう。しかし、この期におよんで見苦しいまねをしないようにしましょう。いさぎよく、男らしく、この運命に服し、終りを全うしましょう。どうぞ、皆さん、お元気で」

ただ、それだけをいった。このとき、すでに、昌介の胸の中に、自分一人が犠牲になる決意が固められていた。


後になってわかったことであるが、この朝、B29搭乗員の三度目の処刑がおこなわれていた。先の二回は、空襲の報復の意味を持っていたが、今度のはまったく先の二回の処刑を隠蔽することが唯一の目的であった。敵機搭乗員収容所には十四名が残っていた。もしこの搭乗員が釈放された場合、嘗て収容されていた米兵の人数や名前、引きだされて行った日時などを喋舌《しゃべ》るとすれば、かならずその行方を追及され、処刑したことがばれる。これを隠蔽するためには、残っている十四名を処刑する他はないとされた。この首唱の急先鋒は、航空参謀瀬戸大佐であった。

反対する幕僚もあった。

「絶対に、ばれはせん」

「いくら隠したって、露見する」

この二つの意見がはげしく対立した。しかし、参謀副長が処刑説を支持し、なお他にも有力参謀が賛同したので、結局、処刑派が勝を占めた。前の米兵をも処刑した瀬戸大佐は、どのみち責任を問われる立場にある。毒を食らわば皿までという気持もあったらしい。

十四名のアメリカ兵の断罪は、油山《あぶらやま》の処刑場でおこなわれた。

報道部に常用車を飛ばして来た瀬戸大佐は、

「おい、立川、また、お前に斬らせてやるぞ。愚図々々せずに車に乗れ。早く行かんと間に合わなくなる。大急ぎで、支度しろ」

そして、立川副官と同時に、筆生の小島洋子をも否応なく、車に乗せたのである。井手大佐がいたならば、そんなことはさせなかったかも知れないが、前日から武蔵温泉に行って留守だった。瀬戸大佐は部員たちの思惑など頓着しなかった。

準備を終って待っていた処刑場の係官たちは、瀬戸参謀の車から、若く美しい女性が降りて来るのを見て、さすがに、いやな顔をした。同時に、お下げにしたあどけない筆生が、なんのために死刑見物に来たのか、不思議そうな表情を示した。

目かくしされた米兵たちは、次々に命を断たれた。はじめは半弓の威力実験などをやったけれども、標的に一矢も当らず不成功に終ったので、得意の斬首に変ったのである。
瀬戸大佐のかたわらに立って見ていた小島洋子は、さすがに、四、五人の処刑を見ただけで貧血をおこし、瀬戸参謀の腕にもたれかかって失神した。

混乱はいたるところで起っていた。西部軍司令部の中にも、断乎として継戦を唱える参謀がいたり、クーデターを計画した青年将校が蹶起《けっき》を企てたりした。終戦を肯《がえ》んぜず、玉砕を呼号する県知事もいた。熊本や宮崎に駐留していた精鋭を謳われる部隊はあくまで抗戦を主張し、鹿屋《かのや》の特攻基地でも、特攻機に乗った若い飛行士たちが、「我等は最後まで米英撃滅に邁進する」というビラを全九州にばらまいた。中央では、鈴木内閣総辞職、陸軍大臣阿南大将が割腹自殺を遂げると、これにしたがって自決する軍人も多かった。宮城前の広場で自刃《じじん》した志士たちもあった。復員がはじまらないのに、陣地を捨てて行く兵隊もあり、婦女子は敵軍上陸の報に怯えはじめた。しかし、井手大佐たちの計画した九州革命の兆候は、なにひとつ見られなかった。

宿舎「川島ホテル」の夜は、森閑《しんかん》としていた。さすがに、いつものように、麻雀をしたり、花札を操ったり、酒を飲んだりはせず、息を呑むようにして、各自の部屋に閉じこもっていた。女に戯れる者もなかった。二、三人、仲間が誰かの部屋に集まっても、真剣な面持で、ヒソヒソと話しあっているだけだった。

すでに空《から》になっている部屋もあった。高井多門、虎谷義久の二部屋は十日ほど前から空《あ》いていたが、今日はたちまち十部屋ほども無人になってしまった。沼井明、赤根一郎の二人が強引に井手大佐を説き伏せ、東京行の切符を手配させた。この節、切符を手に入れることは容易でなく、軍の特詮でもそう何枚もを急に得ることは困難だったのに、沼井と赤根とは部長にへばりつくようにして都合させ、退散してしまったのである。これに引きずられるようにして、あと七、八人の部員が逃げだしてしまった。

「土壇場になると人間がわかるのう。信用の出来る人間と出来ん人間とが、今ハッキリ見わけられるわい」

と、笠健吉も苦笑していた。

辻昌介は、二人の客を送りだした後、部屋の電燈を消して、暗黒の中にうずくまっていた。

客の一人は宣伝中隊の南島伍長で、彼はわざわざ経理学校から、昌介に勧告にやって来たのである。

「辻さん、あんた、逃げた方がいいと思うな。占領軍が来たら、逮捕されて投獄されるのは眼に見えとる。ひょっとしたら銃殺か、絞首刑になるかも知れん。馬鹿らしいですよ。僕の郷里が佐賀の田舎の山奥だから、そこへ潜伏しませんか」

心の底から心配してくれていることがわかるので、昌介は感謝したが、

「ええんです。ここにいます」

と答えて、なおも逃亡をすすめる南島に帰ってもらった。

二人目の客は安岡金蔵であるが、残っていた日本酒を飲みながら、十分ほどなんでもない話をしただけだった。

「安岡さんは落ちついてますね」

と、昌介が笑っていうと、

「東京に帰ったってしようがない。どうせ帰れるんだから、あわてることはない。沼井、赤根なんて、奴等は劣等漢だね。人間の屑だよ。笑わせるよ。僕は、しかし、まあ、今度、井手君に誘われて九州へ来たことを、よかったと思っていますよ。なにもかもオジャンになったし、戦争も、歴史も、思想も、人間も信じられなくなったけれども、友情だけを得ましたよ。これだけでたくさんだ。辻君、仲よくしよう」

「こちらこそ」

酒好きで感傷的な憲法学者は、ひどく思いをこめて、昌介の手を握りしめて出て行った。

昌介は扉に鍵をかけた。電燈を消した。軍刀をとりだし、鞘を払った。部屋の中は暗いが、外部からのかすかな明かりで、刀身が鋭く光る。赤紙が来たとき、父がくれた助広《すけひろ》である。この刀を持って、中国戦線にも、太平洋戦争にも行った。鞘の革はいく度も取りかえたけれども、柄《つか》には、八年間の戦場の土と汗とが染みついている。しかし、一度も人は斬らなかった。八年の長い戦いの果ての今夜である。昌介は刀の切先を腹に当ててみた。チクリと痛く、かすり傷が出来て、うすく血が出た。そのまま突き刺せば、なんでもなく死ねそうな気がした。自分は一体、なにものであろうか。恐らく一人の馬鹿なのであろう。死ぬ価値があるだろうか。ただ祖国の勝利を願って、がむしゃらにやって来た。戦意昂揚とか、宣伝煽動とかに、ありたけの力を傾けた。そんなら、勝利を信じていたのか。それで勝利が得られると考えていたのか。他人から、「この戦争、どうなりますか」と聞かれると、「最後まで頑張れば、道は開けます」などといった。正直いって、敗色が濃くなって来ると、普通の勝利を得られる自信はなくなっていた。しかし、敗北するとも考えていなかった。敵味方、どちらもヘトヘトになり、もう戦争はやめようということくらいになるだろうと思っていた。それでもよいと思っていた。馬鹿だ。ただ負けたくないという痩せ我慢、負ければ破滅となり、命がないという恐れからの妄動――そうだ。妄動していたのだ。しかし、祖国のために命を捨ててもかまわないという覚悟だけは出来ていたつもりだった。取り柄があるとすれば、それだけといえようか。しかし、それすらも無価値な妄想であったかも知れない。虚妄にも命を賭けることはあるし、過誤にも誠実と魂とを捧げることはある。愚劣への壮烈な献身もある。しかし、賢者の巧妙な処世術や、みごとな日和見主義にも嫌悪を感じるとすれば、審判ははたして誰がくだすのだろうか。昌介は、嘗て、インパール作戦に従軍したときのことを思いだした。悽惨をきわめた地獄の戦場であった。不利な戦況の中で、玉砕と全滅とが相ついだ。海抜一万フィートを超える山岳がつらなっているチン丘陵《ヒルス》は死のジャングルとなり、原野は白骨街道と化した。しかも、瀬川軍司令官は日夜攻撃命令をくだし、屍の上に屍を積み重ねた。ティディムの屯営で、軍司令官に会ったとき、この名将と謳われた中将は、狂信者的な眼をぎらつかせ、昂然としていった。

「自分の全責任において、この作戦を決行したんだ。成功を信じているが、万が一、失敗したならば、この瀬川が立派に割腹してお詫びする」

それを聞いて、昌介はゾッとした。戦慄がしばらく止まらなかった。数十万の兵隊を殺す無謀作戦をしておいて、負けたら自分一人が死ねばすむというのか。その軍人のエゴイズムはいたるところにあって、罪と責任とをごまかして来たのである。死の巨大さによってカムフラージュされるさらに巨大なもの、死を罪悪とする人間の責任、そこにある人間の煉獄を求むべきではないだろうか。自分は軍司令官ではない。柘榴《ざくろ》の丘に立ったとき自覚したように、単に、兵隊の隊列の中に置かれた一粒の泡なのだ。一粒の泡にすぎないのだ。死ぬ価値などはない。しかし、報道部内にあっては、ささやかな責任がある。今、死ぬべきではない。死ぬことはいつでも出来る。また、それよりも、生きていて見きわめねばならぬことがある。敗戦を契機とする革命の中における歴史と人間とのありかたを。昌介は混乱しながら、振子のように、生と死との観念の間を彷徨し、喘ぐようにして生へたどりつく。するとふいに、疎開している妻美絵や、三人の子供の顔が浮かんで来て、心の底の別の方角から、死ぬな、死ぬな、絶対に死んではならぬという声が聞えて来る。さまざまの想念がどっと襲いかかり、それを整理する力はなかった。こんぐらがる自分の心境を分析する余裕もなかった。恐らく、敗北というショックに正常な神経は失われているのだろう。これから先、どうなるかわからない。生きたくても殺されるかも知れない。しかし、破滅なれば破滅でもよい。暗愚の果の破滅は、魚が水を得たように、性に合っているではないか。不気味な不安の中で、なにかわからないものを待つのは耐えがたいが、これに耐えねばならぬ。そして、昌介は刀を鞘におさめて、はじめて電燈をつけたのであった。

騒ぎは深夜になってからおこった。風もないのに、ホテルの庭の竹藪《たけやぶ》がざわめきはじめ、中から呻くような叫びが聞えた。

「うッ、糞うッ」

「畜生ッ」

パサッ、パサッと、竹が鳴り、藪の中で誰かが狂ったように暴れていた。一人ではなく、数人が刀をふるって、竹を伐っているのだった。そんな水気のないところにもホタルがいるのか、蚊とともに追いたてられて、藪からキラキラと明滅しながら逃げ散って行く。敗戦の鬱憤をそんなことで晴らしているものらしかったが、数百本の細い竹が次々に伐りたおされた。

「なにやっとるんじゃ。馬鹿な真似はやめれ」

と、二階の部屋から降りて行った笠健吉が、暗黒の藪の中に向かってどなった。誰なのかわからない。暗い場所に二つの黒い影がのたうちまわるように刀をふりまわし、その刀だけが部屋からのうすら明かりに、ときどき白く光る。軍刀は各自が所持していた。報道部結成の際、白紙の徴用令書に「日本刀持参の事」という一項目があったからである。嘱託の身分待遇は別として小銃もピストルも持たない軍属たちは、敵と白兵戦を演じる場合には、軍刀を用いることになっていた。剣術を知っている者は少かったが、軍刀が唯一の護身用の武器だったのだ。その軍刀でヤケ糞になって孟宗竹をぶった伐っているのである。敗戦のショックでしばらくは逼塞《ひっそく》していたのに、朝鮮マッカリでも飲んでいるうちに爆発したものにちがいない。竹をたたき伐ってみたところではじまらないという思慮よりも、激越な悲壮感の方がこの場合には打ってつけなので、彼等の奇矯な行動に共感して見ている部員たちも多かったのであった。その証拠には、二階の窓から眺めていた沖縄詩人の志波春哲《しばしゅんてつ》などは、

「もっとぶち切れ。竹藪も、木も、馬もたたッ切ってしまえ。チバイミソーレ、チバイミソーレ」

と、興奮して応援していた。チバイミソーレは頑張れという琉球語である。

竹藪の中から飛びだして来た一匹の白猫が、厩舎《うまや》の角に頭をぶっつけてたおれた。そのまま動かなくなった。血だらけになっていた。突然おこった深夜の騒ぎにおどろいて、馬車馬がしきりにゴトゴトと板を蹴り、ブルルブルルと鼻を鳴らしていた。

「誰じゃ？　出て来い」

と、笠健吉はいらだたしげに叫んだ。暴れていたのは伏見竹二と谷木順との二人だったのだが、強度の近視の笠には、まだ何者か見きわめがつかない模様だった。

ところが、笠の制止もきかず、なおも竹を伐っていた壮漢たちが、突然、静まった。竹藪と厩舎との間にある一本の柳の木の枝に、人間がぶら下がっているのを発見したのである。

「首つりじゃ。首つりじゃ。……首つりじゃあア……」

アヒルのような声で、ギャアギャアいいながら、谷木順はそこへへたばってしまった。

それを聞いて、辻昌介も部屋を出た。

部員たちが続々と、庭に集まって来た。支配人の結城五助、馬車曳きの岡崎新造、「ヒラメ」の安田絹子をはじめとする三人の女中も来て、もの恐ろしげに、縊死体を見た。

「江川清一じゃよ」

と、笠が息を呑むようにして、昌介にいった。

抜刀している伏見竹二は、汗みどろになってはげしく息をしながら、

「江川君は、やっぱり日本人だったなあ」

と、感動するようにいった。

「おれも死んでしまいたいよ」

と、地面に坐りこんだまま、谷木がこれも汗で顔をギタギタ光らせながら、喘ぐようにいった。

「江川君にくらべたら、逃げだして行った沼井や赤根は人非人だ。いや、日本人の面よごしだ。高井多門だって、虎谷義久だって、うまいことこじつけて逃げてしまいやがった。江川君は立派だ」

そういう伏見は、自分たちの行動も日本人として褒《ほ》むべきであるかのように、昂然としていた。大勢に目撃され是認されたことに、英雄的満足を覚えているらしかった。日本人なら誰でもこうすべきであるといっているかのようでもあった。

昌介は異様な昏迷におちいった。さっき、腹に軍刀をあてた後、思いとどまったばかりであったので、打ちのめされた思いがした。自分が拒否した死を、江川清一が果敢に実践している。自分は卑怯者であったのか。それにしてもわからないのは江川の死だった。もっとも狡猾で、陰険なところがあり、夜毎に酒を飲み、マージャンをやり、女中たちとふざけて、仲間たちから顰蹙《ひんしゅく》されていた。まじめな山中精三郎などはいく度、江川と衝突して、「それでも君は日本人か」とどなったことがあったか知れない。生活にあぶれ、無理矢理、昌介に頼みこんで、報道部入りをしたのであるから、敗北と同時に、沼井明や赤根一郎と同様、逃げだしていてもみんなが当然だと思ったであろう。部員のうちでも優秀とはいえなかった。その江川がなんで死んだのか。割腹自殺した陸軍大臣阿南大将と同じ心境にあったのか。殉国の精神からか。敗北の恐怖のためか。神経衰弱になって発狂でもしたのか。それとも別の原因があったのか。遺言がないので、なにもわからない。遺書があったところで、粉飾があればかえって真相はぼやけるのである。わかっているのは、ただ江川清一が首を吊って自殺したという厳たる事実だけだ。しかも、これが普段なら、金に詰ったとか、女との三角関係に悩んだとかいう江川らしい原因が考えられるのだが、祖国敗戦の当夜なので、意味はなかなか複雑といわなければならなかった。しかし、昌介には、伏見竹二が感歎するように、江川の死を立派とも、江川が立派な日本人であったとも、考えることが出来なかった。友人の死を悼む気持はあっても、この狡猾無類の男の死が祖国や歴史につながっている荘厳なものとはどうしても考えられなかった。しかし、江川清一は祖国の敗北に対する純粋な悲しみのために死んだのかも知れない。全然あり得ないことではない。人間は生きる意味もつかみ得ないままに生きているのと同様、死ぬ意味もつかみ得ないままに死ぬこともあるのだ。そうすれば、生前の卑劣さは忘れて、素直に死のみを美しく考えてやった方がよいであろう。なん度もそう思ってみた。にもかかわらず、昌介にはなんとしても江川清一の死をうけがうことが出来ず、むしろ、反撥を感じて、腹立たしくさえなって来るのだった。死の償い、死の虚栄、そして、死の卑怯。死ぬことの方がやさしいのだ。昌介は顔前に友人の屍骸を見ていながら、日ごろの感傷的な気質に似ず、涙が出て来ないことを不思議に思った。謎の死によって、死んでまでも仲間を困らせる江川清一へ、奇妙な憤《いきどお》ろしささえ感じたのである。暗くてよくわからないけれど、樹間にぶら下がっている江川の青ざめた顔が、ヘラヘラと笑っているような気がした。

群衆の中から、すすり泣きの声がおこった。やがてそれははげしい嗚咽に変った。安田絹子だった。彼女の泣き声も、人々に奇異な感をあたえた。死に対する純粋の悲しみが、日ごろの言動、祖国の敗北、恐ろしい歴史の瞬間、そして、なにかわけがわからないが、巨大な変化と革命とがおこりつつあるという漠然とした自覚の不安の中で、たしかに歪《いびつ》にされていた。死ぬはずのない人間が死に、泣くはずのない人間が泣くことへの戸まどいでもあった。

「辻君、『ヒラメ』の奴、江川と関係があったんだよ」

背後にいた細谷俊が耳元でささやいた。

しかし、昌介は聞えないふりをしていた。「ヒラメ」が泣いている真の原因はそんなことではないと思っていたし、それをここで細谷に話すのは適当でないと考えたからである。

「みんな、江川清一を見ならえ。えエイ糞ッ」

そう叫んだ伏見竹二は、ふたたび、刀をふるって、近くの竹をバサッと伐った。そういう野蛮な行動が今夜は異様にかがやかしく見えるのだった。竹藪からホタルが光の粉のように散った。


江川の部屋で、通夜がおこなわれた。寝棺に入れて、ベッドの上に安置された。形ばかりの祭壇が設けられて、線香が煙っていた。江川の郷里は門司だが、縁者は細君と一人の子供だけだった。深夜であるし、電報を打ったところで死に目にあえるわけではないし、笠健吉の意見で、知らせるのは明朝にした方がよいということになった。もっとも江川は放埒で、妻子には苦労のさせ通し、江川の収入はあてにならないので、細君の千代は門司鉄道局の女事務員として働いていた。

僧侶が帰った後、七、八人の仲間が通夜をしたが、伏見竹二はまだ興奮していて、

「江川君は、戦死としてのあつかいをしなくちゃならん。報道部葬をいとなむ価値があるよ」

と力説した。

安岡金蔵が苦笑して、

「戦争に敗けたのに、戦死も糞もないさ。報道部葬なんてものも意味ないよ」

「そうじゃないよ。人間の精神や、日本人としての資格は勝敗の如何に関係はない。勝敗は現象さ。人間の価値は現象の底にあるんだ」

「それはわかってるけど、今さら報道部葬なんて仰山《ぎょうさん》たらしいことはやらない方がいいと思うな。それに、もう、報道部もあってなきがごときものだ」

「とんでもない。正式に解散するまでは厳として存在しているのだ。日本の憲法だって、アメリカ軍が占領すればすっかり変るだろうが、それまではやはり日本憲法にしたがわなくちゃならん。憲法先生、いかがですか」

「伏見君は理論家だが、いささか屁理屈の気味があるね。たしかにアメリカの占領によって日本の憲法は根本的に改正されて、文字通り、革命がおこるだろう。今から予測はつかんけれども、日本にこれまでなかったような大革命が来ることは否定出来ない。それはポツダム宣言の全文を静かに読めばわかる。国体の護持という点だけを除いて、全面的降伏をしたわけだから、アメリカ軍の進駐とともに、ポツダム宣言によって指示された条項が一つ一つ実現されるんだ。大変なことだよ。日本は本州、北海道、四国、九州の四つの島に閉じこめられ、軍閥も財閥も一切なくなって、戦争犯罪人の摘発がはじまる。民主主義が新しい日本憲法の根幹になる。日本は、……これは歴史家によっていろいろ意見がちがうけれども、……これまでに二つの大きな革命を経験した。第一は、仏教の伝来による精神文化の革命、第二は明治維新だ。明治革命の意義の大きさは、僕が諸君のような物識りに説明するまでもあるまい。しかし明治維新は軍国主義をつちかう結果になって、いわば、今度の大東亜戦争の敗戦を招いたんだ。だから、第三の日本革命である今度の革命の意義はこれまでの二つの革命のどれよりも大きい。今からわれわれはそれに処する強い覚悟を決めていなくちゃならん。だが、伏見君、それと江川清一君を戦死としてあつかうということはまるで関係がないよ。第一、戦死でなんかありはしない。僕は彼の死をいたずらに神聖化することは避けたいね。ただ黙って死を悼み、冥福を祈ればそれでいいと思う」

「僕もそう思う」

と、笠健吉がいった。

「諸君は生命に対する尊崇の念が足りないよ。命というものはそう簡単に捨てられるもんじゃない。なんといっても、江川君はあっぱれだよ」

伏見は不服そうにそんなことをいったが、戦死と報道部葬については、それ以上に拘泥しなかった。昌介はなぜか口をきく気がおこらず、いろいろ勝手なことをいいあう仲間たちの雑談にも加わらなかった。片隅で、新聞を読んでいた。今日の新聞は午後になって配達された。正午の重大放送の前に、戦争終結の詔書が掲載されている新聞が国民の手に渡ってはならないからだった。井尻の農家で聞いた天皇の放送の全文をはじめて知った。あのときはただガーガーいって、まるでわからなかったが、活字になると一切が明瞭だった。新聞の見出しには「新爆弾の惨害に大御心、帝国、四国宣言を受諾、畏し、万世の為太平を開く」「国の焦土化忍びず、御前会議に畏き御言葉」「国体護持に邁進、親政厳たり随順し奉る」「一億相哭の秋」「再生の道は苛烈、決死、大試練に打克たん」「必ず国威を恢弘《かいこう》、聖断下る途は一つ、信義を世界に失ふ勿れ」「胸灼く痛憤、堪へ抜かん苦難の道」などという悲痛な、あるいは激越な文字がならんでいた。その片隅には、八月十三日、わが航空部隊が鹿児島東方二十五海里の海上において、航空母艦四隻を基幹とする敵機動部隊の一群を捕捉攻撃し、空母および巡洋艦各一隻を大破炎上せしめたという、八月十四日付の大本営発表が掲載されていた。「佳木斯《ジャムス》で激戦展開」と、満州方面の戦況も出ている。二重橋の写真があった。そうかと思うと、最下段には、疲労回復剤の薬や、ドイツ語通信講座、易断、住宅地などの広告が出ていた。そのころ、新聞は半ペラ二ページの貧弱なものになっていた。昌介は新聞の隅から隅まで読みつくしたが、これから先どうなるのか、どうしたらよいのか、その見通しをつかむことが出来なかった。「再生の道は苛烈」という記事を読んでも、再生の道がはたしてあるのかという絶望的な気持が先に来る。昌介に考えられるのはただ破滅だけだった。しかし、その破滅がどんな形でいつ来るかはわからない。それを待つのは耐えがたく息が詰まるようだが、もはやこれを恐れることはやめようと思った。そう考えると、この苦難のときに、なんの苦しみもなく、棺の中に横たわっている江川清一がまたも腹立たしくなって来るのだった。戦争中は死を恐れないのが男性的であったのだが、敗戦後は生きることを恐れないのが男性的のように思われる。死と生とのこの転換も革命のひとつの結び目ではあるまいか。死人の方が十倍も安らかであることを思えば、生きる方がはるかに苦しい地獄だ。

午前三時ごろまでいて、みんな各自の部屋に引きあげた。

そのあとになって、江川の部屋に怪異がおこった。真暗で誰もいないはずなのに、うごめく黒い影が見え、話し声がしたというのである。「川島ホテル」は化物屋敷の異名があったのだが、これがほんとうとすれば実際にその名にそむかなかったことになる。お化けが出たと主張するのは馬車曳きの岡崎新造で、あたかも彼の家から江川の部屋が真正面に当っていた。

「あっしあ文明人ですけん、幽霊なんて信じねえ方ですよ。ばってん、たしかにあっしがこの眼で見たんです。こっちも電気を消して、壁の隙間からよくよく確かめました。たしかに、誰かがいました。江川さんが棺から出て来たのか、別の者がいたのか、それはわかりまっせん。話し声も聞えましたばい」

朝になって、そんな報告をする精悍な馬車曳きの顔には、しかし、恐怖よりも奇妙な淫らさがただよっていた。

彼はその淫らな疑惑を、明らさまに早朝の台所で、安田絹子にぶちまけた。

「お絹さん、お前さん、江川さんの屍骸となんぞしはせんじゃったかい」

そのいやらしいゲラゲラ笑いは、絹子を激怒させた。彼女は「ヒラメ」といわれた顔を赤インクのように紅潮させると、狐のように眼をつりあげ、

「事もあろうに、そんな恐ろしい濡衣を着せるなんて……」

と、手に持っていた水柄杓を、力まかせに、岡崎の横面にたたきつけた。そのはげしい怒りの動作はたしかに彼女の潔白を証明しているように思われた。絹子が大変な助平女で、誰とでも関係していたというのも、宿舎内の秩序が乱れていたためのデマで、彼女は岡崎から口説かれたのを肱鉄《ひじてつ》食わせたこともあったようである。不意打ちを食った馬車曳きは、はげしくよろめいたが、自分の方に引け目があったのか、

「お前さんみたいな女子《おなご》を女房にした奴は、一代の不作たい」

と、憎まれ口をたたいただけで、厩舎の方に引きあげて行った。頬から血がにじみ出ていた。

# 第十六章

暗いうちから、潮騒《しおさい》のようなざわめきが街を埋めた。「川島ホテル」の前を大勢の人間が駅の方角へ向かって雪崩《なだ》れて行った。その群衆の列の中には人力車、荷車、自転車、リヤカー、馬車、牛車などがまじり、人々は積めるだけの荷物をそれらに積んでいた。車のない者は大きなリュックサックをかつぎ、手に風呂敷やバケツなどをぶら下げていた。赤ん坊を負い、子供の手を引いている者も多かった。避難民の大部分は婦女子で、中に老人、老婆が加わっていた。彼等の顔は一様に疲れ、不安にとざされていた。顔に鍋墨を塗りたくっている若い娘もあった。はじめはとぎれとぎれだった避難民の列は、夜明けとともに大きな河の流れのようになった。

おどろいた部員たちは表に出て、

「どうしたんですか」

と訊いた。

「明日はアメリカ軍の先遣部隊が、巡洋艦で博多港に上陸するというもんですけん、逃げよるとですたい」

「もう占領軍の一部が門司にあがったということです」

「町内会長から、アメリカ兵が上陸せんうちに、婦女子は避難するようにという命令が出たんです」

「門鉄では、従業員家族専用の避難列車を全管内に運転させたといいます。避難民はタダで乗車させて、英彦山《ひこさん》の方に、疎開させるそうです」

「アメリカ軍は特別に九州軍を憎んどるそうですけん、つかまったらなにをされるかわかりまっせん」

「アメリカ兵は獣じゃけん、女さえ見れば辱めるそうです」

などと、避難民たちのいうことはまちまちであったが、アメリカ軍上陸への恐怖心は共通していた。部員たちが、いくら口を酸っぱくして、そんなことはないと説いても、デマに追われるこのすさまじい流れを止めることは、出来なかった。占領軍は協定した日に上陸して来るに決まっている。やたらに不法上陸するわけはないのだが、後でわかってみると、このデマの出所はどうやら西部軍首脳部らしかった。また、十六日朝、門鉄が避難列車を出したことも、県庁が女子職員だけを一週間休暇の名目で避難させたことも事実で、動揺した民衆は大混乱におちいったのである。門司、小倉、福岡はいうまでもなく、九州中のあらゆる街の停車場には避難民が殺到し、方々で事故をおこした。病人はたおれ、乳幼児は押しつぶされ、老人は下敷きになって死んだ。先を争う避難民は、窓から乗りこもうとし、列車の屋根、機関車にまで鈴なりになって、多くの怪我人を出した。

　このありさまを見て、昌介は泣きたい気持がした。こんなにも占領軍を恐れるのは、嘗て、日本の占領軍が占領地でなにをしたかということが弾ね返って来ているにちがいないからである。残念ながら、日華事変以来、太平洋戦争の戦勝時代、敵地を奪取した日本の占領部隊は、勢あまって現住民を苦しめたことがなかったとはいえない。殺人、暴行、掠奪、放火、強盗、強姦――人間の正常心を失った戦場の鬼となって、それらの行為をした。むろん、軍としては兵隊をいましめ、現地人へ不法行為をしないように注意はしたが、殺気だった兵隊の心を静めることが出来なかった。それが今、自分の方の問題になって来たのである。占領軍はそうするものだと国民までが考えていた。特に婦人は強姦を恐れた。昌介も多分に洩れないのである。中国から南方へかけての八年間、どこの戦線でも日本軍が抗日文化人を逮捕し処刑するのを見て来た。さすれば、今度は抗米文化人たる自分が逮捕処刑されるのは、当然の順序といえる。昌介が破滅を考えるのはその点から出発していた。しかし、祖国の勝利のために、抗米的であることは当り前なので、その理由で捕えられることを恐れはしなかった。

「困ったもんだね、辻君、これはなんとか方法を講じた方がいいよ」

と、安岡金蔵がいった。

「僕もそう思います」

「攻撃しながら占領する場合とちがって、降伏して協定の上、平和進駐をするんだから、暴行することはないよ。日本軍だって、平和進駐の場合はなんにも悪いことはしていない。井手君に電話してみよう」

「そうして下さい。これを静めるのも報道部の任務でしょう」

「最後の一番いい仕事になるかも知れないね」

安岡が報道部に電話をかけると、井手大佐は部長室にいた。部員たちは指示のあるまで宿舎にいるようにいわれていて、出勤しているのは先任将校数名だけらしかった。彼等は報道部解散とその事後処理について協議していたのだが、デマに踊る避難民たちへの措置についてはまるで念頭になかったので、電話にかかった部長は、

「おッ、それはいいことを教えてくれた。安岡君、すぐに、全員、報道部へ集合するように伝えてくれたまえ」

と、弾んだ声を出した。

安岡が「川島ホテル」内へその命令を伝達すると、

「また会議か。この期におよんでなんの会議をするのか」

とか、

「また、得意の宣伝報道理論の講義をしようというんだろう」

とか、苦笑する者があった。

避難民の流れに抗して、西日本新聞社までたどりつくのは容易の業ではなかった。三百メートルほどしかなく、いつもならユックリ歩いても十分ほどしかかからないのに、ほとんど三倍以上の時間を要した。すでに避難する市民の数はかなりにひろい電車道路いっぱいを埋めるほどになっており、荷車、牛車、馬車、リヤカー、自転車、人力車など、あらゆる車が人間の渦の中に押しあいへしあいしているので、この間隙を縫うのは一大事業であった。場合によっては身動きもならぬようになるばかりか、後へ押し返される。彼等の顔には一様にすさまじい不安と恐怖の表情がみなぎり、怒ってでもいるように口をきく者はなかった。昌介はこの流れを乗りきって、早く報道部へたどりつこうと努力しながら、胸のしめつけられる思いから脱れられなかった。こういう哀れな群衆を何度か戦場で見たことがある。何十度、何百度であったかも知れない。中国で、南方で、戦争に追われる無辜《むこ》の民衆が戦火を避けて右往左往していた。彼等にとって戦争の不幸は天災のようなものであった。国と国と戦っているといっても、戦争をしている者は一般の国民とは無関係の指導者だった。民衆には戦争する意思などはないのである。しかし、国が戦えば国民は否応なく、戦争の中へ巻きこまれる。そうして敗ければ、あちらこちらに逃げ惑わなければならない。その悲惨なありさまは眼を掩いたいくらいであったが、その上に死すらも民衆を襲った。ところが、今、日本と日本人とがその敗亡のめぐりあわせを担うことになった。疲労困憊し、ヘトヘトになって逃げて行くこの日本人の流れは、すこしも中国や南方の民衆と異ったところはない。戦争が作りだす悲劇の様相は国と民族にかわりはないのだ。しかし、日本人の場合、無辜の民衆といえるだろうか。挙国一致体制が布かれていた日本では、国民の一人一人が戦列についたといわれた。それは権力者の一人よがりと弾圧であったとしても、勝利の時代に万歳を唱えた者がほとんどであったとすれば、敗北に当って報いを受けるのは当然ではないか。よいときだけよいことをしていたいのは人間の通性だが、それは虫がよすぎるというものであろう。にもかかわらず、戦争そのもののもたらす、惨禍と人間の破壊には、いかなる理由も弁解もはねのける恐ろしい罪がある。どんな戦争でも人間は戦争などをしてはならないのだ。それは勝利や敗北にかかわりのない人間の祈りでなくてはならない。昌介はむざんな日本人の流亡の姿にもみくちゃにされながら、戦争への憤ろしさ、呪わしさに、ほとんど身体のふるえる思いを味わっていた。

「逃げなくてもいいですよ。自分のお宅へお帰り下さい。アメリカ軍が上陸して来るというのはデマですよ」

歩きながら、安岡金蔵は声が涸れるほどどなりつづけていたけれども、群衆の流れをとどめる力はなかった。耳を藉《か》そうとする者すらなかった。

昌介は、眼をつぶり、顔を隠す思いで、ただ無言で、すごい激流をすこしずつ乗り切って行った。こういう場合の群衆には、なにをいってもしかたがないことをよく知っていたからである。そして、赤ん坊を負ったり、小さい子の手を引いたりしている母親に出あうと、きまって、広島の田舎に疎開している妻美絵と子供たちとを思いだした。狐や狸の出る山奥であるから、避難騒ぎはやっていないだろう。むしろ、押しかけた避難民を迎えて大騒ぎしているかも知れない。それとも九州とはちがって、そこは平静であろうか。いずれにしろ、機会があれば一度、広島に行って妻子に逢って来たいと、昌介は混乱の中でにわかに切ないほどの思いに駆られた。

いっしょに「川島ホテル」を出たのに、新聞社に到着したときにはバラバラだった。服を破られたり、帽子を失ったり、方々にかすり傷をこしらえていたりする者もあった。

報道部の入口で逢った山中精三郎が、

「辻君、いまはじめて戦争に負けたという実感を味わったよ」

と、ベソをかくような表情でいった。山中は中国にも二、三回行っていて、敗戦国民の哀れな様相をつぶさに見ていた。そのために一層感慨が深かったものであろう。開襟の半袖シャツの片方がちぎれ、ボタンが二つも飛んでいた。右眼の下に裂傷が出来、血が吹きだしている。それをハンカチで拭きとりながら、歯ぎしりするように、しきりに唇を噛んでいた。日ごろからあまり健康とはいえず、逆三角形の日本人離れした顔はいつも胡瓜のように青かったが、今は大奮闘したとみえて、トマトのように赤い顔になり、汗をダラダラ流していた。

「やれやれ、ひでえ目に遭うた。畜生、馬鹿にしやがって……」

と、これもうすいシャツをボロボロにされた谷木順が、例のギャーギャー声でいいながら、命からがらのように群衆の列の中から抜けだして来た。

直接、避難民の流れに抗することはせず、人気の少い裏通りを廻って、無傷で到着する要領のよい者もあった。細谷俊、山原松実などである。

三階講堂の報道部事務室に集まってみると、まるで敗残兵の一隊のようだった。嘱託はみんな揃っても、もはや半数あまりしかいなかった。宣伝中隊の方は木股中尉以下、欠員は少かったが、それでも数名が復員を待たずに逃亡したらしかった。

立川中尉が、号令をかけた。

「気をつけエッ」

井手大佐はそれを制しようとしたけれども、副官は聞き入れなかった。正式に解散されるまでは、軍隊としての秩序を保たなければならないという確固たる信念を持っているかのようだった。

部長は弱々しく当惑した面持で、勇ましい副官の行為を見守っていた。うすら微笑をたたえた照れくさそうなその表情には、これは自分の意志ではないのだから許してもらいたいという弁解があらわれているようだった。

「部長殿に敬礼ッ、頭ア、中。……部長殿、揃ったようであります」

「これだけかね」

「はあ、昨日から急に減りましたから……」

「筆生は?」

「はあ、筆生は全員揃って居ります」

「よろしい」

「休め」

男の部員たちが動揺し、狼狽して逃げだした者が多かったのに反して、六人いる女の筆生たちは一人も欠けていなかった。部長秘書の小島洋子をはじめ、富島菊子、玉木春江など、けなげなモンペ姿で、今日も報道部の彩りとなっていた。女の方が責任観念が強いのか、忍耐強いのか、それとも逃亡の勇気がないのかわからないけれども、たしかに男性は恥じなければならなかった。しかも、彼女等はアメリカ軍上陸のデマにも騒がず、避難民の列にも加わろうとはしなかった。上陸して来れば凌辱される危険のあることは知っているのである。そのために、彼女等は申しあわせをして、そういう場合にはいつでもすぐ飲めるように、青酸加里を肌身離さずに所持していた。

その中でも、搭乗員の処刑に立ち会った小島洋子は、もっとも自決の覚悟が強いようであった。

井手大佐は、おちょぼ口をして、控え目な口調で、部員たちにいった。

「敗戦で心に痛手を受けていられる皆さんに、御苦労ですが、最後のお願いをいたします。恐らくこれが報道部の最後の、そして、ひょっとしたら、たった一つの有益な仕事になるかも知れません。この窓からごらん下さい。皆さんもあの避難民の流れの中を抜けて来られたのでしょうが、市民諸君はデマに踊らされて、続々と避難しています。米軍上陸というのはまったくデマですから、あらゆる方法でこれを市民に徹底させて、避難を中止させて下さい。その方法は皆さんで話しあって下さい。おまかせいたします」

「井手君」と、安岡金蔵が心外そうに、「おまかせいたしますなんて、君は知らん顔をしているのか」

「そうじゃないんだ。デマ防止くらいは僕が出るまでもないから、諸君を信頼して一任するんだ。それよりも僕は、一日も早くこの報道部を解散して、部員諸君に迷惑をかけないようにしなくちゃならぬ義務がある。やはり軍の組織だから、今すぐこの場で解散というわけには行かないんだ。でも、今のところ、十七日に解散式をおこないたいと意図している。……諸君、いま、安岡君と話しましたとおり、明日は諸君を解放出来ると存じますので、それまでは自重して下さい。そして今お願いしました最後の仕事だけを手伝って、有終の美をなして下さい。……辻君、お願いしますよ」

「わかりました」

散会すると、井手大佐は庶務将校や立川副官といっしょに部長室に入った。部長の態度からは気取りが消え、平凡で、正直で、誠意に溢れていた。

みんなで相談して、ポスターやビラを作ることに決めた。

「米軍上陸はデマです。ここ一週間以内に上陸することは絶対にありません。上陸する場合でも平和進駐するはずですから、暴行したり危害を加えたりすることはありません。ですから安心して自宅へお帰り下さい。避難する必要はありません。西部軍報道部」

これと似たような意味をポスターや伝単に書き、街の要所要所にかかげる。宣伝中隊はメガホンを持って、市民に呼びかける。ラジオでも放送する。

そんな話しあいや、手分けしてポスター書き、ビラ刷りをやっていると、急に、カーン、カーンというけたたましい音がおこった。高いところから重い物が落下し、これが谺《こだま》を作っているのだった。

昌介は不思議に思って、音の聞える窓の方へ行って見た。新聞社の四角い建物の中央に、中庭があった。そのコンクリートの上に、三階の窓から、数百本の小銃や木銃が次々に投げ落されているのだった。高いので落ちた銃ははげしく跳ねあがり、谷間の底からかん高いひびきを立てた。谺といっしょになって、けたたましく騒々しかった。

血相変えて、山中精三郎が銃を投げ落している廊下の方へ走って行った。これは今まで新聞社員の訓練に使ったり、国民義勇隊が結成されたとき、護身用として交付されたりしたものだった。小銃は古い三八式歩兵銃である。軽機関銃もあって、巨大な鋼鉄のカマキリのように、地上へ投げすてられた。

「君たち、なにを乱暴やってるんだ？」

と、山中は、五、六人の社員に投棄の指図をしている五十がらみの社員に食ってかかった。

相手は落ちついていて、

「不用になったから処理しとるとですたい」

「処理するにしても、窓から投げ捨てんでもいいじゃないですか」

「どうやったって同じことですよ」

「君たちは、鉄砲には菊の御紋がついてるのを知らないのですか」

「知っとりますよ。ばって、戦争に負けて、菊の御紋も糞もありますか。どうせ、焼いてしまうとですけん」

「君たちがそんな考えだから、戦《いくさ》に負けたんだ」

相手はムッとしたように、

「あんたは一体なんですか」

「報道部員だ」

「ふん、報道部なんて、わけもわからん有象無象《うぞうむぞう》がいっぱい集まってデレデレと遊んでばかりいやがって。あんたたちみたいな軍の穀つぶしが居ったけん、戦争に負けたとたい。文化人が聞いてあきれる。こっちはお国のためにやれるところまで一所懸命やったとじゃ。なにをしようと君たちの干渉は受けんよ」

赤ら顔の大男は、わざとのように一挺の軽機関銃をかかえあげ、窓のところに行った。

「おうい、投《ほう》るぞ」

と、下に向かって叫んでから、乱暴にそれを地上に投げ落した。グワーンと大きな音がして、しばらく小さな谺が鳴りやまなかった。

山中はまっ青になってブルブルと全身を痙攣させた。握りしめた二つの拳がはげしくふるえていた。まじめな正義感で、邪《よこしま》な行動に接すると抗議をせずにはいられなくなるが、元来が温厚な気持なので、喧嘩はしなかった。腕力に自信もなかった。したがって、歯の立たない相手を眼前にして、ただ口惜しさでふるえているだけであった。澄んだ眼にあふれて来た涙がボトボトと流れ落ちた。

江川清一の死を門司の留守家族に電報で知らせたけれども、返事がなかった。勤先《つとめさき》の門鉄に電話をかけると、細君と子供と二人は、門司駅から朝の避難列車に乗ってどこかへ行ったきり、まったく消息が知れないとのことだった。切符は出していないし、行先の登録もしていないので、調べようがないという。やむを得ないので、千代の係長に江川清一が死んだことを知らせて、行方がわかり次第、連絡してもらうことにした。江川の遺骸は火葬場で焼いて遺骨にし、部屋に安置して、細君の消息が知れるまで葬儀を延ばすことになった。

「ヒラメ」の安田絹子が、いつの間にか、「川島ホテル」から姿を消していた。誰もハッキリ認めた者はなかったけれども、手廻りの荷物をまとめて、ホテルの前を通る避難民の流れの中にまぎれこんだものらしかった。

「とうとう尻尾を出しゃがった」

と、馬車曳きの岡崎新造が吐きすてるようにいっただけで、誰も彼女の行方について、とりたてて騒ぐ者はなかった。


辻昌介は、特に、井手大佐一人に面会を求めて、今後のことについての意志表示をした。

「一刻も早く、報道部を解散して『九州文学』を中心とする諸君を自由にしていただきたい。つまり、軍と無関係にしていただきたい。彼等のほとんどがこれまで軍籍になく、軍となんのつながりもなかったのに、報道部結成が契機となって、はじめて軍の一員となったものだ。私はちがう。私は軍とは深い関係がある。職業軍人ではないから正規の軍の一員ではないけれども、兵隊として召集され、『麦と兵隊』以来、たいへん軍のお世話になった。かならずしも軍のやりかたに賛同していたわけではなく、時にはあからさまに軍と対立したこともあったけれども、とにかく、私がこんにちあるについては軍を除外しては考えられない。そこで、今、敗北の日を迎えて、軍が壊滅しようとしているなら、私も軍とともに壊滅したい。軍の中で私など取るに足らぬ存在ではあるが、私はそうしないでは自分の気がすまないから、お願いするのである。すでにとっくに祖国にささげた命であり、今日まで生きて来たのが不思議なくらいであるから、私は祖国とともに破滅しても悔いはない。そこで、報道部が解散になっても、私一人はなにかの形で軍の中に残って、ともに破滅したい。もし、占領軍によって、報道部が糺明される場合がおこったならば、『九州文学』諸君の責任は私一人で負いたい」

この昌介の申し出に対して、井手大佐は当惑した面持で答えた。

「辻君、あなたの気持はわかるけれども、あなたはあくまでも軍以外の人間だから、軍とともに滅亡するまでの義務や責任はないですよ。その気持だけでたくさんだから、やはり、部員諸君といっしょに田舎へ帰って下さい」

「これだけ軍の世話になっていながら、外部にいて、軍が壊滅するのをじっと見ては居られないのです」

「弱ったな。そうですか。そんなら、参謀部とも相談してみましょう。僕の一存では行きませんから」

「お願いします。それから、このことは私とあなたの間だけにして、『九州文学』の仲間たちには秘密にしておいて下さい」

「承知しました」

昌介は、このことを、ただ、笠健吉と山中精三郎の二人だけに告げた。

夕方「川島ホテル」の庭で、たくさんの灰が作られた、機密書類はもとより、軍や報道部に関係のある一切の文書を焼却するようにという命令が出たのである。アメリカ軍の情報網は完備しているし、捜査方法も徹底しているから、どこにどんな風にして隠してもたちまち露見する。そこで焼いてしまえというのだった。中庭に、あらゆる書類が積みあげられ、ガソリンをかけて火が放けられた。ノートや日記類までも火の中に投げこんだものがあった。焼いただけではわかるから灰にしてしまわなくてはいけないというので、黒こげになった紙片に水をかけてから、みんなで靴で踏んだ。

「これならいくら科学が発達しとっても大丈夫じゃろう」

粉末になった書類を見て、谷木順がいった。彼は例の騒々しい態度で、これでもか、これでもかというように、ドタ靴で地面を踏みつけていた。

若いカメラマンの山端祐介が、長崎で撮影した原子爆弾の写真やネガフィルムをどうしたらよいかと、昌介に相談に来た。昌介は笠健吉にも計り、それは焼かないでおく方がよいという意見を出した。

「きっと、将来、役立つときが来ると思うから、なんらかの方法で保管しておくことを望みます。なに、アメリカがどんなに科学が発達しとったところで、隠す気になったら、隠匿し終《おお》せないことはない。僕も日記やノート類は焼かないで隠しておくつもりです。僕らのは個人のものだけど、山端君の原爆写真はアメリカの非人道な残虐行為を証明する貴重な資料だから、ぜひ残しておくように勧めます」

「わかりました。僕も惜しくてたまりませんから、そうします」

昌介も焼かないで隠すといったのに安心したものか、山端カメラマンは原爆フィルムを隠すことを決意した。しかし、このことは三人だけの秘密にした。

庭の竹藪は大半伐りたおされて、むざんな有様だった。一体にゴミゴミしたこの庭に、わずかに竹藪が風情を示していたのだが、今はそれも見るかげはなかった。ただ、江川清一が首を吊った一本の柳だけが、青く美しい葉を風にそよがせていた。今は用のなくなった二つの防空壕が所在なさそうに口を開き、これからは自分たちが頂戴するのだとでもいうように、野鼠が顔を出したり引っこめたりしていた。昨夜、伏見竹二か谷木順かのどちらかが、ここにいた一匹の白猫をたたき斬ってから、現金に、鼠が跳梁跋扈《ちょうりょうばっこ》しはじめていた。

夜になって、三階の日本間で、静かな送別の宴が張られた。写真の暗室のある続きには八畳の部屋があった。そこには東京から来た部員がいたのであるが、二人とも今朝、東京へ逃げ帰ったので、空間になっていた。

日本酒もビールもないので、物資集めの名人谷木順が、朝鮮部落に出かけて行って、マッカリを一斗ほど買いこんで来た。しかし、谷木の報告によると、朝鮮人の態度が八月十五日を境にして、まるで変っていたという。

「あいつ等、まるきり戦勝国民のような面《つら》しやがってな、お辞儀もしやがらんのじゃ。一昨日《おととい》まではマッカリを買いに行くと、よろこんでペコペコしとったのに、今日は、まるきり、お前等に売ってやる、いいや、恵んでやるといった態度さ。いつも買いに行く御堂川《みどうがわ》べりの金山《かなやま》が――おい、金山、また頼むぞといったら、返事もしやがらん。金山、頼むぞ、と同じことを二度いったら、やおら、こっちを向いて――戦争に負けた国の者が、独立国《とくりつこく》の国民を呼ぴすてするとはなんか、とぬかしやがる。お前らがいつ独立したんじゃ、とおれが訊いたら――あんた、ポツダム言言のこと知らんのか、とこそ。もう日本の属国じゃないというんじゃ。普段ならぶんなぐってやるところじゃが、怒らせたら酒を売ってくれんけ、我慢して、金山さんと呼んで、やっと一斗分けてもろて来たんじゃ。値段も前の倍取りやがった。糞面白うもない。ヨボに威張られるなんて……」

ギャーギャーとアヒルのような騒々しい声で、谷木の憤慨は長くつづいた。

酒の肴は、報道部の常食である南瓜や藷しかなかった。敗戦と同時に、ヤミ肉も手に入らなくなっていた。赤貝や貝柱のカン詰が五、六個あって、それが珍味だった。

日本間といってもまだ完成していない粗末な部屋で、牀《ゆか》の間もない。天井や壁や畳には雨のためにシミが出て、世界地図でも描かれているようだった。それに四十燭の暗い電燈が一つついている。むし暑いので両側の窓を開け放つと、風とともに蚊が群がりこんで来た。扇や団扇でそれを追うのに忙しかった。

人数は十五、六人だった。大部分が「九州組」だったが、「東京組」からは、安岡金蔵、画家の杉下伊佐夫、山端祐介などが加わっていた。部外からは、佐野良《さのりよう》が細君の政代をつれて列席していた。この浄瑠璃の名手は洋服が嫌いで、今夜も単衣《ひとえ》を着流していた。昌介や笠、今下と同年配なのだが、頭は禿げあがり、顔の皺が深く、七十近い老人のように見える。元来、佐野は徹底した自由主義者で、団体や組織に縛られることを好まなかった。竹本津太夫の跡を継ぎ、そのまま大阪「文楽」にいたならば、将来は日本義太夫界三名手の一人となれると折紙をつけられたにもかかわらず、十八歳のとき「文楽」を飛びだしたのも、自由を束縛する義太夫界の封建的雰囲気に反撥したからであった。彼は日ごろから、国家とか、民族とか、思想とか、権力とか、命令とか、規律とか、個人の自由を、奪うもののすべてを嫌悪していた。もとより戦争に対してはもっともはげしい呪咀の念を抱き、トーマス・マンの「国家とか民族とかいっている間は、人間には幸福はない」という言葉が好きで、戦前はしきりに戦争反対を唱えていた。そういう佐野が報道部参加を志願して来たのは、愛国心というよりも卑怯者になりたくなかったもののように思われる。また、東京から友情を求めてやって来た山中精三郎同様、暗黒の時代に友情に生きる灯を見出そうとしたともいえる。

嘗て、佐野は、病身の妻を帯同して来て、

「辻君、もう、わしら夫婦、命を捨てる覚悟でいるんだ。なんでもさせてくれ」

と、真情を面にあらわして、報道部入りを申込んで来たのであった。

今夜もいっしょに来ている小柄で、青白い細君は、佐野とともに死に、国家とともに滅びる覚悟を、その神妙な表情にハッキリとあらわしていた。

宴がはじまる前に、昌介は正座して挨拶した。

「明日《あした》、解散式がおこなわれたならば、諸君と二度、会えるかどうかわかりません。占領軍がやって来て以後のことはまるきり予測出来ませんが、今日が最後になる人が多かろうと思います。中には逮捕されたり、投獄されたり、処刑されたりする人も出来ましょう。私は覚悟しております。ここにいるのは、今日までいっしょにやって来た気心の知れた人たちばかりです。私たちはともかく祖国の勝利を願って、全力をあげ、人事を尽してこんにちを迎えたのですから、悔いはありません。明日は別れ、破滅と死の運命にさらされようとも、今夜ひと晩は、大いに飲んで騒ごうではありませんか」

昌介は鼻がつまって来るのに閉口しながら、とぎれとぎれに、これだけの言葉を述べた。

一座はシーンとしていた。

「さあ、酒を廻そう」

白濁した朝鮮マッカリ酒がコップに注がれた。ドロッとして不気味なにおいがし、口に入れると酸っぱかった。米粒がよく溶けて居らず、うすいお粥のようでもあった。

「乾盃をしよう」

と、安岡金蔵がいった。

「乾盃」

「みんな、お元気で……」

それからコップがしきりにさしつさされつしたが、誰も酔う者がなかった。一体、このマッカリ酒というのが、腹がふくれるばかりで、酔うのに手間がかかるのである。また酔って愉快になるよりも気が滅入って来る性質を持って居り、あながち、みんなが敗戦の悲しみに打ちひしがれて酔わないというのではなかった。このマッカリ酒は元来が「アリランの唄」やトラジトラジというような哀調のある朝鮮の民謡に合っているのかも知れなかった。

「誰か歌わんか。お通夜のごとあるじゃないか」

と、細谷俊がいった。そういう細谷自身が、すぐ酔って賑わう性格の癖に、妙にボソッとした表情で、引きたたない自分をあつかいかねている風情に見えた。

「よし、僕が歌おう」

昌介は坐りなおして、黒田節を歌いはじめた。

酒は飲め飲め飲むならば
日の本一のこの槍を

飲みとるほどに飲むならば
これぞまことの黒田武士

ところが、日ごろの調子がすこしも出ず、この筑前今様《ちくぜんいまよう》が間のびしてひどく陰気くさいものに聞えるのだった。気分がサッパリ浮いて来ないのである。あまりにも緊張していると酔えないのか。虚心でいるつもりなのに、われながら昌介は不思議でたまらなかった。

拍手がおこったけれども、それは湧いているというよりも白々しくその音はバラバラで不景気だった。あたりが森閑としすぎていて、手の音がすぐに死んでしまうのである。

「ようし」

と叫んで、細谷俊がどなるように歌いはじめた。

すめら御国《みくに》のもののふは
いかなることをか勤むべき
ただ身に持てるまごころを
君と親とにつくすまで

声を張りあげれば張りあげるほど、空虚にひびく。楽しい酒宴ではないとしても、こんなにもチグハグになれば、かえって腹立たしい思いさえ湧いて来る。異分子は逃亡した後であり、ここにいる十五、六人はともかく同志としての心のつながりを持っているものと考えられるのに、誰の言葉も、誰の歌も、誰の表情も、緊密な流れあいを示さなかった。結びつきは表面だけで、心の底ではそれぞれに食いちがっているのであろうか。沼井明や赤根一郎がまっさきに逃げだしたとき笠健吉がいった――「土壇場になると、信用出来る人間と、信用出来ん人間とがハッキリわかるのう」そして、ここには、その信用出来る人間だけが集まっているはずだったのに、やはり、そうではないのか。気心の知れあった同志という設定が、かえっておたがいを硬直させているのか。いくら飲んでも、いく歌っても、陽気になって来ない饗宴の白々しさは、やがては誰もをいらだたせる。そういう憤ろしさが爆発して、昨夜はマッカリを飲んだ伏見竹二と谷木順とが抜刀して、竹藪を伐りまくったのかも知れない。昌介は、こんなはずではなかったがと思いながら、どうしても気が浮いて来ないのにへこたれていた。

山中精三郎、山原松実、西仁、谷木順、志波春哲、松坂幸夫、今下仙介、月原準一郎など、飲めば人一倍騒ぐ方なのに、誰もがムッツリしていて、自分を持てあましている様子だった。

「どうもいかんな。酒のせいじゃないか。このマッカリは飲めば悲しくなる酒にちがわん」

芝居をやる山原松実がおかしそうにそんなことをいったけれども、誰も笑わなかった。

すると、それまで、黙々として、夫婦でマッカリを飲みあっていた佐野良が、ひと膝乗りだして、

「そんなら、お別れに、わしが義太夫を一段語ろう」

といった。

拍手がおこった。

異例の出来事である。佐野の浄瑠璃は素人の趣味ではない。ちゃんとした舞台で、肩衣《かたぎぬ》をつけ、本式の三味線を入れなければ、佐野津の子は語ったことはないのである。酒席の座興には絶対に語らない。酒盛の最中、芸づくしになって来たとき、誰かが「今度は佐野の番だ。浄瑠璃をひとつ」などというと、佐野は「馬鹿にするな」といって、本気に怒りだすことがあった。昌介たちはそれをよく知っているから、酒席で彼に義太夫語りをすすめたことはないが、知らない者はなにげなしにいって、しばしば佐野のきげんを損じた。それほどに、格式を重んじ、見識を持っていたわけである。その佐野良が、いまこの酒宴の席で、自分から語ろうといいだしたのは、敗北から受けたショックと、仲間との別離に対する悲壮感がいかに深かったかがわかるのであった。

「よし、みんな、佐野津の子太夫の浄瑠璃を襟を正して聞け」

と、笠健吉がいった。

シーンとなった。

「一段というたけんど、あんまり長いから『鎌倉三代記』五段目の冒頭だけをやりましょう。三味線がありませんから、口で入れます」

坐りなおした佐野は、胸を張って姿勢を正した。手拭で禿頭から顔の汗をふき、片手に扇を持った。そうすると、肩衣をつけて舞台に出たと同じきびしい風格がにじみ出た。彼はおもむろに語りはじめた。

「もの騒がしき戦場は、いつ太平を湖に、今ぞ生死の追分や、追いつ追われつ、馳せちがう。矢橋の波の磯ばたに、登りくだりの旅人を、乗せて商う渡し守、それは稼ぎの留守のうち、下女と手代と二人前、ソロバン、パチパチ、抜け目なき……」

佐野が張りのある声で語りながら、ときどき、チチッ、ツツツ、チンチンと、口三味線を入れると、あの太棹《ふとざお》の重厚な音がビン、ビビン、ビインと聞えて来る思いだった。太い鼻の頭に汗がにじみ、佐野は無我の境に入ったように、顔をかるく振りながら語りつづけた。

一同は、声を呑んで聞き入った。

「帳面しめて寝所《ねどころ》は、つねの女房と知られたり。人のふところあてにする沈頭波羅助次皿《ちんどうばらすけつぐざら》の長《ちょう》、あと備えは猿猴《えんこう》の助間《すけま》、めいめい、たげ物を肩にかけ、ヤレ、しんどや、もうし、お家さま、こりゃ、こちとらが夕のはたらき、えらじゃぞえ、帳つけてもらうかいな、ホホ、波羅助長《ばらすけちょう》殿、この間は不働《ふはたら》きで、つれあいのきげんが悪かったがちっと仕事が見えましたの。どれ、帳つけよう。色数《いろかず》はなんでござんすぞ……」

ふいに、はげしい鳴咽とけたたましい泣き声が、静まりかえった部屋の空気を破った。政代がおさえきれずに慟哭しはじめたのであった。

佐野はちょっと細君をふりかえったが、かまわずに先をつづけた。彼の声も調子も乱れなかったが、大きな眼にキラキラと光るものが溢れて来た。昌介は感動した。恐らく、佐野良の半生を通じて、破滅と死とにじかに対決しながら、浄瑠璃を語ったことは、この日だけではなかったろうか。きらびやかな舞台で、数千の聴衆に語るよりも、佐野は緊張していたにちがいない。これは感傷ではなくして、人間の魂の叫びなのだ。恐らく暗黒の中で信じられるものがあるとすれば、こういう魂の声だけであろう。今、一切が破滅し去るとも、この一瞬の感動さえあれば、生きた甲斐はあったのだと、昌介はよろこびにふるえてさえいた。

この日、八月十六日、終戦と同時に総辞職した鈴木貫太郎内閣の後を継ぐものとして、東久邇宮殿下に組閣の大命が降った。

## 第十七章

「辻さん、辻さん」

けたたましい呼び声に、眼をさました。頭が痛かった。朝鮮マッカリの二日酔いには特別の不快さがあった。濁酒《どぶろく》の甘酸っぱいゲップがこみあげて来る。外はもう明かるかった。

「辻さん、入ってよくありますか」

ドアをノックしている声は、たしかに、井手大佐の運転手、野崎一等兵であった。

ベッドから降りて、蚊帳を出た昌介は、ドアの鍵を開けた。

「お早よう、どうしたんです？　朝っぱらから……」

「部長殿の伝令として参りました。これを部長殿があなたに渡して来てくれとのことでありました」

野崎一等兵は軍司令部用のハトロン紙の封筒をさしだした。

中から赤罫紙の陸軍用箋を引きだして黙読した昌介はおどろいた。

「我が軍フタタビ反撃ニ決ス。嘱託各位ノ奮起ヲ望ム」

たしかに、井手大佐の字で、そういう鉛筆の走り書がしてあった。その書体から、興奮していることがハッキリと読みとれた。

　昌介も興奮して、

「それで？」

「午前九時に、全員、報道部へ参集してもらいたいとのことでありました」

「わかりました。御苦労さん」

「帰ります」

　敬礼して野崎一等兵が帰ると、昌介はしばらく茫然となっていた。一体、どうしたことか、サッパリわからない。終戦の大詔が渙発されているのに、ふたたび戦争がはじまるのか。降伏条件の食いちがいのために、ポツダム宣言受諾は御破算になったのか。それとも、西部軍だけが九州千早城となり、九州革命をおこすことが急に決まったのか。なにかのまちがいではないのか。狐につままれたようであったが、その真偽とはまったく反対の方角で、暗夜に光をさしつけられたような反応がおこってい た。絶望の中から湧く勇気に似たものが、昌介をつき動かした。昌介は生色をとり戻した。

　まず、笠健吉の部屋に行って、この紙片を示した。笠はまだ寝ていたが、やはり仰天した顔つきでいった。

「よし、そんなら、おれが左側の部屋に伝達して歩くから、君は右側の者に知らせてくれ」

「川島ホテル」は、にわかに色めきたった。中には迷惑そうにしたり、安岡金蔵のように、

「こんな馬鹿なことはあり得ない。絶対に誤伝だ」

　といって、問題にしない者もあったけれども、大部分の部員たちが、

「よし、もう一度やりなおすんだ」

といって、異様にいきりたった。

このときが、梁山泊であり、化物屋敷であった「川島ホテル」に、もっとも活気がみなぎりわたった最初にして最後の瞬間であったかも知れない。

早目に朝食をすますと、九時に間に合うように、揃って西日本新聞社にかけつけた。今日もむしむしと暑い日だった。表の電車道路には乾ききった砂塵が強い風に舞っていた。昨日はこの道路を避難民が埋めつくしていて、通り抜けるのも容易ではなかったのだが、今日は楽だった。昨日一日をかけて必死におこなった、デマによる避難防止の運動が功を奏した模様である。七月七日結成以来、報道部でやったさまざまの宣伝報道工作はすべて徒労に終ったのに、敗戦後になって、はじめて報道部の機能を発揮したのである。その成果のあざやかさは水際立っているといっても過言ではなかった。

講堂の報道部に行ってみると、井手大佐はまだ来ていなかった。立川副官も庶務将校も居らず、ガランとしていた。伝令の野崎一等兵は大濠公園にある部長官舎から自動車でやって来たものらしかった。

すこし遅れてかけつけて来た谷木順が、一枚のビラを持っていた。彼はひどく興奮していて、

「さっき、ゲタばきの海軍機が空から撒いたんじゃ。——わが方になお一万の特攻機あり。断固抗戦に立ちあがれ、と書いてある。やっぱり、反撃作戦は本当だ。畜生ッ、今度こそ負けるもんか」

その一枚のビラは、部員たちにすこぶる景気をつけた。

伏見竹二が、靴ばきのまま、テーブルの上に飛びあがって、絶叫しはじめた。

「諸君、しんきまきなおしだ。乾坤一擲の瞬間が訪れたんだ。いよいよこれが最後だ。正直のところ、これまでは気合が足りなかった。率直に非を認める。国民もわれわれも怠けていた。それで負けたんだ。いや、負けたんじゃない。一度は全面降伏をする土壇場まで来たんだ。だが、ふたたび反撃して、勝利への道を開くチャンスがやって来たんだ。諸君、今度こそはこれまでの行動をよく反省して、真剣に、全力を傾注して任務に当ろう。江川清一君の英霊に恥じない行動をしよう」

伏見は手をふり、足を鳴らして大演説をした。いつも人をひやかしているような皮肉な態度は消え、声涙ともにくだるほどと誠実さにあふれていた。

「そのとおりじゃ」

「大いにやろう」

などと答える者があった。

木股中尉を先登に、宣伝中隊員も集まって来た。

と、兵隊たちは眼を光らせて叫んでいた。

「やるぞッ」

「よし、景気つけに、おれが『千代の松』に行って、酒を貰って来る」

絵かきの神田武雄上等兵がそういって、二、三人の兵隊といっしょに出て行った。

しかし、やがて、すこしずつ、おかしいなという雰囲気がどこからともなく湧いて来た。部長や将校たちは九時半になってもあらわれない。街の様子も、新聞社の空気も平静で、すこしも異変が感じられなかった。報道部員たちだけがいきりたっているのが、幻影に向かって吠えている犬の群のように、空虚で、滑稽な感じが掩いがたくなって来た。

「変だな」

「まちがいじゃないか」

という声が次第に殖え、安岡金蔵が部長官舎へ電話をかけた。井手大佐は立川副官をつれて軍司令部に行ったとかで留守だった。すでに山江の洞窟司令部を引きはらって、立山軍司令官も幕僚たちも武蔵温泉の「延寿館」を宿舎としていたから、そこへ行ったとすると、いつ帰って来るかわからない。昌介が伝令から伝達書を受けとったのは午前七時ごろだったから、井手大佐はそれからすぐ二日市へ自動車を飛ばしたのであろう。九時には報道部へ帰りつけるつもりで、九時集合を命じたものにちがいないが、ふたたび反撃を決行するについて、作戦会議でも長びいているのであろうか。とすれば、九州千早城を力説していた井手大佐としては本懐のはずだ。それにしても、なんの連絡もないのが不思議だった。

十時をすこし過ぎたころ、神田上等兵が帰って来た。この絵かきの兵隊は赤ら顔を光らせ、得意の面持で、箱崎の『千代の松』醸造元へ出かけた報告をした。

「『千代の松』の主人橋島さんは愛国者じゃけん、八月十五日の放送を聞いてから、グラグラして寝こんどったよ。日本が負けて、飯も咽喉を通らんというて、水ばっかり飲んどったらしく、たいそう痩せとった。ばってん、僕が――もう一ぺんやるんです。降伏はとりやめてアメリカ軍と決戦することに決まりました、というたら、よろこんでなあ。飛び起きて――そうですか、そんなら、首途《かどで》の景気つけに、皆さんと鏡ば抜いて飲んで下さい、というて、四斗樽を一梃くれたよ。僕はまあ三升か五升か分けて貰うつもりで行ったとに……」

しかし、弾んだ語調の神田も、一座の空気が変に白けているのに戸惑った。すさまじい歓呼がはねかえって来ることを期待していたのに、バラバラに机についた部員や宣伝中隊員たちは、仏頂面でうなずいただけで、みんなの間にはひどくチグハグな空気が流れていた。おっとり刀でここへかけつけて来たときのすさまじい気合はまったく抜けて居り、待ちくたびれて居眠りをしている者や、欠伸《あくび》を連発している者、碁や将棋をさしている者などがあって、一向に気勢があがらなかった。

「隊長、どげんしたとですか」

と、神田上等兵はけげんそうに、宣伝中隊長に訊いた。

木股中尉も、くすぐったげに、

「まだハッキリわからんけど、どうもなにかのまちがいのようにあるね」

「反撃取りやめですか」

「まあ、部長が帰って来るのを待ちたまえ」

「なあんだ」

気合い抜けして、神田上等兵はガックリと椅子に腰を落した。行きは電車だったが帰りは箱崎から四斗樽をリヤカーに積んで歩いたらしく、シャツは雫がたれるほど汗にまみれていた。煙草に火をつけて、深々と吸いこんでから、

「隊長、そんなら、酒はどげんしまっしょうか」

木股中尉は苦笑して、

「さあねえ、折角、好意でくれたんだから返す必要はなかろうじゃないか」

「ばってん、決戦するというもんじゃけん、よろこんで張りこんだとですばい。橋島さんば騙した結果になってしもうた。弱ったな」

「まだ、まちがいかどうかわからんから、とにかく部長が帰ってからのことにしよう」

かたわらにいた昌介が口をはさんだ。

「たとえ、まちがいであったにしても返さなくてもよいと考えますよ。僕もあとで橋島さんにお詫びとお礼をいいますから、この酒は頂戴して、有効に使いましょう。今日、解散式があるはずですから、そのあとの別宴用に、嘱託組と宣伝中隊と二斗ずつ分けあったらいかがですか」

「それは名案だ。そういうことにしましょう」

木股中尉が微笑していった。この濶達な、毎日新聞の幹部である召集将校は「川島ホテル」の化物屋敷に劣らず、うるさがたの多い経理学校の宣伝中隊で、隊員たちから親しまれ信頼されていた。

それにしても、昌介は自分のとりとめのない行動が情なくてしかたがなかった。馬鹿だ。井手大佐の伝達書を受けとったとき、すこし冷静に判断すれば、その誤りに気づくことが出来たはずではないか。さすれば、こんな騒ぎを演じなくてもすんだのだ。奇怪な紙片を握りつぶしてしまえばよかったのだ。それなのに、よろこんで興奮して、すぐに笠健吉の部屋にかけつけた。なんという阿呆か。瞬間に、アメリカ軍に逮捕されて銃殺か絞首刑にされるのなら、決戦の場で死にたいという考えがひらめいたのだが、それは勇気というよりもヤケッパチの錯乱だったのではあるまいか。のみならず、おのれの死を飾る虚栄心とエゴイズムのにおいもしていたのではないか。さらに、折角、終戦の夜、ひとたび腹にあてた刀をおさめ、死より苦しい生を選んだ決意をも抛棄《ほうき》したといえる。人間が行動の基準に辻褄を合わせることが出来ず、常に矛盾の中で妄動している滑稽は、充分に自得しているにもかかわらず、今朝の狼狽は見苦しいものといわなければならなかった。しかし、やはり、今日もまた、馬鹿げた誤りと徒労の中に、人間の真実をかいま見たことは疑えなかった。幻影に吠えることが空虚であったとしても、その中にきらめく人間というものの実体、それは昨夜の佐野良の浄瑠璃のように、人間の大切ななにかを証明しているといえるのだ。過誤と徒労こそがかえって魂の秘密を示す手品師といえるのかも知れない。さすれば滑稽こそ悲しくも崇厳なものといわなければならない。昌介はみずからの愚直に泣きたくなる思いを味わいながらも、そんなことを考えて、どんなくだらない一瞬でも、人間が動いていたところから湧きあがるものは見のがすまいとしていた。

「まったく馬鹿げすぎてて、お話にもなにもなりはしないよ」

安岡金蔵は鉈豆煙管をひねくりながら、同意見の山原松実と腹立たしげに話していた。

十一時近くになってから、井手大佐は帰って来た。ひどく照れていて、すまなそうに集まっている部員たちに、

「いや、どうも……」

といい、しきりに頭をかきながら、弱々しい微笑を浮かべていた。

例によって、立川中尉が号令をかけて部員たちを整列させ、部長へ敬礼させようとするのを、今日は、

「立川君、もういいよ、いいよ」

と無理に押しとどめ、砕けた語調で、

「皆さん、お集まり下さいませんか。解散式をやりたいと思いますから……」

といった。

だらけた気分と恰好とで、一同ゾロゾロと講堂の中央に集合した。

そのありさまを立川中尉がはがゆそうに、白い眼をぎらつかせて睨みつけていた。全面的降伏と同時に、やがてポツダム宣言の条項が一つずつ実行に移される。その第十項はこの立川中尉や瀬戸大佐の背後から不気味な黒い爪をさしのべていた。

「吾等は日本人を民族として奴隷化せんとし、又は国民として滅亡せしめんとするの意図を有するものに非ざるも、吾等の俘虜を虐待せる者を含む一切の戦争犯罪人に対しては、厳重なる処罰が加へらるべし」この項目の指示する「厳重なる処罰」の内容は恐ろしい。俘虜を虐待したどころか、B29搭乗員のいくつかの首を刎ねた立川中尉は、戦犯としては絞首刑に値するであろう。もちろん立川はこれをよく知っているから、終戦の瞬間から、この恐怖に襲われているにちがいない。その不安と焦躁とはこの陰険な青白い将校を、前よりも一層意地悪く、態度に刺《とげ》を含ませていた。ただ、露見しないということだけが一つの望みだ。十五日朝、十四名のアメリカ兵を処刑するとき、軍首脳部でも、ばれる、ばれないの意見がはげしく対立し、ばれない方が勝を占めて、斬首がおこなわれたのである。その死の影と、絞首刑の恐怖とが、どことなく、この軍人精神旺盛な青年将校につきまとっていることは否定出来なかった。だらしのない部員たちを睨みつける怒りを含んだ彼の鋭い眸も、そのあらわれと思われた。

この堅確な副官にくらべて、揉み手をする商人のように柔くなった報道部長は、いかにも頼りなげに見えた。井手大佐は、入れ歯をモグモグさせながら、うすら微笑をたたえていった。

「早まったことをしまして、どうもすみません。こちらの心の状態がはやっていたために聞きちがえたのです。今朝、軍司令部の情報参謀角田《かどた》中佐から電話がかかりました。それをすっかりかんちがいして、すぐに、辻君と木股中尉のところへ伝令を走らせたのです。私は——我ガ軍フタタビ反撃ニ決ス。と書きましたが、実際は、敵軍が不法上陸して来る場合には反撃してもよろしいということだったのです。ところが、なおよく確かめるために、すぐに二日市に自動車を飛ばして行っておどろきました。司令部内にも絶対継戦派が居りまして、そのもっとも急先鋒の加部《かべ》作戦参謀が、十六日夜、各部に——決戦ノ態勢ニアルベシ、という命令を発しているのです。すでにそれは一部隷下部隊に伝達されていました。むろん独断でしたけれど、全然、根拠のないものでもなかったのです。それは、その日、広島の第二総軍司令部から——各軍ハ別命アルマデ現任務ヲ続行スベシ、軍紀ヲ振粛シ、団結ヲ強固ニシテ一途ノ行動ニ出ズルノ態勢ニアルベシ、という命令が出ていましたから、継戦派の加部中佐が、決戦の態勢の言葉に訂したものでしょう。終戦をがえんじない将領や兵隊は他にも多かったのです。私は第五航空艦隊司令長官宇垣中将が部下を引きつれて、沖縄に散華した話を聞いて、その壮烈さに泣きました。もちろん、終戦の詔勅を聞いて後です。この部隊は陸軍の第六航空軍とともに沖縄に対して菊水作戦を展開した有名な海軍の精鋭ですが、宇垣長官は周囲のとめるのも聞かず、志を同じゅうする部下十一機の「彗星」艦爆機とともに、沖縄上空へ殺到したのです。十一機のうち四機は不時着、七機が長官機を先登に突入しました。こういうことが方々にあったために、私も興奮して電話を聞きちがえ、皆さんをお騒がせした段、深くお詫びいたします。……しかし、二日市の司令部にかけつけましたために、報道部解散についての軍の指示は早く得られて幸しました。よって、変則な集合のしかたではありますが、現在の会合をもって解散式といたします。といっても、式の行事などはなにもなく、いうべきこともはやありません。いずれ午後は『川島ホテル』において別宴を張ることになって居りますので、その節また歓談いたしましょう。今夜、東京その他郷里へ帰る方々も居られましょうから、あとで旅費、切符、給与支給品、その他について、副官や庶務将校とよく打ちあわせして下さい。もう、この講堂に、いや、西部軍管区報道部事務室に皆さんが集合するのもこれが最後です。七月七日結成以来、皆さん、このつまらない私を助けてよくやって下さいました。ありがとうございました」

「天皇陛下、万歳を三唱して、解散しましょう」

と、立川中尉がいった。否はいわせない、威厳に満ちた強圧的態度だった。

「部長殿、音頭をとって下さい」

「うん」

と、井手大佐もうなずいた。

「気をつけエッ」

と、副官は講堂がワンワン鳴りひびくほどの大声を発した。

全員、不動の姿勢をとった。

「天皇陛下、バンザアイ、バンザアイ、バンザアイ」

両手をあげる部長に一同も和したけれども、万歳の声には力がなく、副官一人のはげしい号令ほどの欲も作ることが出来なかった。中には手もあげず、万歳を唱えない者もあった。

筆生だけが泣いていた。六人がひとかたまりになって一隅に立っていたが、はげしく嗚咽するたびに、ブラウスの下から豊かにふくらんだ二つの乳房が揺れ、この殺風景な雰囲気の中に、異様なものを発散していた。


宿舎「川島ホテル」のロビーでの別宴は、あっという間に大乱戦になってしまった。恐らくは、「千代の松」の酒のせいであろう。清酒をたら腹飲む機会などほとんどなかったし、大部分の者が久しぶりの日本酒だった。前夜は朝鮮マッカリのため、飲めば飲むほど気が滅入ったのに、今日は飲みはじめてからいくばくも経たないうちに、全員が顔をまっ赤にし、呂律が怪しくなっていた。

ロビーに長いテーブルをならべ、それに腰かけて飲みはじめたのだが、すぐに席を立つ者があらわれ、酔漢たちはひろいロビー内を右往左往しはじめた。三十人ほどの人数に二斗の酒があるので、量は充分だった。中には、松坂幸夫、山中精三郎などのように一滴も飲めない者もいたし、酒好きが泥酔するに足りた。殊に、敗北と、これが最後という悲壮感に彩られて、感情の放出も底なしであり、言動になんの抑制もなかった。

「飲んで飲んで飲んだくれて、このまま、ぶったおれて死んでしまいたいわい」

アヒル声で谷木順は泣きながら、そんなことをくりかえし喚いていたが、部員たちの胸には多かれ少かれ、その放棄と頽廃の気分が宿っていたにちがいない。無礼講を通りこし、ホテルも割れるばかりのけたたましい大饗宴となった。

気勢があがった一つの理由に、数名の女性が加わっていたことがたしかにあった。日本酒に飢えていたように、誰もが女に飢えていた。妻のある者も離れているし、鬱積していた女への渇望が、酒とともに沸騰したのである。もっとも、それだからといって、報道部の筆生たちであるから、これをどうすることも出来ない。それでも席に美しい女性たちがいるというだけで、部員たちは勢いたち、日ごろのなにかを満たそうとした。報道部事務室では取りすましていてとっつき難かった六人の筆生たちも、酒席にまじって、酌をしたり、歌ったり、踊ったりすると、まるでちがったあでやかさと色気とをただよわせる。彼女たちも、いつぞや、部長官舎で、参謀や憲兵たちの席に無理に侍らせられたときとはちがい、心からのように、四十日ほど、ともに机をならべて生活した部員たちをもてなした。男にも女にも、今日が別れ、しかも、別れてしまえば、二度会えるかどうかわからない、おのおのがどんな運命に見舞われるか予測もつかない、中には、アメリカ軍に逮捕されたり、投獄されたり、殺されたりする者も出来るという運命の悲壮感をこめて、感傷はいやが上にも高まった。

「お元気でね」

という筆生の言葉はうるみ、一言いっては声を立てて泣く始末だった。

鶴野信子が来ていた。彼女はときどき慰問にといって、花束や果物を持ってやって来たが、その都度、昌介が邪慳に遇するので、この一週間あまりは寄りつかなくなっていた。長崎に原子爆弾が投下された日の夜、大きなバラの花束を持って来た信子を、「もう二度と来るなよ」といって追い返して以来である。筆生たちがブラウスにモンペという姿であるのに、彼女は大柄な模様の浴衣を着て、派手な博多帯をしめていた。背が高く、色白の美人なので、特別念入りにお化粧もしていた信子の存在は際だって見えた。

「お兄さま、今日はお別れに来たんだから、まさか、追い返しはしないでしょうね」

鉄砲百合の花と大きな果物籠とを下げて来た信子は、機先を制するようにそういった。

「歓迎、歓迎、大歓迎、辻君が帰れといっても、僕らが信子さんを守るよ」

フェミニストをもって任じている沖縄詩人の志波春哲がそういって、手をとって信子を酒席へ招じ入れた。

拍手がおこった。

「ありがとう」

と、昌介も素直に好意を謝した。

ロビーの一隅に祭壇が設けられ、江川清一の遺骨が安置してあった。二階の部屋からわざわざここへ移したのである。江川も酒宴に加えようと提唱したのは伏見竹二であったが、誰も異存をとなえる者はなかった。門司から避難列車に乗ってどこかへ行ったという江川の細君と子供の消息はいまだに知れなかった。

「江川君、飲め」

といって、酔漢たちは次々に、白い遺骨箱の上に酒をぶっかけた。

井手大佐も酔っていた。宣伝中隊の兵隊たちは正真正銘の軍隊であるから、すぐに故郷に帰るというわけにはいかない。報道部と宣伝中隊とは解散しても、兵籍は原隊にあるから、正規の復員手続がすむまではいなければならなかった。このため、宣伝中隊が二斗の酒で別宴を張るのはそのときまで延期されていた。そこで、井手大佐は最初から、立川副官や庶務将校とともに嘱託連中の別宴に列席していたのである。宴はことあらたまった挨拶や感想を抜きにしてはじまったので、井手大佐の酔う速度も早かった。すでに、部長と部下という関係も絶たれている。そうすると、占領軍から武装解除されて消滅する軍の敗残将校などよりも、地方にいてちゃんと自分の仕事を持ち、ひとかどの文化人として通っている旧嘱託連中の方が、格段に立派に見えるのだった。軍という背景を失った軍人ほど哀れなものはない。井手大佐はそのコンプレックスで、出来るだけ控え目の態度をとるように努めていた。

佐野良と細君も来ていた。しかし、浄瑠璃は語らなかった。昨夜よりも今日の方がふさわしかったかも知れないが、もはや、そういう意味深い芸を受け入れるシンミリした空気はなくなっていた。佐野も酒好きだから、ヤケのようにガブ飲みし、すぐに狂躁の中に溶けこんで、仲間たちと、

「戦争に負けたって、おれたちには文学があるんだ。文学のために生きるんだ」

などと、義太夫で鍛えた張りのある声でどなりあっていた。

昌介も次第に前後を忘れるほど酔って行きながらも、この癲狂院《てんきょういん》のような馬鹿騒ぎを肯定していた。外観を見れば飲んだくれの乱痴気騒ぎにすぎないけれども、その底にあるものを信じようとした。信じるものがなにもなければ、ただ恥じなくてはならない。この敗残の饗宴にもったいぶった意味をつけようというのではなく、敗北と絶望の中から湧いて来るもの、未来へつながるもの、未来の歩みへの支柱となるもの、それがたしかにここにあるのだと信じたかった。それは個人の運命を超えた歴史の秘密であろう。誰一人、これからどうなるのかわかっている者はないが、歴史が断絶されたわけで

はない。一つの歴史は終ったが、次の新しい歴史がはじまる。そこにどんな変化がおこるか、それはこれからの問題だ。しかし、そのこれからの不明なものへ結びつき、その支柱となってこれを押し進めて行くもの、その精神のなにかの胚種が、この狂躁の中にないだろうか。ある。そう思う。それは、なにか。それはわからない。しかし、ある。昌介は漠然とした容認によって、今日の滑稽をも肯定しないでは居られなかった。

安岡金蔵が寄って来た。彼もかなりの酒好きだから、今日は大いに満悦しているようだった。ユラユラしている。

「やあ、法学博士殿、方角は確かかね」

と、昌介は笑っていった。

「方角なんてわかるもんか。日本は五里霧中だ。だが、辻君、君とまた、どこで会えるかわからん。僕に記念になにか書いてくれんか」

そういって、安岡は一本の白扇をさしだした。

「よッしゃ」

と、酔っていた昌介は、腰の矢立《やたて》を抜いて、思い浮かぶまま、サラサラと扇に筆を走らせた。

巷の垣にさりげなく
咲く山吹のうつくしき
かはたれどきに白雨《はくう》来て

たたけど散らぬ葩《はなびら》を
いづくの者のしわざぞや
ひとひらふたひら三ひらほど
土によごれて今朝《けさ》ありぬ
散りて咲くてふもののふの
心に似たる黄の色に
たはむる蝶のありつれど
なげきを聞かむ術《すべ》もなし
今日《けふ》の思ひを忘れずば
いつか巷の山吹を
昔の色に返してむ
昔の色に返してむ

書き放して、なにを書いたかもすぐ忘れてしまい、それを安岡に渡した。

「安岡さん、人にばかり書かせる法はない。僕にもなんか頼む」

昌介はそういって、自分の扇と矢立とを渡した。

安岡はちょっと考えるようにしたが、大きな文字で、「革命、日本零年八月十七日」と書いた。

昌介は気に入らず、

「法学博士殿、革命はわかったが、日本零年はいかんよ」

「日本の新しい歴史がはじまるんだから、零年だ。天皇だって退位するにきまってるから、年号も変るよ」

「ま、ここで議論してもしかたがない。ありがとう」

昌介はゆらめきながら、笠健吉、今下仙介、山中精三郎などが屯しているロビーの一角の方へ歩いて行った。

「お兄さま、大丈夫?」

鶴野信子が寄って来て、たおれそうになる昌介を抱きかかえるようにした。そのとき、強い脂粉のにおいが鼻をつき、うすいシャツを着ている胸に、ふっくらと盛りあがった柔い女の乳房が密着した。

昌介は不思議な動悸を感じた。

一隅では喧嘩がはじまっていた。

「こらア、冷血漢の人殺し」

と、伏見竹二が立川中尉を罵倒したのが原因らしかった。

開宴のとき、格別に鹿爪らしい挨拶や感想を述べることはしなかったが、井手大佐は立って、一言だけいった。

「これまでの同志としての友情と信義とを重んじて、アメリカ軍から尋問されるような事態がおこっても、おたがいに不利になることはいわないことにいたしましょう。おたがいに庇《かば》いあいましょう」

それを仲間たちもうなずいたのに、酔いとともにそんな約束は忘れ、日ごろからの鬱憤が爆発するのだった。主な人物が欠けているので、「東京組」「九州組」の差別はなくなっていたが、個人的な対立が酒とともに表面化するのである。みんなから顰蹙《ひんしゅく》されていた江川清一などは、生きていたら袋だたきの目に遭ったかも知れない。嘱託連中に対する立川副官の態度は、これまで腹に据えかねるものがあったので、伏見の言葉をきっかけに、数人が立川中尉に食ってかかったのは当然のなりゆきかも知れなかった。

「まあまあ、待ちなさい」

と、井手大佐が止めに入ったので、大事にはいたらなかったが、立川中尉は青白い顔をひきつらせ、抜刀して、

「いつでも、君たちの相手になってやるぞ」

と、すごい眼つきをしていた。

「その刀で、アメ公の首を斬ったのか」

「おいおい、伏見君、すこしは口をつつしみたまえ」と、井手大佐は心外そうに、「いくら酔ったって、いっていいことと悪いことがありますよ。立川中尉はただ命令によって、任務を遂行したにすぎないんだ。軍隊では上官の命令は絶対だ。それは君たちもよく知ってるはずじゃないですか」

「僕はいくら上官の命令でも、理不尽な命令は聞かんよ。無抵抗な捕虜の首を斬るなんて、元来、こいつが冷酷無情な人間だからだ」

「なにッ」

と、立川は激怒して、刀をふりかぶった。

「斬るか。おう、面白い。斬るなら斬ってみれ」

嘗て、映画監督時代に、「旗本退屈男」「邪痕魔道」などというチャンバラ映画を演出したことのある伏見は、まるで自分が時代劇中の一人物ででもあるかのような恰好で、啖呵を切って凄んだ。

井手大佐はグングンと立川中尉をロビーから玄関の方へ引きずって行き、

「立川、なにもいわずに帰れ」

副官は、刀を鞘におさめると、一散に表へかけ出して行った。

外はもう暗くなっていた。車内一杯に灯をふくらませた電車が、チンチンチンとしきりにベルを鳴らし、電線に青い火花を散らしながら走って行く。「川島ホテル」内の馬鹿騒ぎをよそに、街はヒッソリと静まりかえっていた。街の人たちが窓からロビーの饗宴を見物していた。中にはいかにもいましげに舌打ちしている者があった。

直径一尺ほどもある桶に酒が満たされ、それがグルグル廻された。

「同志なら、飲め」

三升も入っているかと思われる桶をかかえて、昌介もガブ飲みした。滅茶苦茶に酔ってしまいたい気分で、思慮もなくなりかかっていた。眼前が朦朧として来た。

誰かが、ピアノで「螢の光」を弾きだした。その哀調のあるリズムが筆生たちを泣きださせ、酔漢たちの感傷をさらにあおりたてた。合唱になった。

終ったころ、細谷俊が、

「ええい、どうにでもなれ」

と叫んで、卓上のドンブリ鉢を床にたたきつけた。南瓜、豆、藷、カンヅメなど、粗末な御馳走は一人前ずつドンブリに入れられてあった。空になると、そのドンブリで酒を飲んでいる者もあった。細谷の投げた鉢は、コンクリートのフロアに当り、はげしい音を立てて割れた。

それは、たちまち伝染した。

「畜生ッ」

「糞ゥ」

と、酔いどれたちは片はしからドンブリ鉢をたたき割りはじめた。その音はかん高く鳴りひびき、座の空気をさらに狂躁に駆りたてた。

台所から、支配人の結城五助がびっくりして飛んで来た。二人の女中が後につづいていた。

「もしもし、あんた方、腹も立とうばってん、そげん乱暴はせんで下さいよ。ドンブリ鉢は割らんで下さいよ。あとでまた要《い》るとじゃけん」

「日本が敗けたのに、ドンブリくらい、なんか」

「あ、もしもし……」

必死で喚きながら、女中といっしょに止めようとした。しかし、すでにほとんどが床に投げつけられていた。散乱した鉢のかけらの間を、酔っぱらいどもは靴で歩きまわり、蹴散らしたり、踏みつぶしたりした。

「辻君、帰るよ」

と、山中精三郎が寄って来ていった。

「どこへ？」

「東京さ」

「もうそんな時間か」

「うん、これから博多駅に行く」

「そうか。よし、送って行こう。……部長、ちょっと車を貸して下さい。山中君を駅まで送って行きますから……」

「どうぞ。僕はここで失礼します。山中君、お元気で……」

「井手さんも、どうぞ」

山中は一滴も飲まなかったのに、興奮して赤い顔をしていた。東京へ帰る者は七、八人いたが、同じ汽車ではなかった。戦争中よりも終戦後の方がもっと切符が買いにくくなっていて、上京する者もバラバラだった。すでに酒席から抜け出て、早い汽車に乗った者もある。山中精三郎は一人だけだった。

まだ酒宴は闌《たけなわ》だったので、山中は誰にいうとなく、

「皆さん、さようなら」

と、ロビーの入口で叫んで、玄関に出た。リュックサック一つが荷物だった。

野崎一等兵の運転する部長の常用車に乗って。博多駅に向かった。このころから、昌介は記憶を失った。車に揺られているうちに、すぐに眠ってしまった。起されたときには博多駅に着いていたが、それからは記憶がバラバラで、後で考えてみてもうまくつながらない。いっしょに送って行ったのは、笠健吉、山原松実、細谷俊、月原準一郎、今下仙介、それに、誰か女がいたようだったが、そんなに

大勢一台の車に乗れたかどうかわからない。無茶苦茶に詰めこんで乗ったかも知れない。博多駅の異様な大混乱、むざんな姿の人達、復員の兵隊たち。そして、すし詰の列車にやっとぶら下がるようにして乗りこんだ山中精三郎。握手したような気もする。なにか別れの言葉をクドクド述べあったようでもあり、なにもいわず泣いていたような気もする。機関車の鋭い汽笛だけが異様に鮮明に耳に残っている。それから、また「川島ホテル」へ引っかえす途中、眠りこけてしまった。……

気がついたときには、真暗な部屋の中で、女に抱きすくめられていた。二階の自室だったのだが、そのときはどこなのか、まるでわからなかった。やっと女が鶴野信子だとわかったときには、はげしい女の情熱にたわいもなく屈服して、接吻をし、肉体のまじわりをしていた。信子の方が計画的であったために、昌介はほとんど抵抗する余地がなかった。

「お兄さま、今夜はあたしがお姉さまの代りをしてあげるのよ」

耳元に熱い息をふきかけてそういった信子の言葉を納得したわけでもなかった。自分で自分がわからなかった。信子へ心を惹かれていたとはいえず、この行為になんの責任を感じてもいなかった。理由も、高邁《こうまい》さもなく、女への飢えに痺《しび》れたように身をゆだねたにすぎなかった。下等で、うす汚い衝動のままにうごめいただけだ。その場所は、二十日ほど前、広島へ疎開することを告げに来た妻美絵と、お別れの夫婦の営みをしたベッドであり、八月十五日、敗戦の夜、祖国の運命に殉じようとして、刀を腹に当てたのもこのベッドの上であった。美絵との営みは愛情の悲しさと美しさとをあらわし、自殺未遂は志の高さと崇厳さとを示していたといえるが、今夜の行為はただ劣等で、なんの弁解のしようもない。このような、瞬間に堕落する人間とはなにものであろうか。ただの過失《あやまち》であろうか。不慮の災難か。罪ならば、なんらかの罰を受けなければならない。それにしても、解しがたいのは信子であるといわなければならなかった。妻美絵は、面会に来たときいった。

「あの人には相手にならないでね。すこしおかしいのよ。それに、文学少女で有名好きやから、父ちゃんになんかの野心を持っとるのかもわからんわ。父ちゃんが好きなのかもわからんわ。ああ、あたし、心配になって来た。絶対に、信ちゃんを近づけないで……」

　妻の予感が的中したのである。もちろん、酔い痴《し》れている最中には、ただ妄動しただけで、なんの思慮も反省もなかった。信子が帯をしめなおすときから、また眠ってしまい、その後の記憶も失った。仰天したのは朝になってからである。

## 第十八章

　トラックは、呉服町から千代町を過ぎ、石堂川のコンクリート橋を渡って、博多の街を出はずれた。

「ひと雨、来るかも知れませんな」

　タワシのように不精髭を生やした、小柄で、人のよさそうな運転手の上等兵が、正面のガラス窓越しに空を見あげた。

「これまであまりお天気つづきだったから、すこし降った方がええですよ」

「ほんとに、ドーッと、大水でも出るくらいに降った方がサッパリしますたい」

　運転手のいうような、ノアの洪水そこのけの大豪雨が降れば、なにかの鬱積した重いものが吹っとびそうな気がした。しかし、そのとき、自分はノアの箱舟に乗る資格はないのだと考えて、昌介は憂鬱だった。

若松へ一たん帰って別命を待つことにしたのだが、すさまじい混雑をしている汽車の切符がいつ取れるかわからない状態だったので、軍用トラックの便を借りたのである。待っていれば、正午ごろには汽車に乗れるかも知れないということだったけれども、昌介は一刻も早く博多を脱れ出たかったので、十時に出るトラックに乗せてもらった。トラックは小倉の砲兵工廠へ行くのだから、若松とは方角がちがう。しかし、鹿児島本線と筑豊本線との乗換駅である折尾《おりお》を通るので、そこで降ろしてもらって、折尾から若松行の汽車に乗ればよい。昌介は大勢の人の中に出たくない気分になっていたので、汽車よりもトラックの方をよろこんだ。三、四人、兵隊が乗っていたが、昌介は運転台に乗せてもらった。彼が出来るだけ早く「川島ホテル」を出たかったのは、もちろん、鶴野信子を避けるためであった。朝、眼がさめてみると彼女はいなかったが、かならずまたやって来るにちがいないと思い、昌介はあわてたのである。二度と逢いたくなかった。立川中尉の世話で、やっとトラックの便を得た昌介はホッとしたが、思いがけず自分の身についた汚点のために心は重かった。二日酔いで頭が痛いだけではなく、全身がだるく、ときどき、胸の底から気持わるく突きあげて来るものがあった。

トラックはボロ車だし、道路は悪いと来ているので、乗り心地は快適とはいえない。しかし、汽車にくらべれば十倍も上等だった。実際、通過する列車を見て、昌介は文字どおり慄然とした。道路は折尾までおおむね鉄道線路と平行しているので、数回、上りや下りの汽車と出あった。

「まったく殺人列車ですなあ」

と、運転手の林上等兵もあきれ顔でいった。

汽車が人間を積んでいるというよりも、人間の中に汽車があるみたいだった。機関車はもとより、客車も貨車も人間に埋められている。鈴なり以上で、屋根までも一杯だった。乗客はまっ黒い煙の煤をかぶりながら、汽車にしがみついている。ぶら下がっている客は今にも落ちそうになっている。こういう状態で普通のスピードを出せば危険にきまっているので、列車は徐行していた。このため、最近の列車のダイヤは目茶苦茶だ。世界一正確だといわれた日本の汽車も、三十分一時間狂うのは普通で、東京から来る急行などは十時間も、十五時間も遅れる始末だった。列車には復員する兵隊たちの姿もたくさん見られた。こういう状態なので、毎日、死人や怪我人が出ていた。

「汽車にくらべたら、このトラックは特等ですね。ありがとうございました」

と、昌介は笑っていった。

「辻軍曹殿は、若松でしたね」

「ええ」

「これから、どげんされるとでありますか」

「どうッて……」

「文学の方は？」

「文学どころではありませんよ。あなたはどちらです？」

「糸島です」

「まもなく復員して、故郷へ帰るわけですね」

「今度の小倉行が最後の任務です。明日、福岡へ帰ったら、すぐ除隊することになっとります」

「御両親は？」

「元気で居ります。ばって、兄貴がガダルカナルで戦死しましたけん、私が一家を見にゃならんことになりました。私ら、自動車を運転する以外、なんの能もなかですけん、帰ったらまたトラックの運転手でもします」

「奥さんは？」

「これで、子供が三人もありますたい。二十歳くらいのときに夫婦になりましたけん。ヘッヘッヘッ……」

二十歳くらいのときに結婚したというのは、恐らく恋愛のロマンスがあったわけであろう。照れくさそうな笑い声がそれを証明しているようだった。

「よかったですね」

と、昌介は心からいった。

「ほんとによかったです。私でも戦死しとったら、一家、チャチャクチャラでしたもんな。ばってん、今度の戦争じゃあ、一家の中か、親族かで、一人も傷つかん家というのはなかでっしょうなあ。私の近所には、男兄弟四人も戦死したとか、三人出征して、二人死に、一人は両足を砲弾でもがれて一生の不具《かたわ》になったとかいう家がなんぼもありますばい。まあ、兄貴一人の戦死はよか方ですたい。それに、そげん気の毒な家が多かとに、一人くらい戦死者を出さにゃすみまっせんもんなあ。そらそうと、辻軍曹殿のところは？」

「兄弟三人、みんな戦地に行きました。一番下の広士は、どうやら沖縄で戦死した模様です。中の英二郎は中支の南京に行ったのですが、これはどうなったのかサッパリわかりません」

「そうですか。戦死なさった方はもうしかたありまっせんばってん、中の弟さんが無事で帰らっしゃるとよござすなあ」

話しているうちに、雨になった。しぶきが正面のガラスをはげしくたたき、あたりはまっ白に埋められた。よく稔った稲穂がカラカラに乾きそうになっていたが、まるで雨が緑の絵具ででもあるかのように、サアッと濃い青に塗られ、いきいきとよみがえった。気持がよいようだった。

「汽車に鈴なりになっとる人たちは、濡れてへこたれたことでっしょうなあ。雨よけするところはないし……」

運転手が同情するようにいった。

昌介は苦笑した。こちらがよろこんでいるときには、その同じことで苦しんでいる者がある。一人の幸福は他人の不幸を意味している場合も少くない。自分たちが戦争に負けて悲しんでいるとき、どこかには、これをよろこんでいる者もあるのだ。後部のトラック上の兵隊たちは、天幕をかぶって雨を避けているらしかった。

雨は小降りになったり、また、ひどくなったりした。

香椎《かしい》、古賀、福間《ふくま》、赤間《あかま》と過ぎた。このあたりだったと、昌介は美しい稲田を眺めながら思いだした。八月一日から三日間、B29撃墜王志村大尉のことを調べに小月飛行隊に行ったその帰り、このあたりで、敵グラマン機の襲撃を受けたのである。ひどい目に遭った。小降りの雨の中に、あのとき、列車から待避した小川の土橋も認められた。そこで、買いだしの四十女が射殺され、五十をすぎたサラリーマン風の紳士が足を射抜かれて発狂した。土橋のすぐ前の稲の中に、「へのへのもへさん」の顔を徳利にかいた案山子が立っていたが、それに機関銃弾があたり、カーンと割れて飛んだ。その同じ場所に、同じ「へのへのもへさん」の案山子がまた立てられてあった。雨に煙る中に、海のように稲田がひろがり、転々とある農家のワラ屋根は黒々と湿っていた。平和な風景だった。

東郷《とうごう》の近くまで来たとき、正面から戦車がやって来た。無限軌道《キャタピラ》の音が笑うように鳴っていた。近づくと、砲塔から半身を出している兵隊が白い小旗を持って、後方へなにかの合図をしていた。鉄兜が雨に光り、軍服も顔も濡れていたが、兵隊の顔は能面のように無表情だった。戦車は三台つづいていた。そして、それに乗っているどの兵隊も、ムッツリとしていて怒ってでもいるようだった。昌介は、その兵隊たちの無表情の顔にはげしく胸を衝かれた。戦車隊はどこから来たのか知らないが、恐らく、このあたりの海岸地区に、アメリカ軍上陸に備えて配置されていたものであろう。しかし、敗北となれば、兵隊は武装解除され、戦車は敵軍へ接収されるのである。この三台の戦車も敵に引き渡されるため、福岡へ集結しているものにちがいない。それを運転して行く兵隊の気持を考えると、昌介は涙の出る思いがした。

戦車のあとに、数百名の兵隊が行軍していた。将校がこれを指揮し、先登に軍旗らしいものが捧げられていた。革袋につつまれているので確認は出来なかったが、軍旗にちがいないと思われた。雨の中を行軍して行くこれらの兵隊は、いわば敗残兵なのであるが、銃を肩に、背嚢を背にして歩いて行く隊列はなかなか勇ましく見えた。美しくさえあった。

林上等兵は部隊とすれちがうときには、スピードを落していたが、感慨がおさえきれないように、「日本に居る兵隊は、すぐ復員して故郷に帰れるけん、よかですばってん、戦地に居る兵隊は全部、捕虜になってしまうとですなあ」

と、いった。

昌介は答えられなかった。同じことを考えていたのである。捕虜――もっとも忌むべき言葉だ。軍人としてこれ以上の恥はなく、捕虜になるくらいなら死ね、と教育された。ところが、今、何百万という日本の兵隊が、一挙に、一人残らず捕虜になる日が来たのである。弟英二郎も中国で捕虜になっているにちがいない。いくら屈辱だといってみたところで、絶対に脱れられない運命なのだった。昌介は歯を食いしばって、この恐ろしい転換のショックに耐えようとしたが、涙があふれて来るのをおさえることが出来なかった。自分もすんでのところで、捕虜になる運命にあった。昨年十月、レイテ島へ米軍が反攻して来たとき、フィリピン行を命ぜられたが、もはや戦局が苛烈になっていて、飛行機で行くことが不可能になった。数日の差だった。このため、報道部に徴用され、国内で終戦を迎えることになったのである。人間の運命の紙一重、恐ろしいことといわなければならなかった。中国、南方の戦場には今なお多くの戦友がいる。それらが全部、武装を解かれて捕虜になったのだ。信じられないことであるが、厳たる現実であった。さすれば戦死した末弟がかえって幸福であったろうか。戦車と部隊とすれちがってしまうまでの時間、昌介は息苦しい思いがし、兵隊の姿が見づらかった。

遠賀川を渡って、折尾に来た。

「ありがとうございました」

「辻軍曹殿もお元気で。御縁があったら、またどこかでお目にかかりましょう」

昌介は林上等兵と握手し、トラック上の兵隊たちにも別れを告げて雨の中を折尾駅に走った。帽子もかぶらず、背広服に、小さな手さげカバン一つと、助広の軍刀を持っているだけだった。

幸い、支線のせいか、すぐに若松までの切符を買うことが出来た。発車に間がなく、プラット・フォームに出た。「若松方面行乗り場」と書いた標識が眼に染みる。五十日ぶりに故郷に帰るのである。父や妻は一度ずつ、報道部に面会に来たが、母とは五十日目に逢うのである。今日帰ることは電話で知らせてあった。赤煉瓦造りの折尾駅の歩道やフォームは、明治二十四年八月、筑豊線が開通したときのままである。元来が古風であるのに、戦争のため手入れが行きとどかず、古ぼけ、傷み、汚れはてていた。

乗客が大勢、フォームを埋めていた。誰にも会いたくないと思っていたが、さすがに若松へ行く客の中には顔見知りが多く、

「辻さんではありませんか。今、お帰りですか」

と、何人もから声をかけられた。

「はあ」

昌介はしかたなく生返事すると、便所に行くふりをして、大急ぎでそこから逃げた。戦争についてのことを話しかけられたり、質問されたり、敗北を悲憤慷慨されるのはいやだった。中には、昌介を難詰し、食ってかかる者がないとはかぎらない。これまでだって敵はたくさんいたのだから、敗戦となれば、敵が数倍になったと思わなければならない。昌介は自分でもよく反省したいと考えていたし、

そんな大切な問題について、駅のプラット・フォームで大声を出されたくなかった。今はみんなが気持がささくれだっているにちがいないから、どんな些細な言葉からでも、馬鹿々々しい騒ぎが持ちあがりかねない可能性があった。

列車が入って来た。やはり、かなり混んでいた。鹿児島本線ほどの鈴生りではなく、機関車や、屋根の上に乗ってはいなかったが、デッキからこぼれ落ちそうに溢れていた。それでも、ここで降りる者が多く、昌介がやっと乗りこむことが出来たときには、着いたときよりはいくらか空いていた。入口近い場所に立ったままだったが、幸い周囲には知った顔がいなかったので安心した。車内はトルコ風呂のように蒸し暑く、異様な臭気がただよっていた。汗がふいてもふいても湧きあがって来た。

ベルの音とともに発車。春雨のように小降りになった水田の間を、列車はスピードを落して進行した。

「これから一体、日本はどうなるとじゃろうか」

「平和国家としての新日本建設をやるにきまっとるやないか」

「おれはもう商売する気もせんようになったばい」

「わしは面白い計画を考えとる。アメリカ兵相手のキャバレーをやるんじゃ。あいつら助平にきまっとるけ、そんなに美人でのうても、すこし渋皮の剝げた女子《おなご》を揃えときゃあ、大繁昌すること請けあいじゃ」

「敵兵から搾りあげるのか」

「昨日の敵は今日の友じゃないか。ハッハッハッ……」

大声でそんな話をしている者があった。

あまり遠くない片隅に押しつけられて、一人の兵隊が立っているのに、昌介は気づいた。三十くらいと思われる、色の黒い、朴訥《ぼくとつ》らしい男で、顔を見られたくないように、暑いのに手拭で頬かむりをし、その上によごれた戦帽をかぶっていた。肩章がもぎとられているので階級はわからないが、いずれ二等兵か一等兵、よくて上等兵くらいの下級兵にちがいない。カーキ色のシャツは泥と汗とに濡れ、唯一の荷物らしい長方形の大きな袋を身体の前に立てて抱いていた。オドオドしているかと思われるほど、周囲の視線に臆病そうにしていて、ただボンヤリと、窓外に視線を投げていた。その表情は、さっき東郷附近の街道で、戦車に乗っていた兵隊のそれと共通していた。そして、彼の態度にはまるで罪をおかしてでもいるような肩身の狭さがあって、かたくなにまわりの人々から孤立しようとしているような卑屈ささえ感じられた。乗客たちの眼も白かった。慰めの言葉をかけたり、立って席をゆずろうとする者もなかった。

昌介は、歯ぎしりしたい思いを味わった。多分、この兵隊も出征するときには、日の丸の旗の波と、万歳の歓呼の声に送られて故郷を出たにちがいない。しかし、今は誰も相手にしないばかりか、ソッポを向いてさえいるのである。敗戦によっておこるあらゆるものの価値転換、そのまっさきは恐らく軍隊と兵隊とであろう。しかし、兵隊になんの罪があるのか。兵隊よ、胸を張れ、と叫びたかった。

江川の鉄橋を渡り、二島《ふたじま》駅に着いた。ここでは降りる者よりも乗る者の方が多かった。しかし、満員のため、大半が積み残された。

ところが、フォームに四、五人いた朝鮮人が、

「こらァ、日本人、降りれ。降りんか」

「負けた日本人、退《と》け」

などといいながら、デッキにいる客を片はしから引きずりおろし、みんな乗りこんでしまった。そして、一人の菜っ葉服を着た、菊石《あばた》の深い大男が、外に向かって、

「駅長、汽車を出《た》してもようし」

と、どなった。

ベルが鳴り、列車は動きだした。

さらに、朝鮮人たちは乱暴に入口の客を押しのけて、箱の中に入りこんで来た。

「こらア、立て」

「負けた国が腰かけとるなんて、そんな生意気あるか」

などと喚きながら、坐っている乗客を五、六人、腕や襟首をにぎって無理矢理立たせ、自分たちが腰かけてしまった。

「ひどいことをしやがる」

と、見ている者はみんな呟いていたが、誰一人、朝鮮人たちの横暴を止める者はなかった。注意する者もなかった。立たせられる人たちも不服そうに、腹立たしそうにしていたが、抵抗した者はなかった。女子供だけでなく、三十くらいの青年や、五十がらみの親父もいたのに、朝鮮人のなすがままだった。勝ち誇ったように、朝鮮人たちは横柄な恰好で、煙草をふかしたり、センベイをかじったりしはじめた。ニンニクのにおいが車内にただよって来た。

「まるで、あいつ等、戦勝国みたいな顔してやがるな」

「これまで、ヨボ、ヨボといわれて馬鹿にされた仇討をしよるつもりなんじゃ」

そんなことを囁きあっている客もあった。

昌介は、十六日夜のことを思いだした。別宴を張るため、谷木順が朝鮮部落にマッカリ酒を買いに行ったところ、二日前とは態度がまるで変っており、呼びすてするのを怒ったり、恩に着せた上で値段を倍も取ったりしたという。朝鮮は八月十五日ポツダム宣言受諾とともに日本の治下を離れて独立しているから、もはや日本国民ではなくなっているのは事実であるが、人間と人間とのつながりははたしてそういうものであろうか。報道部時代に、いやというほど革命という言葉を聞かされたが、たしかに、想像もしなかったような変化がおこっている。しかし、眼前に見る変化などよりも、占領軍の進駐と同時に、さらに巨大な変化、つまり革命がおこるのだ。ここはまだ地獄の入口か待合室かにすぎない。終戦の夜、腹に当てた刀をおさめて、生きることのむずかしさと苦しさとの方を選んだ昌介は、あらためてそれから先の深い闇を望んで、ほとんど総身が鳥肌だつ思いを味わった。それにしても、朝鮮人の横暴と日本人の卑屈と、どちらも許しがたい気がした。といって、自分が出て行く気持はなかった。昌介は、あらゆることに控え目に、出しゃばらないようにしようと思い定めていた。

列車はなつかしい故郷の街に入った。右手に、大小船舶の入港している洞海湾、若松港、港岸にある石炭桟橋と操車場。しかし、無数の工場の煙突からは煙が立たず、音も聞えず、戦争中の活気はまるでなかった。左手には、岩尾山、金比羅山、高塔山が見えて来た。八月八日、対岸の八幡とともにB29の大空襲を受けた若松は、市街の中心は被害をまぬがれたが、古前《ふるまえ》附近は千軒以上も焼失し、そこはまだむざんな焼野原のままだった。五十日目に見る若松、二度と踏むことはあるまいと考えていた故郷の街に帰って来て、昌介は胸が痛くなるのを禁じることが出来なかった。昭和十二年以来、八年間、幾度、この街から中国や南方の戦場に出て行き、幾度、帰って来たであろうか。しかし、そのときにはかならず、多くの人々から日の丸の旗で送られ、また迎えられた。しかし、今日は誰も迎える者はなく、昌介が帰ることを知っている者すらなかった。母一人が待っているのである。

列車は、定刻より二時間近くも遅れて、若松駅のフオームにすべりこんだ。

「若松、……若松……」

もみあいへしあいする客とともに、プラット・フォームに降りた昌介は、すぐに、さっきの復員兵の姿を探した。溢れる客の流れの中に、兵隊の姿は十人ほども見受けられた。そのうちの二、三人は海軍の水兵のようだった。陸海軍の軍人に対して、正式に、復員に関する勅諭が発せられたのは八月二十五日である。しかし、九州軍の中にはこれに先だって復員を実施した部隊はいくつもあり、早いのは終戦即日おこなった。また、特種任務についていた兵隊たちも早く解除された。逃亡した兵隊もあったが、それはやはり戦場離脱の罪に問われたのである。昌介は自分の方は発見されないように努めながら、これらの兵隊たちの姿に注意した。彼等はいずれも大きな袋をかつぎ、疲れきった足どりと表情とで、うつむきかげんに、ユックリユックリと出口へ歩いて行った。古ぼけた軍靴で踏みしめる一歩一歩に、それぞれのなにかの感慨がこもっているようだった。誰一人、口をきく者がなく、また、兵隊同士のつれもないらしかった。

出口で待ちかまえていた老人が、無言のまま、一人の兵隊に抱きついて、はげしく嗚咽した。また海軍の兵隊を三、四人の若い連中がとりかこんだ。しかし、迎えの者が来ていたのはその二人だけで、後の兵隊たちは一人でトボトボと、まだ降っている細い雨の中を、濡れながら思い思いの方角に去って行った。傘を持っている者は誰もなかった。そのさびしげな後姿に、昌介は胸をしめつけられた。

さっきの朝鮮人たちは、客たちを突きのけるようにしながら、大威張りで出て行った。酔っているのか、菊石面の大男は、手をたたきながら、「チン、チンチンナーレ、チョッタ、チョッタ」と大声で朝鮮の歌のハヤシを口吟みながら、しきりに首を左右に振っていた。

母へ電話をかけておこうと思い、公衆電話のある駅の入口の方に廻った。そして、昌介は奇妙な光景を見た。室内であるけれども、暑いとみえて、窓ガラスを明け放っているので、ハッキリわかった。女事務員もまじえて、七、八人の駅員たちがセッセと紙の小旗をこしらえているのだった。日の丸の旗ではなく、アメリカの旗や、イギリスの旗だった。よく見ると、支那の青天白日旗や、ソ連の赤旗もあった。昌介はいきなり脳天に雪崩でも落ちて来たようなはげしいショックを受けた。敗北の日以後、眼にするもの、耳に聞くもの、ひとつとして胸に染みないものはなかったけれども、これまでこのおどろきに匹敵するものはなかった。聞くまでもなかった。占領軍が進駐して来たときに出迎えるための旗を作っているのである。ポツダム宣言は四国宣言とも呼ばれている。最初は、アメリカ、イギリス、中華民国の三国であったが、八月九日、ソ連が宣戦布告して満州に侵入して来て以来、ロシアが加わった。そこで、この四国の旗をこしらえているわけであろうが、一体、こういう措置は誰の命令によってなされているのか。命令でも指示でもなく、自発的にやっているのか。昌介は戦地で幾十度、占領地の民衆から日の丸の旗を振って迎えられたか知れない。日本軍を歓迎するとはいっているが、歓迎ではなく、身の安全を保つための狡猾さと卑屈さにすぎないのである。日章旗は作りやすい。ただ白地に赤い丸をくっつければよい。それでも即製の日の丸の旗には、丸が卵型であり、菱形であったり、横っちょにくっついているものがあったりした。赤も布だけでなく、インクや絵具、花の汁、血などを塗って作っていた。そして、それを振りながらヘラヘラと追従笑いをする。すると、新聞やニュース映画には、現住民が心から皇軍歓迎をしたなどと報告される。昌介は、現住民のヘラヘラ笑いに接するたびに、うれしいと思ったことは一度もなく、腹立たしさと哀れさとを感じていた。ところが、今、日本人が占領軍を迎えるための旗をこしらえているのだ。終戦後まだ四日目の今日だ。アメリカ軍が単独占領をして、東京地区には月末ごろ、九州地区には九月はじめに進駐して来るということになっているのに、なんで若松であわてて四国の旗を作るのか。四国軍上陸のデマでもひろがっているのか。昌介は四つの敵国の旗を見ていると、胸がムカムカして来た。泣きたい気持になって来た。

公衆電話に入って、家を呼びだした。すぐに、母が出た。

「お母さん、ただ今」

「お前、どこに居るとな？」

「駅前です。これから帰ります」

「雨が降っとるじゃないな？」

「大したことはありません」

「待っとるから、寄り道せんで、まっすぐにお帰り。赤飯が炊いてあるよ。凱旋じゃけ。お頭《かしら》つきの鯛や、お前の好きなビールも探して来て買うてある」

「すみません」

昌介はたまらなくなって、電話器にかぶさって泣いた。これまでたまっていた涙が、いちどきに溢れ出た。

（下巻　第十九章へ続く）

# あとがき

ひとつの作品を書き終えて、涙をながすということはめったにあるものではありません。また、そんなことは自慢にはならず、かえって笑われるにすぎないかも知れませんが、私はこの「革命前後」の最後の行を書いてペンをおいたとき、涙があふれて来てとまらなかったことを、恥かしいけれども告白します。奇妙なことに、フィナーレは、墓場で仲間たちがゲラゲラ笑う場面であるのに、これを書く私の方は泣いていました。元来、感傷癖が強く、それが自分の欠点だとハッキリ知っていながら、性格はどうにもならないものでしょうか。作品を書く場合、私の悪癖をおさえるのにいつも苦労します。同時に、正直でありたいとも考えていて、その悪癖をいつか露呈してしまいます。とにかく、作品を書き終えて涙をながしたのは、終戦後、「青春と泥濘」「花と竜」に次いで、三度目の経験でした。

それはいうまでもなく、自分がいつかは書きたい、書かなければならぬと考えつづけて来た題材とテーマとを、とうとう書いたといううよろこびから来るものでありまして、いま、「革命前後」を書き終えてホッとしています。しかし、もちろん、それはこの作品が傑作であるという意味ではありません。それどころか、不備だらけで、たくさん大切なことを書き落していますし、不充分なことは作者自身がよく知っております。ただ、私は私流に、嘘をつくまいと考えて、身体をぶっつけるようにして書きつづけ、ともかく、千枚に近い作品になったことで満足しているだけであります。

太平洋戦争の敗北は、日本人にとって大きな悲劇でしたが、この経験を日本人はけっして忘れてはならないと、私は考えつづけて来ました。そして、私自身は、作家として、人間として、日本人として、どうしても敗戦前後のことを作品に書かなければならないと思いつづけて来ました。以前にも、若干、終戦後の混乱について、短篇で触れたことがあります。「夜景」「追放者」などの作品です。また、今度のテーマである西部軍報道部に関しても、「盲目の暦」の題下にすこし書きはじめたことがありますが、中断して果しませんでした。今度、「中央公論」で、貴重な誌面を提供して下さって、「革命前後」として完成したことは感謝の他はありません。実は、「中央公論」昭和三十四年五月号から百枚ずつ四ヵ月という連載の約束ではじめたのですが、書く以上はお座なりを書きたくはなく、力をこめて書きすすめていましたところ、「中央公論」編集部の方から、十二月号まで誌面を解放するので、九月号からは毎号百五十枚ずつでも存分に書くようにといってくれ、うれしいことに思いました。しかし、十二月号まで書いてみると、最後の方はまだ一杯、書きのこしたことがあるようです。でも、とにかく、これで完結といたしました。

昭和二十三年六月二十五日、私は、尾崎士郎、林房雄、その他の諸兄とともに、文筆家追放処分を受けました。そして、二十五年十月十三日、パージを解除されましたが、その間の事情は「追放者」に書きました。「夜景」には、太平街建設問題がとりあげられていますが、その中の一節、深夜、酔っぱらい電車に乗るシーンは、「革命前後」に再録いたしました。

この作品を書くために閉口したのは、ほとんどのモデルが実在していることです。しかし、実録でもルポルタージュでもなく、小説ですから、登場人物には、五、六人、仮空の人物も加え、かなりのフィクションがまじえてあります。「麦と兵隊」や「土と兵隊」にも、私はフィクションを織りこみました。

もちろん、虚構の真実を信じての文学的作業でした。しかし、「革命前後」を気に入らなかったモデルもたしかにあったでしょう。個人的感情をまじえないよう気をつけたつもりですが、おわびの他はありません。また、いっそ実名にしたらというすすめもあったのですが、あくまでも小説としてのたてまえから、明瞭な者を除いて、やはりみな仮名にいたしました。高田保氏とすぐにわかる高井多門も、中山省三郎と知れる山中精三郎も実名にはしませんでした。すくなくとも、「革命前後」の中では、高井多門は高田保ではなく、やはり高井多門であるからです。作中の高井の数通の手紙ももちろん私が作ったものです。登場するそれらしい大物のモデルたちも、作家としての私の勝手な描写を海容《かいよう》下さらば幸甚です。

幸い、連載中も、完結後も、いろいろな反響があって、書き甲斐があったと思いました。河上徹太郎氏が、文芸時評で早速とりあげてくれ、「作者の意図はこの一篇で達せられたといえよう。再度の誤解をおそれず、客観的にも、主観的にも、これを書くべき時期に来たことはたしかである」と評してくれたのはありがたいことでした。また、若い批評家では、村松剛氏が、昨年度の問題作としてとりあげてくれ、「敗戦前後の混乱期を背景に、そういう彼の苦悶を、何の虚飾もなく、率直に物語り、かつ告白しようとしたのがこんどの小説なのであって……つまり一口にいって、悔恨と怒りとのどす黒いカタマリであり、そのカタマリをなんとかして自分の中から掘り起こしておきたいという作者の情熱は、ぼくらの心をゆさぶらずにはおかないのである」と評してくれたのもうれしく思いました。いずれにしろ、私は、毀誉褒貶《きよほうへん》はともあれ、この「革命前後」を書きあげたことに或る満足をおぼえています。時代の流行や風潮の目まぐるしさには、いつも背を向けるようにしながら、やはり、時代におくれないように心がけながら、私は私流の道を歩いて行く他はありません。また、「革命前後」が、「麦と兵隊」以来、私の著書を、もう二十冊以上も装釘して下さった中川一政画伯の装釘《ママ》で、中央公論社から出版されることもよろこびです。

昭和三十五年元旦　九州若松にて

火野葦平

## 遺書

死にます。
芥川龍之介とはちがふかも
知れないが、或る漠然とした
不安のために。
すみません。
おゆるし下さい。
さやうなら。

昭和三十五年一月二十三日夜。十時。

あしへい。

## 社会批評社編集部　解説

「兵隊作家」としての火野葦平の業績は、二〇一三年、「NHKスペシャル」や「ETV特集」などで繰り返し報道され、多くの人々に改めて見直されている（「戦場で書く〜火野葦平の戦争〜」など）。『土と兵隊』（抗州湾敵前上陸記）、『花と兵隊』（杭州警備駐留記）、『麦と兵隊』（徐州会戦従軍記）の、いわゆる兵隊三部作をはじめ、『広東進軍抄』（原題「海と兵隊」）、『海南島記』、『兵隊について』、『密林と兵隊』（原題「青春と泥濘」）、『悲しき兵隊』など、火野葦平がアジア・太平洋各地の戦場を歩いて執筆したルポ・小説は、おどろくほどの多数にのぼっている。

火野葦平は、一九三七年七月七日の盧溝橋事件に始まる日中戦争の開戦―日本軍の予備役の動員開始という中で、陸軍第十八師団歩兵第百十四連隊（小倉）に召集（下士官伍長）され、同年十一月の、中国杭州湾北砂への敵前上陸の戦闘に参加した。以後、アジア・太平洋戦争が拡大していく事態の中で、中国各地のみならず、フィリピン戦線・ビルマ戦線など、アジア各地の戦争に従軍していくことになる（一九三八年の芥川賞受賞以後は、軍報道部に所属）。

火野葦平の著書には、これらの戦争体験をもとにしたルポ・小説が、「兵隊目線」から淡々と綴られている。

中国大陸の、その敵前上陸作戦から始まる、果てしなく続く戦闘と行軍の日々、――しかも、この中国戦線の戦争は、それほど華々しい戦闘ではなく、中国の広い大地の泥沼と化した道なき道を、兵隊と軍馬が疲れ果て倒れながら、糧食の補給がほとんどない中で、もっぱら「現地徴発」を繰り返していく淡々とした戦争風景だ。そこには、陸軍の一下士官として、兵隊と労苦をともにする著者の人間観がにじみ出ている。この人間観はまた、火野の著作のあちらこちらで中国民衆に対してもにじみ出ている。

だが、他方で現地徴発を繰り返し、さまざまなところで中国の大地を侵していながら、そこには「侵略者」としての自覚は、ほとんどないし、この戦争の非人間性のついての自覚もほとんどない。

「多くの兵隊は、家を持ち、妻を持ち、子を持ち、肉親を持ち、仕事を持っている。しかも、何かしら、この戦場に於て、それらのことごとくを容易に棄てさせるものがある。棄てて悔いさせないものがある。多くの生命が失われた。然も、誰も死んではいない。何にも亡びてはいないのだ。兵隊は、人間の抱く凡庸な思想を乗り越えた。死をも乗り越えた。それは大いなるものに向って脈々と流れ、もり上って行くものであるとともに、それらを押し流すひとつの大いなる高き力に身を委ねることでもある。又、祖国の行く道を祖国とともに行く兵隊の精神でもある。私は弾丸の為にこの支那の土の中に骨を埋むる日が来た時には、何よりも愛する祖国のことを考え、愛する祖国の万歳を声の続く限り絶叫して死にたいと思った」（『麦と兵隊』）

しかし、本書で火野は、右の「麦と兵隊」の記述を引用しながら、自問する。

「……これはまちがっていたであろうか。この文章が書かれたのは昭和十三年、まだ戦勝の景気よい時代であったのだが、それから七年経って、敗色は掩いがたいとき、柘榴《ざくろ》の丘で得た感想はたわいもない戦勝時の一人よがりであったろうか。兵隊の運命へのこのようなうなずきは、末期の症状の中では通用しないであろうか。たしかに、いくらかの文学的誇張があったと思う。しかし、嘘は書かなかったつもりだし、今でも嘘ではないと、昌介は頑迷に考えた。祖国という言葉が、今も全身に熱っぽくひろがって来る」

本書の『革命前後』で、火野が絶えず思考し、苦悩しているのは、自らの「戦争責任」の所在である。それは本書の執筆の動機でもあり、脈々と流れている叙述の内容でもある。しかし、火野は、GHQの尋問に応えて、本書で「恐らく私がお人よしの馬鹿だったのでしょう。軍閥の魂胆や野望などを看破する眼力がなく、自己陶酔におちいっていて、墓穴を掘ったのでしょう」などと答えているが、本当の解答を見いだしてはいない。

作家の中野重治は、この火野葦平の著述について、「人間らしい心と非人間的な戦争の現実とを何とか調和させたいという心持ち」と表現したという。この中野重治による火野への視点は、同世代の作家として、同じく苦悩を味わった者が共有するものであろう。

しかし、編集人は、火野葦平の著作を読み進める度に一つの結論に行き着かざるを得なかった。

確かに、火野は、中国をはじめ、アジア各地の戦争に従軍し、他の誰しも経験できない戦争実態を見聞きしている。だが、この火野は、アジア・太平洋戦争の、「真の戦争」を見ているのか？　火野が従軍し体験した中国軍との戦争、これは日本軍が制海権も制空権も完全に掌握した、ほとんど日本軍による中国軍への一方的戦争でしかなかった。だが、火野が体験することがなかった米軍・連合軍との、太平洋各地での本格的戦争（地上戦を含む）は、それこそ、米軍・連合軍の、日本軍への一方的戦争であった。

そして、この太平洋諸島での戦争では、制海権・制空権を完全に失った日本軍は、ほとんど戦闘らしい戦闘をする前に消滅し、兵隊たちの全てが極限の飢えと病の中にたたき込まれ、ジャングルの中を逃げまどうばかりでしかなかったのだ。こういうアジア・太平洋戦争の本当の実態を、火野は見ていないのである（インパール作戦に従軍した『密林と戦争』で、例外的にその恐るべき体験が記されているが、この体験が以後のアジア・太平洋戦争の現実であることが普遍化されていない）。

また、本書でもわずかに記述されている「本土決戦」態勢下の日本軍の実態も同様だ。火野は、西部軍報道部に所属していながら、当時、連合艦隊のほとんどの艦艇や戦闘機を失った日本海軍が（陸軍も同様）、九州各地に航空特攻隊のみか、回天・蛟龍《こうりゅう》などの様々な特攻兵器を配置し、「全軍特攻攻撃態勢」に入っていたという事実について、見ていないのだ。

この恐るべき事実・現実を見たとき、「誰も死んではいない。何にも亡びてはいないのだ。兵隊は、人間の抱く凡庸な思想を乗り越えた。死をも乗り越えた」などとは、決して語れないだろう。

火野葦平は、「火野葦平選集第4巻」（東京創元社）の解説の中で、「自分の暗愚さにアイソがつき、戦争中の言動を反省して、日々が地獄であった」とも述べているが、この戦争責任との狭間の中で、一九六〇年一月二十三日、自死した。この日は、本書『革命前後』の初版発行の一週間前である。この意味でも本書は、全編を通してその内容が火野葦平の「遺書」というべきものになっている。

「兵隊三部作」をはじめ、火野葦平が残したこの壮大な、類いまれな戦争文学の長編は、日本だけでなく世界の共同の戦争の記録として、後世に語り継ぐべきものであろう。

**著者略歴**


火野葦平（ひの　あしへい）

1907年1月、福岡県若松市生まれ。本名、玉井勝則。

早稲田大学文学部英文科中退。

1937年9月、陸軍伍長として召集される。

1938年「糞尿譚」で第6回芥川賞受賞。このため中支派遣軍報道部に転属となり、以後太平洋各地の戦線に従軍。

1960年1月23日、死去（自死）。


**■革命前後（上巻）**


2014年2月15日　第1刷発行

定　価　（本体1600円＋税）
著　者　火野葦平
発行人　小西　誠
装　幀　根津進司
発　行　株式会社　社会批評社
東京都中野区大和町1-12-10小西ビル
電話／03-3310-0681　FAX／03-3310-6561
郵便振替／00160-0-161276
URL　http://www.alpha-net.ne.jp/users2/shakai/top/shakai.htm
Email　shakai@mail3.alpha-net.ne.jp
印　刷　シナノ書籍印刷株式会社